AGATHA CHRISTIE (1890-1976) wordt vaak de 'koningin van de misdaad' genoemd. Van haar boeken zijn over de hele wereld meer dan 500 miljoen exemplaren verkocht. Al even beroemd als zij zelf werden haar scheppingen: de Belgische detective *Hercule Poirot*, de slimme oude *Miss Marple* en het speurderspaar *Tommy e[illegible]ence*.

Van dezelfde auteur in deze serie:

1. Moord uit het verleden
2. Trein 16:50
3. Moord in de pastorie
4. Poirot speelt bridge
5. Zoek de moordenaar
6. De giftige pen
7. Een kat tussen de duiven
8. De vier klokken
9. Wie adverteert een moord!
10. De werken van Hercules
11. Lord Edgeware sterft
12. De Laagte
13. De wraakgodin
14. Na de begrafenis
15. De versierde bezemsteel
16. Overal is de duivel
17. De man in het bruine pak
18. Een olifant vergeet niet gauw
19. Het mysterie van Sittaford
20. Het vale paard
21. Moord in het studentenhuis
22. Doem der verdenking
23. Rally naar Bagdad
24. Sprankelend blauwzuur
25. Schuldig in eigen ogen
26. De moordenaar droeg blauw
27. Een goochelaarstruc
28. Het derde meisje
29. Een handvol rogge
30. De geheime tegenstander
31. Dood van een huistiran
32. Het kromme huis
33. Het mysterieuze manuscript
34. Drama in drie bedrijven
35. De moordenaar waagt een gok
36. Moord in Mesopotamië
37. Moord in de Oriënt-expres
38. Waarom Evans niet?
39. Vijf kleine biggetjes
40. Moord op de golflinks
41. Tien kleine negertjes
42. In hotel Bertram
43. Uit Poirots praktijk
44. Moord is kinderspel
45. Moord op de Nijl
46. Miss Marple en haar 13 problemen
47. Mr. Parker Pyne, detective
48. Het wespennest
49. Het Listerdale-mysterie
50. Moord onder vuurwerk
51. Passagier voor Frankfurt
52. Miss Marple met vakantie
53. De moord op Roger Ackroyd
54. De spiegel barstte
55. Brief van een dode
56. De geheimzinnige Mr. Quin
57. Poirot komt terug
58. Het ABC-mysterie
59. Dood van een danseres
60. En het einde is de dood
61. Kerstmis van Poirot
62. Het doek valt
63. De muizeval
64. De grote vier
65. Getuige à charge
66. De zaak Styles
67. De zeven wijzerplaten
68. N of M
69. Moord in het vliegtuig
70. Moord in de martelstoel
71. Met onbekende bestemming
72. De pop in de schoorsteen
73. Het geheim van de blauwe trein
74. Moord in de bibliotheek
75. De eindeloze nacht

Zwarte Koffie*
Zolang het licht is*
De onverwachte gast*
Het spinnenweb
Speuren naar het verleden

*In POEMA-POCKET verschenen

Agatha Christie

Moord in de pastorie

POEMA POCKET

Voor meer informatie: kijk op **www.boekenwereld.com**

Oorspronkelijke titel: *The Murder at the Vicarage*
Vertaling: John M. Vermeys
Redactionele bewerking: Inge Kappert
Omslagontwerp: Roelof Mulder en Annemarie van Pruyssen
Omslagfotografie: Photonica

CIP/ISBN 90 245 4395 9

I

Het is niet zo eenvoudig om uit te maken wanneer dit verhaal nu precies moet beginnen. Ik heb mijn keus laten vallen op een woensdag tijdens de lunch in de pastorie. Hoewel de conversatie over het algemeen weinig te maken had met de eigenlijke zaak, waren er toch twee dingen die hun schaduw vooruit wierpen.

Ik had juist het nogal taaie rundvlees voorgesneden, toen ik, nogal ongepast voor iemand in toga, opmerkte dat degene die kolonel Protheroe vermoordde, de mensheid een grote dienst zou bewijzen.

Mijn neef Dennis zei meteen: 'Die opmerking zou u weleens kunnen opbreken wanneer de oude baas badend in zijn bloed wordt gevonden. Mary zal getuigen, nietwaar, Mary? En dan zal ze beschrijven hoe u het voorsnijmes op wraaklustige wijze in de lucht zwaaide.'

Mary, die de pastorie gebruikt als een springplank naar een betere baan en een hoger loon, zei alleen maar op luide, zakelijke toon: 'Groente', en duwde een gebarsten schaal onder zijn neus.

Mijn vrouw vroeg meelevend: 'Was hij érg lastig?'

Ik antwoordde niet direct, want Mary had de schaal met groente met een klap op de tafel gezet en hield mij nu een schaal met buitengewoon kleffe en onsmakelijk uitziende knoedels voor. Ik zei: 'Nee, dank je.' Ook deze schaal kwam met een smak op de tafel terecht en Mary verliet de kamer.

'Het is jammer dat ik zo'n slechte huisvrouw ben,' zei mijn vrouw, met iets van spijt in haar stem.

Ik was geneigd haar hierin gelijk te geven. Mijn vrouw heet Griselda, een zeer toepasselijke naam voor de echtgenote van een predikant, maar niet voor mijn vrouw, want zij is helemaal niet nederig.

Ik ben altijd van mening geweest dat een geestelijke ongetrouwd moet blijven. Waarom ik Griselda dan zo nodig moest overreden met me te trouwen, nadat ik haar slechts vierentwintig uur tevoren had leren kennen, is me een volkomen raadsel. Ik heb altijd gemeend dat het huwelijk een hoogst ernstige zaak is, waartoe men slechts moet besluiten na veel wikken en wegen.

Griselda is bijna twintig jaar jonger dan ik. Ze is buitengewoon knap en niet in staat ook maar iets ernstig op te vatten. Ze is in alle opzichten onbekwaam en een bezoeking om mee te leven. Ze beschouwt de kerkgemeente als een reuzemop, speciaal voor haar plezier georganiseerd. Ik heb eerlijk geprobeerd haar geest te vormen en heb schromelijk gefaald. Ik ben er dan ook meer dan ooit van overtuigd dat geestelijken nooit zouden moeten trouwen. Ik heb Griselda meer dan eens een wenk in die richting gegeven, maar zij lachte alleen maar.

'Lieveling,' zei ik, 'zou je alsjeblieft een beetje je best willen doen.'

'O, dat doe ik weleens,' antwoordde Griselda, 'maar over het algemeen krijg ik de indruk dat de dingen alleen maar slechter gaan, hoe meer ik me inspan. Ik ben kennelijk geen geboren huisvrouw. Ik vind het beter alles aan Mary over te laten en me er dan maar bij neer te leggen dat ik het wat minder comfortabel heb en onsmakelijke dingen moet eten.'

'En hoe moet dat dan met je echtgenoot, liefje?' vroeg ik haar verwijtend en volgde toen het voorbeeld van de duivel, die de Schrift aanhaalde in zijn eigen voordeel, door eraan toe te voegen: 'Zij ziet toe op de juiste uitoefening van haar huishoudelijke plichten.'

'Bedenk jij maar eens hoe fortuinlijk je bent dat leeuwen je niet in stukken scheuren,' zei Griselda, mij snel onderbrekend, 'of dat je niet verbrand wordt op een brandstapel,' voegde zij eraan toe. 'Onsmakelijke maaltijden, een laagje stof en wat dooie wespen zijn echt niet iets om je zo druk over te maken. Vertel maar eens wat meer over kolonel Protheroe. De vroegere christenen waren tenminste zo gelukkig geen kerkvoogden te hebben.'

'Opschepperige ouwe bruut,' zei Dennis. 'Geen wonder dat zijn eerste vrouw hem verlaten heeft.'

'Ik zie niet in wat ze anders had moeten doen,' zei mijn vrouw.

'Griselda,' zei ik scherp, 'ik wil niet dat je op deze manier praat.'

'Lieveling,' zei mijn vrouw vriendelijk, 'vertel me nu wat over hem. Wat waren de moeilijkheden? Kwam het door de vroomheid van Mr. Hawes?'

Hawes is onze nieuwe hulppredikant. Hij is nu ongeveer drie weken bij ons. Hij is erg orthodox en vast op vrijdag. Kolonel Protheroe daarentegen is een groot tegenstander van alles wat naar rechtzinnigheid zweemt.

'Nee, deze keer niet, hoewel hij het er terloops wel even over had. Nee, alle narigheid ontstond door dat verdraaide pondbiljet van Mrs. Price Ridley.'

Mrs. Price Ridley is een zeer vroom lid van mijn gemeente. Op de sterfdag van haar zoon deed zij een pondbiljet in de collectezak. Toen zij later in het kerkblaadje over de opbrengst van de collecte las, voelde zij zich zeer gegriefd dat als hoogste gift een biljet van tien shilling genoemd werd.

Zij kwam zich hierover bij mij beklagen en ik wees haar erop dat zij zich vergist moest hebben.

'Wij zijn geen van allen meer zo jong als we eens waren,' zei ik in een poging de zaak tactvol op te lossen. 'En we moeten nu eenmaal allemaal onze tol aan de voortschrijdende jaren betalen.'

Vreemd genoeg schenen mijn woorden haar alleen maar kwader te maken. Zij zei dat ze het maar een verdacht geval vond en dat zij verbaasd was dat ik daar niet ook zo over dacht. En zij verdween om, naar ik begrepen heb, haar bezwaren aan kolonel Protheroe voor te leggen. Protheroe is een man die er behagen in schept problemen te veroorzaken. Ook deze keer deed hij dat. Het is alleen jammer dat hij daarvoor een woensdag uitkoos. Op woensdag geef ik namelijk les op de dagschool van onze kerk, een bezigheid die mij altijd erg nerveus maakt en mij voor de rest van de dag uit mijn evenwicht brengt.

'Och, ik veronderstel dat hij ook weleens een pleziertje

moet hebben,' zei mijn vrouw op de toon van iemand die een onpartijdige opsomming van de feiten tracht te geven. 'Niemand houdt zich eens prettig met hem bezig, noemt hem lieve dominee en borduurt verschrikkelijke pantoffels voor hem of geeft hem bedsokken met Kerstmis. Zijn vrouw en zijn dochter hebben meer dan genoeg van hem. Ik veronderstel dat hij het prettig vindt zich ergens belangrijk te voelen.'

'Maar hij hoeft er niet beledigend bij te worden,' antwoordde ik geërgerd, 'ofschoon ik niet geloof dat hij zich bewust was van wat zijn woorden impliceerden. Hij wil nu de hele boekhouding van de kerk controleren, voor het geval er verduistering gepleegd zou zijn. Dat was het woord dat hij gebruikte. Verdúístering! Verdenkt hij mij er soms van de kerkfondsen ontvreemd te hebben?'

'Lieveling, niemand zou jou ooit van iets verdenken,' zei Griselda. 'Jij bent zo zonneklaar boven iedere verdenking verheven dat het eigenlijk een prachtige gelegenheid zou zijn. Ik wou dat je het zendingsfonds maar eens ontvreemdde. Ik heb altijd een hekel gehad aan zendelingen.'

Ik zou haar voor deze gedachte zeker op de vingers getikt hebben, als niet juist op dat moment Mary was binnengekomen met een halfgare rijstpudding. Ik protesteerde zwakjes, maar Griselda zei dat de Japanners altijd halfgare rijstpudding aten en als gevolg daarvan zulke buitengewone hersenen hadden.

'Best mogelijk,' zei zij, 'dat als je tussen nu en zondag iedere dag zo'n pudding at, je een pracht van een preek zou houden.'

'De hemel beware me,' zei ik vol walging.

'Protheroe komt morgenavond hier en we zullen samen de boekhouding doornemen,' ging ik verder. 'Ik moet vandaag mijn toespraak voor de Mannenvereniging afmaken. Toen ik op zoek was naar enige gegevens raakte ik zo verdiept in kanunnik Shirley's *De werkelijkheid*, dat ik niet zo goed ben opgeschoten als ik graag had gewild. Wat ga jij vanmiddag doen, Griselda?'

'Mijn plicht,' antwoordde Griselda. 'Mijn plicht als de vrouw van de predikant. Thee en roddelen om halfvijf.'

'Wie komen er?'

Griselda telde hen af op haar vingers met een glans van deugdzaamheid op haar gezicht.

'Mrs. Price Ridley, miss Wetherby, miss Hartnell en die verschrikkelijke Miss Marple.'

'Ik mag Miss Marple wel,' zei ik. 'Zij heeft tenminste gevoel voor humor.'

'Zij is de ergste kat in het dorp,' vond Griselda. 'En ze weet altijd precies wat er gebeurt en trekt daaruit dan de slechtste gevolgtrekkingen.'

Griselda is, zoals ik al gezegd heb, veel jonger dan ik. Op mijn leeftijd weet men dat het ergste meestal waar is.

'Hoe dan ook, Griselda, op mij moet je voor de thee maar niet rekenen,' zei Dennis.

'Naarling,' zei Griselda.

'Ja, maar luister nu eens, de Protheroes hebben mij echt uitgenodigd te komen tennissen vandaag.'

'Naarling!' zei Griselda weer.

Dennis trok zich voorzichtig terug en Griselda en ik gingen samen naar mijn studeerkamer.

'Ik ben benieuwd waarover wij het zullen hebben bij de thee,' zei Griselda terwijl zij plaatsnam op mijn bureau. 'Dr. Stone en miss Cram, veronderstel ik, en misschien Mrs. Lestrange. O, tussen twee haakjes, ik heb haar gisteren een bezoek gebracht, maar zij was niet thuis. O ja, ik ben er zeker van dat Mrs. Lestrange wel ter sprake zal komen aan de thee. Het is zo echt geheimzinnig, hè, zo stilletjes aan te komen en dan een huis te huren hier en er dan bijna nooit uit te komen. Dat doet je denken aan detectiveverhalen. Weet je wel, zo in de trant van: *Wie was deze geheimzinnige vrouw met het bleke mooie gezicht? Wat waren haar antecedenten, haar verleden? Niemand wist het. Er was iets sinisters met haar aan de hand.* Ik geloof dat dokter Haydock iets over haar weet.'

'Je leest te veel detectiveverhalen, Griselda,' merkte ik op.

'O ja, en hoe staat het met jou?' snibde zij. 'Ik zocht laatst overal naar *De vlek op de trap* toen jij je preek aan het schrijven was. Ten slotte kwam ik hier vragen of jij het ook ergens gezien had en wat zag ik?'

Ik bloosde.

'Ik pakte het toevallig op en toen trok een zekere zinsnede mijn aandacht en...'

'Ja, ik ken die zinsneden wel,' zei Griselda. Hierna declameerde zij op gewichtige toon: *'Toen gebeurde er iets heel eigenaardigs. Griselda stond op, liep de kamer door en kuste haar bejaarde echtgenoot met grote genegenheid.'*

En zij voegde de daad bij het woord.

'Is dat zoiets eigenaardigs?' vroeg ik.

'Natuurlijk,' antwoordde Griselda. 'Besef jij wel, Len, dat ik had kunnen trouwen met een minister, een baron, een rijke zakenman, drie luitenants en een amusante nietsnut, en dat ik in plaats daarvan jou gekozen heb? Heeft dat je niet erg verbaasd?'

'Toentertijd wel,' gaf ik toe. 'Ik heb me vaak afgevraagd waarom je het deed.'

Griselda zuchtte.

'Het gaf mij een gevoel van macht,' mompelde zij. 'Die anderen bewonderden mij allemaal en het zou voor hen natuurlijk erg fijn geweest zijn mij te krijgen. Maar in jouw ogen vertegenwoordig ik alles waarvan je het minste houdt en waartegen je het meeste bezwaar hebt en toch kon je me niet weerstaan! Dat was meer dan mijn ijdelheid kon verdragen. Het is zoveel fijner iemands geheime en verrukkelijke zonde te zijn dan een pluim op zijn hoed. Ik breng je altijd verschrikkelijk in verlegenheid en strijk je altijd tegen de haren in en toch aanbid je me. Je bent toch gek op me, nietwaar?'

'Natuurlijk, kindje, ik houd erg veel van je.'

'O! Len, je aanbidt me, heus. Herinner je je die dag dat ik in de stad bleef en je een telegram stuurde, dat je niet ontving omdat de zuster van de juffrouw van het postkantoor een tweeling kreeg en vergat het ding door te sturen? Nee, zoals je toen overstuur was... Je belde Scotland Yard en maakte er een hele hoop drukte van.'

Er zijn nu eenmaal van die dingen waar je liever niet aan

herinnerd wordt. Ik had me inderdaad bij die gelegenheid nogal dwaas gedragen. Ik zei: 'Als je het niet erg vindt, lieveling, zou ik nu graag willen doorgaan met de Mannenvereniging.'

Griselda slaakte een diepe zucht van ergernis, maakte mijn haar helemaal in de war en zei: 'Je bent mij niet waard, weet je, echt niet. Ik ga het aanleggen met een artiest of zo. Echt, ik meen het. En stel je eens voor wat dat voor een schandaal zal veroorzaken in de gemeente.'

'We hebben al genoeg schandalen,' merkte ik op.

Griselda lachte, wierp me een kushand toe en vertrok door de open tuindeuren.

2

Griselda kan een verbazend irritante vrouw zijn. Toen ik na de lunch van tafel opstond, voelde ik mij echt in de stemming om eens even een flinke toespraak in elkaar te zetten voor de Mannenvereniging van de Kerk van Engeland.

Nu voelde ik me rusteloos en kostte het me moeite om me te concentreren.

En juist toen ik er dan toch maar eens goed voor ging zitten, kwam Lettice Protheroe binnenzweven. Ik gebruik dit woordje zweven met opzet. Ik heb wel verhalen gelezen waarin jongelui worden beschreven als bruisend van energie, *joie de vivre*. Maar mijn persoonlijke ervaring met de jonge mensen die ik ontmoet, is dat ze meer lijken op vriendelijke geestverschijningen.

Lettice leek deze middag al heel erg op een geest. Zij is een aardig kind, lang, slank, blond en volkomen vaag. Ze kwam de openstaande deuren binnenzweven, trok met een afwezig gebaar haar gele baret van haar hoofd en mompelde vaag, met een soort verstrooide verbazing: 'O, bent u het.'

Er loopt een pad van Old Hall, Protheroes huis, door de bossen, dat uitkomt bij ons tuinhek, zodat de meeste mensen die daarvandaan komen dat hek gebruiken en via de openslaande deuren mijn studeerkamer binnenkomen, in plaats van een omweg te maken over de grote weg en zich bij de voordeur te melden.

Ik was dus niet verrast dat Lettice op deze manier binnenkwam, maar wel voelde ik mij gepikeerd over haar houding.

Wanneer je naar een pastorie komt, hoeft het je toch niet te verbazen daar een predikant te ontmoeten.

Ze kwam het vertrek binnen en zakte als een vormeloze hoop in elkaar in een van mijn grote leunstoelen. Ze plukte wat doelloos aan haar haar en staarde naar het plafond.

'Is Dennis ergens in de buurt?'

'Ik heb hem sinds de lunch niet meer gezien. Ik heb begrepen dat hij bij jullie ging tennissen.'

'O!' zei Lettice. 'Dat hoop ik maar niet, want er is niemand thuis.'

'Hij zei dat je hem had uitgenodigd.'

'Ja, dat is ook wel zo, maar dat was vrijdag en vandaag is het dinsdag.'

'Woensdag,' zei ik.

'O, wat vreselijk,' zei Lettice. 'Dat betekent dat ik al voor de derde keer vergeten heb met een stel mensen te gaan lunchen.'

Gelukkig scheen zij het zich niet erg aan te trekken.

'Is Griselda dan ergens in de buurt?'

'Ik denk dat je haar in het atelier in de tuin kunt vinden, waar zij poseert voor Lawrence Redding.'

'Er is nogal wat heibel over hem geweest,' zei Lettice. 'Met vader, weet u wel. Vader is verschrikkelijk.'

'Waarover was die hei... nou ja wat het dan ook is?' vroeg ik.

'Over het feit dat hij mij schildert. Vader kwam erachter. En waarom zou ik me niet mogen laten schilderen in mijn badpak? Als ik er wel mee naar het strand kan, waarom dan niet op een schilderij?'

Ze was even stil en ging toen verder: 'Het is werkelijk idioot dat vader die jongeman de toegang tot het huis ontzegt. Lawrence en ik moeten er alleen maar om gillen. Maar we gaan gewoon door, zij het dan hier in uw atelier.'

'Nee, jongedame,' zei ik. 'Niet als je vader het verboden heeft.'

'O hemeltje,' zei Lettice met een zucht. 'Wat is iedereen toch vervelend. Ik voel me gewoon ontredderd. Heus waar. Had ik maar wat geld, dan ging ik hier weg, maar ja, zonder geld gaat het niet. Als vader nu maar zo aardig was dood te gaan, dan was ik uit de zorgen.'

'Zulke dingen mag je niet zeggen, Lettice.'

'Nou, als hij niet wil dat ik hem dood wens, laat hij dan niet zo akelig doen over wat geld. Het verbaast me niets dat moeder bij hem is weggelopen. Weet u dat ik jarenlang gedacht heb dat zij gestorven was? Met wat voor iemand ging zij ervandoor? Was hij aardig?'

'Dat was vóór je vader hier kwam wonen.'

'Ik vraag me af wat er van haar geworden is. Ik veronderstel dat Anne binnenkort wel een liefdesaffaire met iemand zal hebben. Anne haat me. Ze gedraagt zich heel fatsoenlijk tegenover mij, maar zij haat mij. Zij wordt al een dagje ouder en dat bevalt haar niet. En dat is de gevaarlijke leeftijd, weet u.'

Ik vroeg me af of Lettice van plan was de hele middag in mijn studeerkamer door te brengen.

'Hebt u mijn grammofoonplaten gezien?' vroeg zij.

'Nee.'

'Wat vervelend. Ik weet dat ik ze ergens heb laten liggen. En de hond ben ik ook al kwijtgeraakt. En mijn polshorloge slingert ook ergens rond, maar dat is niet zo erg, want het loopt toch niet. Och hemeltje, ik heb zo'n slaap. Ik begrijp niet waarom, want ik ben pas om elf uur opgestaan. Tja, het leven is zenuwslopend, vindt u ook niet? Nou, dan moest ik maar eens opstappen. Om drie uur ga ik dr. Stones grafheuvel bekijken.'

Ik keek op de klok en merkte op dat het nu al vijf over halfvier was.

'Echt waar? Wat erg als zij op mij gewacht hebben of zonder mij vertrokken zijn. Ik geloof dat ik er dan maar eens heen moest gaan om daar wat aan te doen.'

Zij stond op en zweefde weer naar buiten, terwijl zij over haar schouder mompelde: 'U zegt het wel tegen Dennis, hè?'

Ik zei automatisch ja, en ontdekte toen het te laat was dat ik er geen idee van had wat ik tegen Dennis moest zeggen. Maar later bedacht ik dat het er vermoedelijk toch niet toe deed.

Dr. Stone was een bekende archeoloog die onlangs zijn intrek genomen had in Het Blauwe Zwijn voor de tijd dat hij toezicht uitoefende op het uitgraven van een grafheuvel, die zich op het terrein van kolonel Protheroe bevindt. Er waren al verscheidene ruzies geweest tussen hem en de kolonel. Ik vond dan ook zijn afspraak met Lettice om haar de werkzaamheden te laten zien wel grappig. Het schoot me te binnen dat Lettice Protheroe eigenlijk een kleine feeks was en ik vroeg me af hoe zij zou opschieten met miss Cram, de secretaresse van de archeoloog.

Miss Cram is een gezonde jonge vrouw van vijfentwintig jaar, een beetje druk, erg levenslustig en met een mond die meer dan het normale aantal tanden lijkt te bevatten.

Men is het er in het dorp niet over eens of ze een meisje is dat het niet zo nauw neemt of 'een jonge vrouw van onkreukbare deugdzaamheid, die zich heeft voorgenomen zo spoedig mogelijk Mrs. Stone te worden'. Hoe men het ook bekeek, zij vormde in alle opzichten een groot contrast met Lettice.

Ik kon me wel voorstellen dat de toestand in Old Hall niet bijster plezierig zou zijn.

Ongeveer vijf jaar geleden was kolonel Protheroe hertrouwd. De tweede Mrs. Protheroe was een opvallend knappe vrouw. Ik had altijd wel vermoed dat de verhouding tussen haar en haar stiefdochter niet al te prettig was.

Ik werd weer gestoord. Ditmaal was het mijn hulppredikant, Hawes. Hij wilde graag de bijzonderheden weten van mijn onderhoud met Protheroe. Ik zei hem dat de kolonel zijn 'roomse neigingen' betreurde, maar dat het eigenlijke doel van zijn bezoek een heel andere zaak betrof. Ik maakte van de gelegenheid gebruik ook mijnerzijds een protest te laten horen en deelde hem kort en bondig mee dat hij zich in het vervolg aan mijn leiding had te onderwerpen. Alles welbeschouwd aanvaardde hij mijn opmerkingen zeer kalm.

Nadat hij weg was, voelde ik mij eigenlijk wel wat bezwaard, omdat ik hem niet mocht. Ik heb toch wel de overtuiging dat de onberedeneerde sympathieën en antipathieën die men heeft ten opzichte van sommige personen in hoge mate onchristelijk zijn.

Met een zucht realiseerde ik mij dat de wijzers van de klok op mijn schrijftafel kwart voor vijf aanwezen, een teken dat het in werkelijkheid halfvijf was, en ik begaf me naar de salon.

Vier van mijn parochianen zaten daar thee te drinken.

Griselda zat achter de theetafel en deed haar best zich zo natuurlijk mogelijk te gedragen in deze omgeving, maar zij slaagde er alleen maar in er nog meer als een buitenbeentje uit te zien dan anders.

Ik gaf iedereen een hand en ging toen zitten tussen Miss Marple en miss Wetherby.

Miss Marple is een vriendelijk oud dametje met wit haar, miss Wetherby is zuur en dweperig. Van deze twee is Miss Marple verreweg de gevaarlijkste.

'We spraken juist over dr. Stone en miss Cram,' zei Griselda met honingzoete stem.

Plotseling schoot me een van Dennis' gewaagde rijmpjes te binnen: Miss Cram is een losse madam. Ik had een plotselinge opwelling het hardop te zeggen en dan te kijken hoe ze reageerden, maar gelukkig wist ik me te beheersen.

Miss Wetherby zei vinnig: 'Geen enkel net meisje zou zoiets doen!'

'Wat doen?' vroeg ik.

'Secretaresse zijn van een ongehuwd manspersoon,' zei miss Wetherby met een van afschuw vervulde stem.

'Oh, nee,' zei Miss Marple, 'ik vind de getrouwde mannen het ergst. Denk maar eens aan die arme Molly Carter.'

'Getrouwde mannen die van hun vrouw gescheiden leven, zijn uiteraard berucht,' zei miss Wetherby.

'Dat is zelfs het geval met sommige mannen die wel met hun vrouw leven,' mompelde Miss Marple. 'Ik herinner me...'

Ik onderbrak deze onsmakelijke herinneringen.

'Maar,' zei ik, 'tegenwoordig kan een meisje toch heel gewoon een baan aannemen, net zoals een man?'

'En dan meereizen en in hetzelfde hotel wonen?' vroeg Mrs. Price Ridley streng.

Miss Wetherby fluisterde tegen Miss Marple: 'En alle slaapkamers bevinden zich op dezelfde verdieping.'

Zij wisselden een blik.

Miss Hartnell, verweerd en jolig, maar gevreesd door de armen, merkte luid op: 'De arme kerel is gevangen voor hij het weet. Hij is zo onschuldig als een pasgeboren kind, dat kun je zo zien.'

Ik vond de uitdrukking erg slecht gekozen in verband met dr. Stone.

'Overigens noem ik het maar walgelijk,' ging miss Hartnell verder, met haar gebruikelijk gebrek aan tact. 'Die man moet minstens vijfentwintig jaar ouder zijn dan zij.'

Drie vrouwenstemmen tegelijk begonnen prompt onsamenhangende opmerkingen te maken over het uitstapje van het jongenskoor, het betreurenswaardige incident gedurende de laatste bijeenkomst van moeders en de tocht in de kerk. Miss Marple knipoogde tegen Griselda.

'Dacht u niet,' zei mijn vrouw nu, 'dat de mogelijkheid bestaat dat miss Cram alleen maar een interessante baan wil hebben en dr. Stone doodgewoon als haar werkgever beschouwt?'

Er heerste stilte. Kennelijk was geen van de vier dames het met deze opvatting eens. Miss Marple verbrak de stilte door Griselda een klopje op haar arm te geven, met de woorden: 'Lieve kind, je bent erg jong. De jeugd is nog zo onschuldig.'

Griselda protesteerde verontwaardigd dat ze helemaal niet onschuldig was.

Maar zonder zich hieraan te storen ging Miss Marple verder: 'Vanzelfsprekend denk je het beste van iedereen.'

'Dacht u werkelijk dat zij met die suffe, kale man wil trouwen?'

'Ik heb gehoord dat hij er nogal warmpjes bij zit,' zei Miss Marple. 'Overigens vrees ik dat hij een tamelijk opvliegend karakter heeft. Hij had tenminste laatst behoorlijk ruzie met kolonel Protheroe.'

Iedereen boog geïnteresseerd voorover.

'De kolonel beschuldigde hem ervan dat hij niets van archeologie wist.'

'Echt iets voor kolonel Protheroe, en wat een onzin,' zei Mrs. Price Ridley.

'Inderdaad echt iets voor kolonel Protheroe, maar van die onzin ben ik nog niet zo zeker,' zei Miss Marple. 'Herinnert u zich nog die vrouw die hier in het dorp kwam en voorgaf iemand van de kruisvereniging te zijn? Nadat ze contributies geïnd had, heeft niemand ooit meer iets van haar gehoord en achteraf bleek dat zij niets met de kruisvereniging te maken had. Men is te zeer geneigd goed van vertrouwen te zijn en te geloven wat de mensen over zichzelf vertellen.'

Het zou nooit bij me opgekomen zijn Miss Marple te beschrijven als iemand die goed van vertrouwen was.

'Er is ook deining geweest over die jonge artiest, Mr. Redding, niet?' vroeg miss Wetherby.

Miss Marple knikte.

'Kolonel Protheroe heeft hem het huis uitgezet. Het schijnt dat hij Lettice schildert in haar badpak.'

Gepaste sensatie!

'Ik heb altijd wel gedacht dat er iets tussen hen was,' zei Mrs. Price Ridley. 'Die jongeman sluipt altijd die kant uit. Jammer dat het kind geen moeder heeft. Een stiefmoeder is toch nooit hetzelfde.'

'Ik ben ervan overtuigd dat Mrs. Protheroe haar best doet,' zei miss Hartnell.

'Jonge meisjes zijn zo sluw,' zei Mrs. Price Ridley.

'Een aardige romance, niet?' zei de wat teerhartiger miss Wetherby. 'En het is een knappe jonge kerel.'

'Ja, maar een beetje losbandig,' zei miss Hartnell. 'Hoe kan het ook anders. Een artiest! Parijs! Modellen. Naakt schilderen!'

'Maar haar schilderen in haar badpak,' zei Mrs. Price Ridley, 'is toch niet erg netjes.'

'Hij schildert mij ook,' zei Griselda.

'Maar niet in je badpak, liefje,' zei Miss Marple.

'Misschien nog wel erger,' zei Griselda plechtig.

'Ondeugend meisje,' zei miss Hartnell, ruim van opvatting. Alle anderen keken nogal gechoqueerd.

'Heeft onze lieve Lettice u van haar moeilijkheden verteld?' vroeg Miss Marple mij.

'Mij verteld?'

'Ja. Ik zag haar door de tuin lopen en uw studeerkamer binnengaan.'

Miss Marple ziet altijd alles. Tuinieren kan dienen als een rookgordijn en het zogenaamd observeren van vogels met behulp van een sterke kijker kan ook zijn nut hebben.

'Zij heeft het er wel terloops over gehad,' gaf ik toe.

'Mr. Hawes zag er zorgelijk uit,' zei Miss Marple. 'Ik hoop dat hij niet te hard heeft gewerkt.'

'O,' riep miss Wetherby opgewonden uit. 'Ik had het helemaal vergeten. Ik wist dat ik wat nieuws voor jullie had. Ik heb dokter Haydock uit Mrs. Lestranges huis zien komen.'

Ze keken elkaar aan.

'Misschien is zij ziek,' opperde Mrs. Price Ridley.

'Dat moet dan wel erg plotseling zijn gekomen,' zei miss Hartnell, 'want om drie uur vanmiddag zag ik haar in haar tuin wandelen, en toen zag ze er heel gezond uit.'

'Zij en dokter Haydock moeten oude kennissen zijn,' zei Mrs. Price Ridley. 'Maar hij heeft het er nooit over gehad.'

'Ja, het is eigenaardig dat hij er nooit iets over gezegd heeft,' zei miss Wetherby.

'In feite...' zei Griselda met een lage, geheimzinnige stem, en hield toen op.

Iedereen boog opgewonden voorover.

'Ik wéét het toevallig,' zei Griselda gewichtig. 'Haar echtgenoot was zendeling. Een vreselijke geschiedenis. Hij werd ópgegeten, weet u. Echt opgegeten. En zij werd gedwongen de hoofdvrouw van dat kannibalenopperhoofd te worden. Dokter Haydock was lid van een expeditie en heeft haar toen gered.'

Eén moment heerste er grote opwinding. Toen zei Miss Marple verwijtend maar met een glimlach: 'Ondeugende meid!'

Zij tikte Griselda afkeurend op de arm.

'Dat was heel onverstandig, liefje. Als je dergelijke dingen verzint, zijn er altijd wel mensen die het nog geloven ook. En dat leidt soms tot moeilijkheden.'

Een merkbare verkoeling was over het gezelschap gekomen. Twee dames stonden op om te vertrekken.

'Ik vraag me af of er iets is tussen Lettice Protheroe en de jonge Lawrence Redding,' zei miss Wetherby. 'Daar ziet het wel naar uit. Wat denkt u, Miss Marple?'

Miss Marple scheen in gedachten verzonken.

'Dat zou ik niet zeggen. Niet Lettice. Heel iemand anders, zou ik denken.'

'Ja, maar kolonel Protheroe moet toch wel van de veronderstelling zijn uitgegaan...'

'Die heeft op mij altijd een domme indruk gemaakt,' zei Miss Marple. 'Het soort man dat een verkeerd idee in zijn hoofd haalt en dan koppig volhoudt. Herinnert u zich Bucknell die Het Blauwe Zwijn exploiteerde? Al die herrie over zijn dochter die het met de jonge Bailey hield. En al die tijd was het die feeks van een vrouw van hem.'

Terwijl zij sprak keek zij Griselda strak aan en plotseling voelde ik een wilde golf van woede in mij opkomen.

'Vindt u niet, Miss Marple,' zei ik, 'dat wij allemaal de neiging hebben onze tong wat te veel de vrije loop te laten? Barmhartigheid kent geen kwaad, weet u. Onzegbaar leed kan het gevolg zijn van zulke kletspraatjes.'

'Beste dominee,' zei Miss Marple, 'u bent zo onwerelds. Ik vrees dat wanneer men de menselijke natuur zo lang bestudeerd heeft als ik, men er geen al te hoge verwachtingen meer van heeft. Ik geef toe dat kletspraatjes niet deugen, maar ze zijn wel vaak waar, dacht u ook niet?'

Deze laatste opmerking was een schot in de roos.

3

'Lelijke oude heks,' zei Griselda, zodra de deur gesloten was.

Ze trok een lelijk gezicht in de richting van de vertrekkende bezoeksters, keek mij toen aan en lachte.

'Zeg Len, verdenk jij er mij werkelijk van een affaire te hebben met Lawrence Redding?'

'Lieverd, natuurlijk niet!'

'Maar je dacht toch wel dat Miss Marple daarop zinspeelde. Je kwam tenminste prachtig voor me op. Als... als een woedende tijger.'

Even bekroop mij een gevoel van onbehagen. Een predikant van de Anglicaanse Kerk mag nooit in een positie terechtkomen waarin hij met een woedende tijger kan worden vergeleken. Maar ik vertrouwde erop dat Griselda wel weer overdreven zou hebben.

Ik antwoordde: 'Ik had het gevoel dat ik deze gelegenheid niet zonder protest voorbij kon laten gaan. Maar, Griselda, ik zou wel willen dat je wat voorzichtiger was in je uitlatingen.'

'Bedoel je die kannibalengeschiedenis?' vroeg zij. 'Of de suggestie dat Lawrence een naakt van me schildert? Ze moesten eens weten dat hij me schildert in een dikke mantel met een hoge bontkraag, zo'n ding waar je zelfs mee op bezoek zou kunnen gaan bij de paus. Geen plekje zondig vlees te zien, waar dan ook. Feitelijk is het allemaal verschrikkelijk netjes. Lawrence probeert zelfs nooit verliefd te doen. Ik kan mij niet voorstellen waarom eigenlijk niet.'

'Nou, hij weet toch dat je getrouwd bent...'

'Doe nu niet of je zo uit de Ark komt, Len. Je weet heel goed dat een aantrekkelijke jonge vrouw met een oudere echtgenoot door veel jongelui beschouwd wordt als een geschenk uit de hemel. Er moet een andere reden zijn... en die is niet dat ik onaantrekkelijk ben, want dat ben ik zeker niet.'

'Je wilt toch niet beweren dat je het leuk zou vinden als hij verliefd op je was?'

'N-n-ee,' zei Griselda, met wat meer aarzeling in haar stem dan ik betamelijk achtte.

‘Als hij verliefd is op Lettice Protheroe...’

‘Miss Marple scheen te denken dat dat niet zo was.’

‘Miss Marple kan zich vergissen.’

‘Zij vergist zich nooit. Die oude katten hebben altijd gelijk.’ Zij zweeg een moment en zei toen, met een snelle, zijdelingse blik naar mij: ‘Je gelooft me toch wel, hè? Ik bedoel dat er niets is tussen Lawrence en mij.’

‘Lieve Griselda,’ zei ik verbaasd. ‘Natuurlijk geloof ik je.’

Mijn vrouw kwam naar mij toe en gaf mij een kus.

‘Ik wou dat het niet zo vreselijk gemakkelijk was je te misleiden, Len. Je zou mij altijd geloven, wat ik ook zei.’

‘Dat mag ik hopen. Maar liefje, ik moet je toch wel erg dringend verzoeken je tong wat in bedwang te houden en voorzichtiger te zijn in je uitlatingen. Die vrouwen zijn totaal gespeend van humor, moet je bedenken, en ze vatten alles letterlijk op.’

‘Wat zij nodig hebben,’ zei Griselda, ‘is een beetje slechtheid in hun eigen leven, dan zouden zij er niet zo naar zoeken in dat van anderen.’

Na deze woorden verliet zij de kamer en, op mijn horloge kijkend, vertrok ik ijlings om enige bezoeken af te leggen die ik al eerder op de dag had moeten brengen.

De woensdagavonddienst werd zoals gewoonlijk maar spaarzaam bezocht, maar toen ik door de kerk naar buiten liep, na mijn toga in de sacristie te hebben afgelegd, stond er nog een vrouw naar een van onze ramen te kijken. Wij hebben enkele zeer fraaie gebrandschilderde ramen en ik mag wel zeggen dat ook onze kerk het aanzien waard is.

Toen zij mijn voetstappen hoorde, draaide zij zich om en zag ik dat het Mrs. Lestrange was.

Wij aarzelden beiden een moment en toen zei ik: ‘Ik hoop dat ons kleine kerkje u bevalt.’

‘Ik heb het koorhek bewonderd,’ zei zij.

Zij had een prettige stem, laag maar heel duidelijk, en een keurige uitspraak. Zij voegde eraan toe: ‘Het spijt me dat ik gisteren uw vrouw ben misgelopen.’

Wij spraken nog een paar minuten over de kerk. Zij was

kennelijk een ontwikkelde vrouw, die wel iets wist van kerkgeschiedenis en architectuur. Wij verlieten samen het gebouw en wandelden de weg af, daar een van de wegen naar de pastorie langs haar huis loopt.

Toen wij bij haar tuinhek aankwamen, zei zij vriendelijk: 'Wilt u niet even binnenkomen? Dan kunt u me eens vertellen wat u vindt van wat ik hier veranderd heb.'

Ik nam de uitnodiging aan. 'Little Gates', zoals de villa heet, was vroeger het eigendom van een Engels-Indische kolonel en ik kon het niet helpen dat ik me bijzonder opgelucht voelde nu zijn koperen tafels en Birmaanse afgodsbeelden verdwenen waren. Het huis was nu eenvoudig maar met smaak gemeubileerd en er ging van het geheel een sfeer van rust en harmonie uit.

Toch vroeg ik me hoe langer hoe meer af wat een vrouw als Mrs. Lestrange naar ons dorp, St. Mary Mead, gevoerd had. Zij was zo duidelijk een vrouw van de wereld dat je niet zou verwachten dat zij zich in zo'n plattelandsdorp zou begraven.

In het heldere licht van haar salon had ik voor het eerst gelegenheid haar eens wat nader te bekijken.

Zij was heel lang. Haar haar was goudblond met een roodachtige glans. Haar wenkbrauwen en wimpers waren donker. Als haar gezicht, zoals ik vermoedde, was opgemaakt, had ze dat zeer kunstig gedaan. Wanneer haar gezicht ontspannen was, had ze iets sfinxachtigs en ze had de eigenaardigste ogen die ik ooit gezien heb, ze waren bijna goud van kleur.

Haar kleren waren perfect en ze gedroeg en bewoog zich met het gemak van een vrouw van de wereld en toch had ze iets dat niet klopte met de rest, iets raadselachtigs. Het woord dat Griselda had gebruikt om haar te beschrijven, schoot me te binnen: sinister. Dwaas natuurlijk, en toch... Was het zo dwaas? De gedachte kwam onwillekeurig bij me op: *Deze vrouw zou voor niets terugdeinzen.*

Ons gesprek ging over heel normale dingen: schilderijen, boeken, oude kerken. Maar door dit alles heen had ik sterk het gevoel dat er iets anders was, dat Mrs. Lestrange iets van heel andere aard met mij wilde bespreken.

Een paar keer ontmoette ik haar blik. Ze keek me aan met iets van aarzeling, alsof ze maar niet tot een besluit kon komen. Ik merkte ook op dat ze de conversatie op strikt neutraal terrein hield.

Over een echtgenoot, familieleden of vrienden werd niet gerept.

Maar gedurende al die tijd was er dat vreemde, dringende verzoek in haar ogen, die schenen te zeggen: 'Zal ik het u vertellen? Ik zou het zo graag willen, kunt u mij niet helpen?'

Maar ten slotte verdween die blik... of misschien had die alleen maar in mijn fantasie bestaan. Ik had het gevoel dat ik weggestuurd werd. Ik stond op en nam afscheid. Terwijl ik de kamer verliet, keek ik nog eenmaal om en zag dat ze me nakeek met een blik vol twijfel en verwarring.

Impulsief keerde ik terug. 'Als ik iets voor u kan doen...'

Weifelend antwoordde zij: 'Het is erg vriendelijk van u...'

We zwegen beiden. Toen zei ze: 'Ik wou dat ik het wist, het is zo moeilijk. Maar nee, ik geloof niet dat iemand mij helpen kan. In ieder geval hartelijk dank voor uw aanbod.'

Dat leek nu wel definitief te zijn, en dus vertrok ik. Maar ik bleef piekeren. Wij zijn in St. Mary Mead niet aan geheimzinnigheid gewend.

Toen ik het hek uitkwam, werd ik meteen aangeklampt. Miss Hartnell is daar erg goed in, op een nogal onbehouwen manier.

'*Ik* heb u gezien!' riep ze gewild grappig. 'En ik ben toch zo opgewonden. Nu kunt u er ons alles over vertellen.'

'Waarover?'

'Die geheimzinnige dame! Is zij weduwe of heeft zij ergens een echtgenoot?'

'Ik zou het u niet kunnen zeggen, zij heeft het me niet verteld.'

'Wat eigenaardig. Je zou toch denken dat zij zich zoiets in een gesprek wel zou laten ontvallen. Vindt u ook niet dat het erop begint te lijken dat ze een goede reden heeft om haar mond te houden?'

'Nee, dat zie ik werkelijk niet in.'

'Aha, maar zoals Miss Marple al zei, lieve dominee, u bent zo naïef. Vertelt u eens, kent zij dokter Haydock al lang?'

'Daar heeft ze het niet over gehad en dus weet ik het niet.'

'Oh? Maar waar hebt u dan over gesproken?'

'Over schilderijen, boeken en muziek,' zei ik naar waarheid.

Miss Hartnell, die alleen maar kan converseren over persoonlijke dingen, keek me achterdochtig en ongelovig aan. Zij scheen zich af te vragen hoe zij het verhoor nu verder moest voortzetten en daar maakte ik gretig gebruik van door haastig afscheid te nemen.

Ik bracht nu een bezoek aan een huis dat wat verder in het dorp ligt en keerde toen naar de pastorie terug via het tuinhek. Hierbij moest ik een gevaarlijk punt, Miss Marples tuin, passeren. Maar omdat ik het menselijkerwijs gesproken onmogelijk achtte dat het nieuws van mijn bezoek aan Mrs. Lestrange al tot Miss Marple kon zijn doorgedrongen, voelde ik me tamelijk veilig.

Terwijl ik het hek dicht deed, kwam ik opeens op het idee eens even naar het schuurtje achter in de tuin te gaan, dat door de jonge Lawrence Redding als atelier gebruikt werd, om zelf te zien hoe Griselda's portret opschoot.

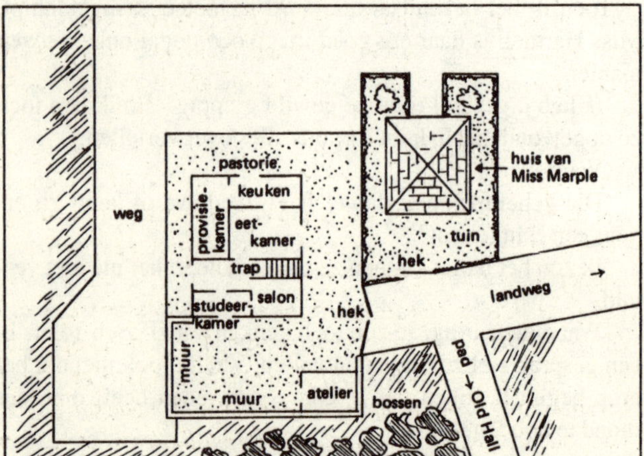

Hierbij vindt u een ruwe schets van het terrein en de omgeving, wat wel nuttig is, gezien in het licht van de verdere gebeurtenissen.

Ik had er geen flauw idee van dat er iemand in het atelier was. Ik had geen stemmen gehoord die me hadden kunnen waarschuwen, en ik vermoed dat mijn eigen voetstappen in het gras ook niet hoorbaar waren.

Ik opende de deur en bleef toen verward op de drempel staan. In het atelier waren twee mensen: de man hield zijn armen om de vrouw geslagen en hij kuste haar hartstochtelijk.

De twee mensen waren de schilder Lawrence Redding en Mrs. Protheroe.

Ik trok me ijlings terug en vluchtte naar mijn studeerkamer. Daar ging ik in een stoel zitten, nam mijn pijp uit mijn zak en ging zitten nadenken. Die ontdekking was een grote schok voor mij.

Vooral sinds mijn gesprek met Lettice diezelfde middag was ik er tamelijk zeker van dat er tussen haar en de jongeman iets groeide. Bovendien was ik ervan overtuigd dat zij zelf ook die mening was toegedaan. Ik was er zeker van dat zij geen idee had van de gevoelens van de schilder voor haar stiefmoeder. Een onplezierige verwikkeling. Ik nam mijn hoed af voor Miss Marple, al was het dan met tegenzin. Zij had kennelijk de werkelijke stand van zaken aangevoeld. Haar veelbetekenende blik naar Griselda had ik volkomen verkeerd begrepen.

Ik zou er nooit aan gedacht hebben me Mrs. Protheroe in een dergelijke situatie voor te stellen. Mrs. Protheroe had altijd de indruk gewekt nogal ongenaakbaar te zijn: een rustige, eenzelvige vrouw aan wie men geen diepere gevoelens zou hebben toegeschreven.

Zover was ik met mijn overpeinzingen gekomen, toen ik door een tikje op de ruit werd opgeschrikt. Ik stond op en zag Mrs. Protheroe buiten staan. Ik opende de tuindeur en zij kwam binnen, zonder op een uitnodiging te wachten. Zij liep naar adem snakkend de kamer door en liet zich op de sofa neervallen. Ik had het gevoel dat ik deze vrouw nooit eerder gezien had. De rustige, eenzelvige dame was verdwenen. In plaats daarvan zat daar een zenuwachtig, wanhopig schepsel. Voor het eerst drong tot me door dat Anne Protheroe heel mooi was.

Zij had bruin haar, een bleek gezicht en diepliggende grijze ogen. Haar wangen hadden een blos gekregen. Ze was buiten adem, het was alsof een standbeeld plotseling tot leven was gekomen. Ik knipperde met mijn ogen bij deze gedaanteverwisseling.

'Ik vond het maar beter naar u toe te komen,' zei zij. 'U... u hebt ons zojuist gezien?'

Ik boog mijn hoofd.

Heel rustig ging ze voort: 'Wij houden van elkaar.'

En zelfs nu ze duidelijk ten prooi was aan wanhoop en opwinding, kon ze een glimlach om haar lippen niet weerhouden. De glimlach van een vrouw die iets heel moois en wonderlijks ziet.

Ik zei nog steeds niets en ze voegde eraan toe: 'Ik veronderstel dat u dat slecht vindt?'

'Kunt u iets anders van mij verwachten, Mrs. Protheroe?'

'Nee... nee, ik veronderstel van niet.'

Ik ging verder en trachtte mijn stem zo vriendelijk mogelijk te houden: 'U bent een getrouwde vrouw...'

Zij onderbrak mij.

'O, ik weet het, ik weet het. Dacht u dat ik over dit alles niet telkens en telkens weer nagedacht heb? Ik ben geen slechte vrouw, werkelijk niet. En het is niet... zoals u misschien denkt.'

Ik zei ernstig: 'Daar ben ik blij om.'

Zij vroeg bedeesd: 'Gaat u dit aan mijn man vertellen?'

Ik antwoordde droogjes: 'De algemene opinie over een predikant schijnt te zijn dat hij zich niet als heer zou kunnen gedragen. Dat is niet juist.'

Zij wierp mij een dankbare blik toe.

'Ik ben zo ongelukkig! O, ik ben zo vreselijk ongelukkig. Ik kan zo niet doorgaan, ik kan het gewoonweg niet! En ik weet niet wat ik doen moet.' Haar stem werd hoger en kreeg een enigszins hysterische klank. 'U weet niet hoe mijn leven is. Van het begin af aan ben ik ongelukkig geweest met Lucius. Geen vrouw zou ooit gelukkig met hem kunnen zijn. Ik wou dat hij dood was. Ik weet dat het verschrikkelijk is wat ik zeg, maar ik meen het. Ik ben wanhopig, zeg ik u, wanhopig.'

Zij schrok op en keek naar het raam.

'Wat was dat? Ik dacht dat ik iemand hoorde. Misschien is het Lawrence.'

Ik ging naar de tuindeur, die ik kennelijk niet, zoals ik dacht, gesloten had. Ik deed een stap naar buiten, keek de tuin in, maar zag niemand. En toch was ik er bijna van overtuigd dat ook ik iemand gehoord had. Maar misschien was ik door haar beïnvloed.

Toen ik de kamer weer binnenkwam zat zij in elkaar gedoken met gebogen hoofd, een toonbeeld van wanhoop.

En weer zei ze: 'Ik weet niet wat ik doen moet, ik weet werkelijk niet wat ik doen moet.'

Ik ging naast haar zitten en zei de dingen die ik dacht dat mijn plicht mij voorschreef te zeggen, en ik trachtte ze te zeggen met de nodige overtuiging.

Maar terwijl ik het zei, was ik mij onaangenaam bewust van het feit dat ik diezelfde morgen had zitten beweren dat een wereld zonder kolonel Protheroe heel wat plezieriger zou zijn.

Ik drukte haar op het hart vooral geen overhaaste beslissingen te nemen. Haar huis en echtgenoot verlaten was een zeer ernstige stap. Ik geloof niet dat ik haar overtuigde. Ik ben oud en wijs genoeg om te weten dat argumenteren met iemand die verliefd is zo goed als zinloos is, maar ik denk wel dat mijn woorden haar een zekere mate van troost gaven.

Toen zij opstond om te vertrekken, bedankte zij mij en beloofde over mijn woorden te zullen nadenken.

Niettemin voelde ik mij niet op mijn gemak toen zij weg was. Ik voelde dat ik Anne Protheroes karakter tot nu toe volkomen verkeerd beoordeeld had.

Zij maakte nu op mij de indruk van een erg wanhopige vrouw, die voor niets zou terugdeinzen, nu haar emoties eenmaal waren opgewekt. Zij was hopeloos, tot over haar oren verliefd op Lawrence Redding, een man die ettelijke jaren jonger was dan zij.

Het beviel mij niet.

4

Ik was volkomen vergeten dat we Lawrence Redding die avond te eten hadden gevraagd. Toen Griselda dan ook de kamer binnenstormde en me een standje gaf met de mededeling dat het over twee minuten etenstijd was, stond ik wel even te kijken.

'Ik hoop dat nu alles in orde zal zijn,' riep Griselda mij op de trap na. 'Ik heb nog eens nagedacht over wat je vanmiddag tijdens de lunch zei en ik heb nu werkelijk een paar lekkere dingen bedacht.'

Ik mag wel even terloops zeggen dat Griselda's verzekering aan de lunch, dat alles veel slechter ging als ze haar best deed dan wanneer ze de zaken maar op hun beloop liet, volkomen bewaarheid werd. Het menu was inderdaad ambitieus van opzet, maar Mary scheen er een pervers genoegen in geschept te hebben eens na te gaan hoe goed ze afwisselend te gaar of niet gaar genoeg kon koken. Men zou denken dat aan oesters zelfs door de slechtste kok niets te bederven valt, maar helaas konden wij ze niet keuren, omdat we, op het moment dat ze op tafel zouden komen, ontdekten dat er niets in huis was om ze te openen.

Ik had er eigenlijk wel een beetje aan getwijfeld of Lawrence Redding zou komen opdagen. Hij had zich gemakkelijk kunnen verontschuldigen. Hij kwam echter keurig op tijd, en we gingen met ons vieren aan tafel.

Lawrence Redding is ongetwijfeld een aantrekkelijke persoonlijkheid. Ik schat hem op een jaar of dertig. Hij heeft donker haar, en zijn ogen zijn van een schitterende, bijna ontstellende kleur blauw. Hij is het soort man dat alles goed doet. Hij is goed in sport, een uitmuntend schutter, een goed acteur en een prima verteller. Hij is in staat elk feestje tot een succes te maken. Ik denk dat hij Iers bloed in de aderen heeft. Hij beantwoordt niet aan de voorstelling die men zich van een artiest maakt. En toch geloof ik dat hij een goed schilder is in het moderne genre. Overigens heb ik van schilderen weinig verstand.

Het was niet meer dan vanzelfsprekend dat hij deze avond wat afwezig was. Ik geloof echter niet dat Griselda of Dennis iets bijzonders merkte.

Griselda en Dennis zaten vol grappen over dr. Stone en miss Cram – het plaatselijke schandaaltje! Plotseling drong het met een schok tot me door dat Dennis ongeveer van dezelfde leeftijd was als Griselda. Mij noemt hij oom Len, maar haar gewoon Griselda. Het gaf me op de een of andere manier het gevoel buitengesloten te zijn.

Ik veronderstel dat die geschiedenis met Mrs. Protheroe mij uit balans gebracht had. Over het algemeen geef ik me niet over aan zulke onvruchtbare overpeinzingen.

Griselda en Dennis gingen zo nu en dan wel wat te ver, maar ik kon het niet over mijn hart verkrijgen hen wat af te remmen. Ik heb het altijd betreurd dat alleen al de aanwezigheid van een predikant vaak zo'n deprimerend effect heeft.

Lawrence nam vrolijk deel aan de gesprekken. Maar toch merkte ik dat zijn ogen voortdurend mijn richting uit dwaalden en ik was dan ook niet verbaasd toen hij me na het diner in de richting van mijn studeerkamer werkte.

Zo gauw we alleen waren veranderde zijn gedrag. Zijn gezicht werd ernstig en bezorgd. Hij zag er bijna verwilderd uit.

'U hebt ons geheim ontdekt, dominee,' zei hij. 'Wat gaat u nu doen?'

Ik kon natuurlijk heel wat duidelijker met Redding spreken dan met Mrs. Protheroe en dat deed ik dan ook. Hij nam het heel behoorlijk op.

'Vanzelfsprekend,' zei hij, toen ik klaar was, 'moet u dit wel zeggen, u bent tenslotte predikant. O, ik bedoel daar niets onaangenaams mee. In feite geloof ik dat u volkomen gelijk hebt. Maar dit is niet zomaar iets tussen Anne en mij.'

Ik antwoordde hem dat de mensheid precies diezelfde

woorden al gebruikte in het grijze verleden en een vreemd lachje speelde om zijn lippen.

'U bedoelt dat iedereen denkt dat zijn of haar geval uniek is? Misschien wel. Maar één ding moet u geloven.'

Hij verzekerde mij dat er tot op dat moment niets onbetamelijks gebeurd was. Anne was de trouwste en meest loyale vrouw die ooit geleefd had, zei hij. Hij had er geen flauw idee van, wat er nu gebeuren ging.

'Als het nu maar afliep zoals in een boek,' zei hij somber, 'dan ging die ouwe dood, en dat zou een hele opluchting zijn voor iedereen.'

Ik berispte hem.

'O, ik bedoelde niet dat ik een mes in zijn rug zou steken, maar ik zou wel heel vriendelijk "dank je" zeggen als iemand anders dat zou doen. Er is letterlijk niemand te vinden die ook maar één vriendelijk woord voor hem over heeft. Het verbaast me eigenlijk dat zijn eerste vrouw hem niet om zeep gebracht heeft. Ik heb haar eens ontmoet, jaren geleden, en ze maakte toen op mij de indruk dat ze er heus wel toe in staat was. Een van die kalme, gevaarlijke vrouwen. En hij tiert maar rond, maakt overal moeilijkheden, zo gemeen als de duivel en met een bedonderd humeur. U hebt er geen idee van wat Anne van hem heeft moeten verdragen. Als ik ook maar een cent had, nam ik haar met me mee, zonder meer.'

Toen sprak ik nog eens heel ernstig met hem. Ik smeekte hem bijna St. Mary Mead te verlaten. Door te blijven kon hij het voor Anne Protheroe alleen maar moeilijker maken dan ze het al had. De mensen zouden gaan praten. Het zou kolonel Protheroe ter ore komen en alles zou voor haar nog veel erger worden.

Lawrence protesteerde.

'Niemand weet hier iets van, behalve u, dominee.'

'Mijn beste kerel, je onderschat het detective-instinct van de dorpelingen. In St. Mary Mead kent iedereen je meest intieme aangelegenheden. Er bestaat in heel Engeland geen detective die zich kan meten met een oude vrijster met een boel vrije tijd.'

Hij zei vlotweg dat dat wel goed zat. Iedereen dacht toch dat hij dol op Lettice was.

'Is het ooit bij je opgekomen,' vroeg ik, 'dat Lettice dat zelf ook wel kon denken?'

Dat idee scheen hem nogal te verbazen. Lettice gaf geen snars om hem, zei hij, daar was hij zeker van.

'Het is een eigenaardig meisje,' zei hij. 'Ze lijkt altijd in een halve droomtoestand te verkeren, en toch geloof ik dat ze eigenlijk wel praktisch is. Ik geloof dat al dat vage gedoe maar pose is. Lettice weet verdraaid goed wat ze doet. En gek genoeg schijnt ze ook wraakzuchtig te zijn. Het vreemde is dat ze een hekel heeft aan Anne. Ze haat haar gewoonweg. En toch is Anne altijd als een engel voor haar geweest.'

Dit laatste nam ik maar niet al te letterlijk op. Verliefde jongelui vinden altijd dat het voorwerp van hun aanbidding zich als een engel gedraagt. Maar inderdaad, voor zover ik het kon beoordelen had Anne zich tegenover haar stiefdochter altijd eerlijk en vriendelijk gedragen. Diezelfde middag had ik me ook verbaasd over de bitterheid in Lettices stem.

We moesten ons gesprek hier onderbreken, want Griselda en Dennis kwamen luidruchtig binnen en protesteerden dat ik bezig was van Lawrence een oude sok te maken.

'O hemeltje,' zei Griselda, terwijl zij zich in een luie stoel liet vallen. 'Wat zou ik nu graag eens iets opwindends willen meemaken. Een moord bijvoorbeeld, of desnoods een inbraak.'

'Ik denk niet dat hier iemand de moeite van het beroven waard is,' zei Lawrence in een poging zich in hun stemming te verplaatsen. 'We kunnen hoogstens miss Hartnells kunstgebit ontvreemden.'

'Ja, dat klappert wel verschrikkelijk,' zei Griselda. 'Maar je vergist je als je denkt dat er niemand de moeite van het beroven waard is. Er is heel wat prachtig oud zilver in Old Hall. Zilveren zoutvaatjes en een drinkschaal uit de tijd van Karel II, dat soort dingen. Zover ik weet zijn die duizenden ponden waard.'

'De oude knaap zou je waarschijnlijk neerschieten met een

dienstrevolver,' zei Dennis. 'Dat zou nou net een kolfje naar zijn hand zijn.'

'Ja, maar wacht even. Dan zouden wij toch zorgen hem voor te zijn,' zei Griselda. 'Wie heeft er een revolver?'

'Ik heb een Mauser-pistool,' zei Lawrence.

'Echt waar? Wat opwindend! Hoe kom je eraan?'

'Oorlogsaandenken,' zei Lawrence kort.

'De oude Protheroe liet Stone vandaag zijn zilver zien,' vertelde Dennis. 'Die ouwe Stone deed alsof hij het verschrikkelijk interessant vond.'

'Ik dacht dat ze ruzie hadden over die grafheuvel,' zei Griselda.

'O, dat hebben ze alweer bijgelegd,' zei Dennis. 'Ik kan me trouwens niet voorstellen dat er mensen zijn die er plezier in hebben in grafheuvels rond te wroeten.'

'Die Stone is mij een raadsel,' zei Lawrence. 'Hij moet wel erg verstrooid zijn. Je zou zo nu en dan zweren dat hij niets van zijn eigen werk afweet.'

'Ja, dat is de liefde,' zei Dennis en citeerde: 'Lieve Gladys Cram/voor mij ben jij een vlam/je parelwitte tanden/doen iets in mij ontbranden/Kom vlucht nu mee/mijn bruid in spe/want in Het Blauwe Zwijn/zal ik je maken mijn...'

'Zo is het wel genoeg, Dennis,' zei ik.

'Nou, ik moet er eens vandoor,' zei Lawrence Redding. 'Hartelijk dank, Mrs. Clement, voor de prettige avond.'

Griselda en Dennis lieten hem uit. Daarna kwam Dennis alleen naar de studeerkamer terug. Er was iets gebeurd dat de jongen lichtelijk overstuur gemaakt had. Hij liep wat doelloos door de kamer met gefronst voorhoofd, en schopte achteloos tegen de meubels.

Nu zijn onze meubels al zo haveloos dat ze moeilijk nog meer beschadigd kunnen worden, maar ik voelde mij toch geroepen een zacht protest te laten horen.

'Sorry,' zei Dennis. Een ogenblik was hij stil; toen barstte hij los: 'Wat een smerig geroddel toch!'

Ik was een beetje verbaasd. Over het algemeen gedraagt Dennis zich niet zo. 'Wat is er aan de hand?' vroeg ik.

'Ik weet niet of ik het u wel vertellen moet.'

Ik was hoe langer hoe verbaasder.

'Het is zo'n rotstreek,' zei Dennis weer. 'Overal maar van die roddelpraatjes rondstrooien. Niets positiefs zeggen. Alleen maar insinueren. Nee, ik verdom het, sorry, het u te vertellen. Het is gemeen.'

Ik keek hem nieuwsgierig aan, maar drong niet verder aan. Toch vroeg ik me wel af wat er aan de hand kon zijn. Het is helemaal niets voor Dennis zich iets zo aan te trekken.

Op dat moment kwam Griselda binnen.

'Miss Wetherby heeft zojuist opgebeld,' zei ze. 'Mrs. Lestrange is om kwart over acht uitgegaan en is nog niet teruggekomen. Niemand weet waar ze naar toe is.'

'Wat gaat hun dat aan?'

'Maar in ieder geval ging ze niet naar dokter Haydock. Miss Wetherby weet dat zeker, want ze heeft getelefoneerd met miss Hartnell, die vlak naast de dokter woont. Die had haar dan moeten zien.'

'Het is mij een raadsel,' zei ik, 'hoe iemand hier in het dorp ooit een hap naar binnen krijgt. Ze eten zeker terwijl ze voor het raam staan, om vooral maar niets te missen.'

'En dat is nog niet alles,' zei Griselda opgetogen. 'Zij hebben nu ook ontdekt hoe het zit in Het Blauwe Zwijn. Dokter Stone en miss Cram hebben naast elkaar liggende kamers, maar...' en ze hief haar wijsvinger op, 'er ís geen tussendeur!'

'Dat moet dan wel een grote teleurstelling zijn voor iedereen,' zei ik.

Waarop Griselda hartelijk lachte.

Donderdag begon slecht. Twee dames uit mijn parochie maakten ruzie over de versiering van de kerk. Ik moest als scheidsrechter optreden tussen twee dames van middelbare leeftijd, die beiden letterlijk trilden van woede. Als het niet zo pijnlijk was geweest, had men het als een hoogst interessant fenomeen kunnen beschouwen.

Daarna moest ik twee koorknapen berispen voor het voortdurend snoepen gedurende de dienst en ik had het onaangename gevoel dat ik mij van deze taak niet zo grondig kweet als ik had moeten doen.

Daarna moest onze organist, die nogal 'overgevoelig' is en zich op z'n tenen getrapt voelde, weer gekalmeerd worden.

En vier van mijn wat minder gegoede parochianen kwamen openlijk in opstand tegen miss Hartnell, die me hierover briesend van woede wilde spreken.

Toen ik naar huis ging, kwam ik kolonel Protheroe tegen. Hij was in een uitstekend humeur, want in zijn kwaliteit van vrederechter had hij juist drie stropers veroordeeld.

'Strengheid,' riep hij uit met donderende stem. Hij is wat doof en als veel dove mensen schreeuwt hij altijd. 'Dat is wat we vandaag de dag nodig hebben: strengheid. En een voorbeeld stellen. Die boef van een Archer die gisteren weer is vrijgekomen heeft, naar ik hoor, gezworen wraak op me te nemen. Onbeschaamde vlegel. Maar een gewaarschuwd man telt voor twee. Ik zal hem wel tonen wat zijn wraak waard is, de eerstvolgende keer dat ik hem betrap op het stelen van mijn fazanten. Slap! We zijn veel te slap tegenwoordig. Ik ben ervoor een man zoals hij aan de kaak te stellen. Er wordt altijd gevraagd vooral aan vrouw en kinderen te denken. Verdomde onzin. Kletspraat. Waarom zou een man niet de gevolgen van zijn daden dragen alleen maar omdat hij jankt over zijn vrouw en kinderen? Voor mij is iedereen hetzelfde; het kan me niet schelen wat een man is – dokter, advocaat, predikant, stroper of dronken klaploper – als je hem te pakken krijgt aan de verkeerde kant van de wet, laat die wet hem dan ook maar straffen. Daarin zult u het toch wel met mij eens zijn, dunkt me.'

'U vergeet iets,' zei ik. 'Mijn beroep brengt mee dat ik genade voor recht laat gelden.'

'Wel, ik ben een rechtvaardig man. Niemand kan dat ontkennen.' Ik zei niets en hij zei scherp: 'Waarom antwoordt u niet? Vooruit, een kwartje voor uw gedachten!'

Ik aarzelde, maar besloot toen te spreken.

'Ik dacht eraan,' zei ik, 'dat wanneer mijn tijd gekomen zal zijn, ik het wel erg zou betreuren als ik alleen maar het recht zou kunnen bepleiten van mijn daden. Dat zou kunnen betekenen dat dan ook aan mij slechts recht zou worden toegemeten.'

'Bah! Wat wij nodig hebben is een beetje strijdvaardig christendom. Ik hoop dat ik altijd mijn plicht heb gedaan. Maar genoeg hierover. Zoals ik al gezegd heb, kom ik vanavond bij u. Laten we het kwart over zes maken in plaats van zes uur, als het u hetzelfde is. Ik moet nog even naar iemand in het dorp.'

'Dat schikt mij uitstekend.'

Hij zwaaide met zijn stok en beende weg. Toen ik me omdraaide, botste ik tegen Hawes op. Ik vond dat hij er beslist ziek uitzag vanmorgen. Ik had hem juist eens voorzichtig willen berispen voor verscheidene dingen die hij óf verknoeid óf helemaal niet gedaan had, maar toen ik naar zijn bleke, gespannen gezicht keek, leek het me dat de man ziek was.

Ik zei hem dat ook en hij ontkende, maar niet met veel overtuiging. Ten slotte gaf hij toe zich niet al te fit te voelen en aanvaardde mijn advies om naar huis en naar bed te gaan.

Ik gebruikte haastig mijn lunch en ging daarna enige bezoeken afleggen. Griselda was naar Londen gegaan met de goedkope donderdagtrein.

Ik kwam weer thuis om ongeveer kwart voor vier met de bedoeling mijn preek voor zondag voor te bereiden, maar Mary vertelde me dat Mr. Redding in mijn studeerkamer op me wachtte.

Hij liep de kamer op en neer met een zorgelijk gezicht. Hij zag er bleek en afgetobd uit.

Bij mijn binnenkomst draaide hij zich abrupt om.

'Hoort u eens, dominee. Ik heb nog eens nagedacht over wat u gisteravond zei. Het heeft me een slapeloze nacht bezorgd. Maar u hebt gelijk. Ik moet hiervandaan, en vlug.'

'Mijn beste kerel,' zei ik.

'U had gelijk met wat u zei over Anne. Ik bezorg haar alleen maar moeilijkheden door te blijven. Zij is... ze is te goed voor iets anders. Ik zie wel in dat ik moet gaan. Ik heb haar het leven al moeilijk genoeg gemaakt.'

'Ik denk dat dat het enige is dat je doen kunt,' zei ik. 'Ik weet dat het een moeilijke beslissing is, maar geloof me, uiteindelijk zal dat toch het beste zijn.'

Ik kon zien dat hij dacht dat zoiets makkelijk te zeggen is voor iemand die niet wist waarover hij sprak.

'Wilt u een oogje op Anne houden? Zij heeft een vriend nodig.'

'Je kunt ervan verzekerd zijn dat ik alles zal doen wat in mijn vermogen ligt.'

'Dank u, dominee.' Hij greep mijn hand. 'U bent van het goede soort. Vanavond zal ik afscheid van haar nemen en morgen pak ik mijn boeltje en vertrek dan vermoedelijk meteen. Het heeft geen zin deze ellendige toestand te rekken. Bedankt voor het gebruik van uw schuurtje. Het spijt me dat het portret van Mrs. Clement niet af is.'

'Maak je daar maar geen zorgen over, beste kerel. Tot ziens. God zegene je.'

Toen hij weg was, probeerde ik me te concentreren op mijn preek, maar met bijzonder weinig succes. Ik moest aldoor maar denken aan Lawrence en Anne Protheroe.

Ik dronk een onsmakelijke kop thee, koud en zwart, en om halfzes ging de telefoon. Mr. Abbott van Lower Farm lag op sterven en of ik direct kon komen.

Onmiddellijk belde ik Old Hall op, want Lower Farm was zo'n vier kilometer weg en ik kon onmogelijk om kwart over zes terug zijn. Ik ben er namelijk nooit in geslaagd te leren fietsen.

Kolonel Protheroe bleek juist met zijn auto weggereden te zijn en dus vertrok ook ik, na Mary gezegd te hebben dat ik onverwachts was weggeroepen, maar zou proberen tegen halfzeven terug te zijn.

5

Het was eerder zeven uur dan halfzeven toen ik het tuinhek van de pastorie weer naderde. Voor ik het bereikte, zwaaide het open. Lawrence Redding kwam naar buiten. Hij bleef stokstijf staan toen hij me zag en ik schrok van zijn uiterlijk. Hij zag eruit als een man die op het punt staat waanzinnig te worden. Zijn ogen staarden op een eigenaardige manier, hij was doodsbleek en hij beefde en rilde over zijn hele lichaam.

Even vroeg ik me af of hij misschien gedronken had, maar ik verwierp deze gedachte direct weer.

'Hallo,' zei ik. 'Het spijt me dat ik er niet was. Maar kom maar even mee. Ik moet Protheroe even spreken over wat rekeningen, maar dat zal niet lang duren.'

'Protheroe,' zei hij. Hij begon te lachen. 'Protheroe? U wilt Protheroe zien? Nou, u zult Protheroe zien. O, mijn god, ja!'

Ik staarde hem aan. Instinctief strekte ik mijn hand naar hem uit. Hij stapte snel opzij.

'Nee,' schreeuwde hij bijna. 'Ik moet weg om te denken. Ik moet denken, goed nadenken.'

Hij begon te rennen en verdween snel in de richting van het dorp, terwijl hij mij liet staan. Ik vroeg mij af of hij dronken was.

Ten slotte schudde ik mijn hoofd en liep door naar de pastorie. De voordeur wordt altijd opengelaten, maar toch belde ik. Mary kwam opendoen terwijl zij haar handen aan haar schort afveegde.

'Zo, bent u eindelijk terug,' zei ze.

'Is kolonel Protheroe er?' vroeg ik.

'In de studeerkamer, al sinds kwart over zes.'

'En Mr. Redding is ook hier geweest?'

'Die kwam een paar minuten geleden. Vroeg naar u. Ik zei hem dat u elk ogenblik terug kon zijn en dat kolonel Protheroe al wachtte in de studeerkamer en toen zei hij dat hij dan ook zou wachten en ging daar naar binnen. Hij moet daar nu nog zijn.'

'Nee, dat is hij niet,' zei ik. 'Ik ben hem zojuist tegengekomen op weg naar het dorp.'

'Nou, in ieder geval heb ik hem niet horen weggaan. Dan kan hij niet veel langer dan een paar minuten gebleven zijn. Mevrouw is nog niet terug uit de stad.'

Ik knikte afwezig. Mary ging terug naar de keuken en ik liep de gang door en opende de deur van de studeerkamer.

Na de duisternis in de gang deed de avondzon, die de kamer binnenscheen, mij met mijn ogen knipperen. Ik deed een paar passen en stond toen abrupt stil.

Gedurende een moment kon ik de betekenis van het tafereel voor mij nauwelijks bevatten.

Kolonel Protheroe lag in een onnatuurlijke en angstaanjagende houding dwars over mijn schrijftafel. Er lag een plas donkere vloeistof op de schrijftafel vlak bij zijn hoofd, die langzaam en met een sinister geluid op de vloer drupte.

Ik vermande me en ging naar hem toe. Zijn huid voelde koud aan. De hand die ik optilde, viel levenloos neer. De man was dood, door zijn hoofd geschoten.

Ik liep naar de deur en riep Mary. Toen ze kwam, droeg ik haar op zo hard te lopen als haar benen haar dragen konden en dokter Haydock te halen. Ik zei haar dat er een ongeluk was gebeurd.

Daarna ging ik weer naar binnen en sloot de deur, in afwachting van de komst van de dokter.

Gelukkig vond Mary hem thuis. Haydock is een goed mens, een grote, forse kerel, met een eerlijk, ruig gezicht.

Hij trok zijn wenkbrauwen op toen ik zwijgend naar de andere kant van de kamer wees. Maar als een goede dokter vertrok hij geen spier. Hij boog zich over de dode heen en onderzocht hem snel. Toen richtte hij zich op en keek mij aan.

'En?' vroeg ik.

'Hij is echt dood, al sinds een halfuur, zou ik zeggen.'

'Zelfmoord?'

'Uitgesloten. Kijk maar naar de plaats van de wond. En bovendien, als hij zichzelf had doodgeschoten, waar is dan het wapen?'

Inderdaad, nergens was een wapen te bespeuren.

'Laten we hier onze tijd maar niet verknoeien,' zei Haydock. 'Ik kan beter de politie bellen.'

Hij nam de telefoon van de haak en gaf de feiten kort en

duidelijk weer, waarna hij de hoorn weer neerlegde en naar mij toekwam.

'Beroerd geval. Hoe kon je hem hier zo aantreffen?'

Ik vertelde het hem.

'Beroerd geval,' herhaalde hij.

'Is... is het moord?' vroeg ik schuchter.

'Ziet er wel naar uit. Ik bedoel, wat kan het anders zijn? Rare geschiedenis. Ik vraag me af wie er zo'n hekel had aan die arme kerel. Ik weet natuurlijk wel dat hij niet bepaald populair was, maar dat is helaas zelden een reden om iemand te vermoorden.'

'Weet u, er is iets eigenaardigs,' zei ik. 'Ik werd vanmiddag telefonisch opgeroepen om bij een stervende parochiaan te komen. Toen ik daar aankwam, was iedereen stomverbaasd me te zien. De zieke man was veel beter dan hij in dagen geweest was en zijn vrouw ontkende ten stelligste dat ze me opgebeld had om te komen.'

Haydock fronste zijn wenkbrauwen. 'Dat geeft te denken. Dus jij moest weggelokt worden. En waar is je vrouw?'

'De hele dag naar Londen.'

'En het dienstmeisje?'

'In de keuken, helemaal aan de andere kant van het huis.'

'Waar ze naar alle waarschijnlijkheid niets kon horen van wat hier gebeurde. Het is een lelijke zaak. Wie wist er dat Protheroe hier vanavond zou komen?'

'Hij had het er zelf over, vanmorgen op straat. Luidkeels, zoals gewoonlijk.'

'Wat betekent dat het hele dorp het dus wist! Wat overigens altijd het geval is. Ken jij iemand die een wrok tegen hem koesterde?'

Het beeld van Lawrence Reddings bleke gezicht en starende ogen kwam mij weer voor de geest. Het antwoord werd mij bespaard door het geschuifel van voeten in de gang.

'De politie,' zei mijn vriend en stond op.

Onze politiemacht werd vertegenwoordigd door agent Hurst, die er erg belangrijk maar wel wat zorgelijk uitzag.

'Goedenavond, heren,' begroette hij ons. 'De inspecteur

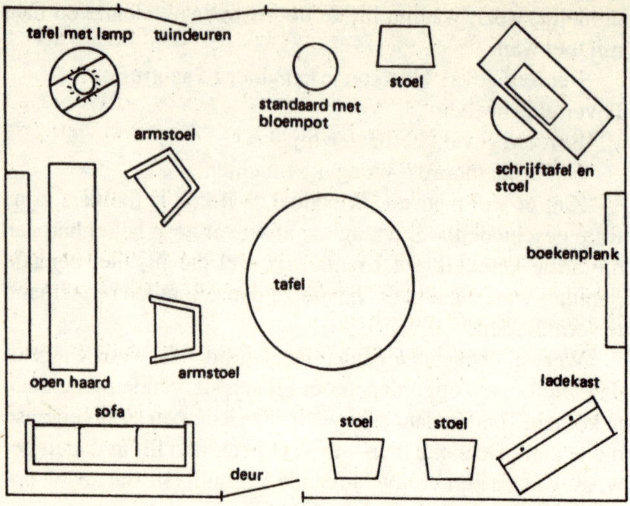

kan elk ogenblik hier zijn. Intussen zal ik zijn instructies uitvoeren. Als ik het goed begrepen heb is kolonel Protheroe doodgeschoten gevonden, hier in de pastorie.'

Hij zweeg en keek me aan alsof hij me het liefst meteen gearresteerd had.

Hij begaf zich naar de schrijftafel en kondigde aan: 'Niets aanraken tot de inspecteur komt.'

Voor het gemak van mijn lezers geef ik hier een situatieschets van de studeerkamer.

Hij haalde zijn notitieboekje te voorschijn, likte aan zijn potlood en keek ons beiden afwachtend aan.

Ik beschreef nogmaals de omstandigheden waaronder ik het lichaam had aangetroffen. Toen hij dit alles had opgeschreven, wat nogal wat tijd in beslag nam, richtte hij zich tot de dokter.

'Wat, dokter Haydock, is naar uw mening de doodsoorzaak?'

'Een schot door het hoofd, van dichtbij afgevuurd.'

'En het wapen?'

'Daarover kan ik niets met zekerheid zeggen totdat de kogel verwijderd is. Maar ik zou zo zeggen dat naar alle waarschijnlijkheid het schot werd afgevuurd uit een klein kaliber pistool, zoals een Mauser. 25.'

Ik schrok op. Ik herinnerde mij het gesprek van de vorige avond, waarbij Lawrence Redding had toegegeven een pistool te hebben.

De politieman richtte zijn koude vissenogen op mij.

'Zei u iets, dominee?'

Ik schudde mijn hoofd. Wat voor verdenkingen ik ook mocht koesteren, het waren tenslotte slechts verdenkingen en die diende ik vóór me te houden.

'Wanneer heeft dit drama zich naar uw mening afgespeeld?'

De dokter aarzelde even. Toen zei hij: 'Ik zou zeggen dat de man een goed halfuur dood is. Zeker niet langer.'

Hurst wendde zich tot mij.

'Heeft het dienstmeisje iets gehoord?'

'Voor zover ik weet, heeft ze niets gehoord,' zei ik. 'Maar u kunt het haar beter zelf vragen.'

Op dat ogenblik kwam echter inspecteur Slack binnen, die per auto uit Much Benham was gekomen, een afstand van ongeveer 3 kilometer. Het was een donkere man, vlug, energiek en rusteloos, en hij had zwarte, voortdurend knipperende ogen. Zijn optreden was lomp en hij deed erg uit de hoogte.

Hij beantwoordde onze groet met een kort knikje, nam het boekje van zijn ondergeschikte over en bladerde het door, wisselde op gedempte toon een paar woorden met hem en begaf zich toen naar het lijk.

'Alles is zeker overhoop gehaald,' zei hij.

'Ik ben nergens aan geweest,' zei Haydock.

'Ik evenmin,' voegde ik eraan toe.

Gedurende enige tijd hield de inspecteur zich bezig met het bestuderen van de voorwerpen op de schrijftafel en de bloedplas.

'Ha!' zei hij triomfantelijk. 'Dit is wat we nodig hebben. Een klok, omgevallen op het moment dat het slachtoffer voorover viel. Dat geeft ons de juiste tijd van de misdaad.

Tweeëntwintig minuten over zes. Wanneer zei u dat de dood was ingetreden, dokter?'

'Ik zei: ongeveer een halfuur geleden, maar...'

De inspecteur keek op zijn horloge.

'Vijf minuten over zeven. Het bericht bereikte me ongeveer tien minuten geleden, om vijf voor zeven. Het lichaam werd ontdekt om ongeveer kwart voor zeven. Ik heb begrepen dat men u direct heeft laten halen. Laten we aannemen dat u het onderzoek verrichtte om tien minuten voor... Hé, dat klopt dan allemaal bijna tot op de seconde!'

'Ik kan de tijd heus niet absoluut garanderen,' zei Haydock. 'Het is maar een schatting.'

'Dat is goed genoeg, dokter, goed genoeg.'

Ik had al die tijd geprobeerd ook wat te zeggen.

'Wat betreft die klok...'

'Neem me niet kwalijk, dominee, maar als er iets is dat ik weten wil, dan zal ik het wel vragen. We moeten opschieten. Wat ik nu wens, is absolute stilte.'

'Jawel, maar ik zou u toch wel even willen zeggen...'

'Absolute stilte,' zei de inspecteur, me woedend aanstarend.

Ik gaf hem zijn zin.

Hij keek nog steeds rond op de schrijftafel.

'Waarom zat hij hier?' mompelde hij. 'Was hij van plan een briefje te schrijven? Hé, wat is dit?'

Triomfantelijk hield hij een stuk papier omhoog. Hij was zo in zijn sas met zijn vondst dat hij het goedvond dat wij beiden naar hem toe gingen en meelazen.

Het was mijn schrijfpapier, en bovenaan stond:

6.20

Beste Clement:

(begon het)

Tot mijn spijt kan ik niet langer wachten, maar ik moet...

Hier verliep het schrift in een krabbel.

'Zo duidelijk als wat,' zei inspecteur Slack triomfantelijk. 'Hij gaat hier zitten om dit te schrijven; een vijand komt voorzichtig door de open deuren naar binnen en schiet hem neer terwijl hij schrijft. Wat wilt u nog meer?'

'Ik zou alleen graag willen zeggen...' begon ik weer.

'Uit de weg alstublieft, dominee. Ik wil eens even kijken of er voetsporen zijn.'

Hij liet zich zakken en kroop op handen en knieën in de richting van de deur.

'En toch moet u weten...' zei ik koppig.

De inspecteur stond op. Hij sprak zonder opwinding, maar vastberaden.

'Al die dingen zullen we later wel eens bespreken. Ik zou het erg prettig vinden als de heren nu weg zouden willen gaan. Helemaal weg, alstublieft.'

En we lieten ons als een paar kinderen wegsturen.

Het leek of er uren voorbij waren gegaan en toch was het pas kwart over zeven.

'Goed,' zei Haydock. 'Dat was het dan. Als die ingebeelde ezel me nog nodig heeft, stuur hem dan maar naar mijn spreekkamer. Tot ziens.'

'Mevrouw is terug,' zei Mary, die even uit de keuken kwam. Haar ogen waren groot en rond van opwinding. 'Zij kwam ongeveer vijf minuten geleden binnen.'

Ik trof Griselda in de salon aan. Zij zag er angstig maar tevens opgewonden uit.

Ik vertelde haar alles en zij luisterde aandachtig.

'Boven aan de brief staat 6.20,' eindigde ik. 'En de klok was voorovergevallen en was stil blijven staan op 6.22.'

'Ja,' zei Griselda. 'Maar heb je hem niet gezegd dat we die klok altijd een kwartier laten voorlopen?'

'Nee,' zei ik. 'Dat heb ik niet. Hij gaf me de kans niet. Ik heb genoeg mijn best gedaan.'

Griselda fronste verbaasd haar voorhoofd.

'Maar Len,' zei zij. 'Dat is te gek om los te lopen. Want toen die klok twintig minuten over zes aanwees, was het in werkelijkheid vijf minuten over zes en toen was kolonel Protheroe waarschijnlijk nog niet eens hier in huis.'

6

Gedurende enige tijd zaten we te puzzelen over het mysterie van de klok, maar we kwamen er niet uit. Griselda vond dat ik nog een poging moest wagen om inspecteur Slack op de hoogte te brengen, maar op dat punt was ik zo koppig als een ezel.

Inspecteur Slack was vreselijk en volkomen onnodig onbeschoft geweest. Ik zat me te verheugen op het moment dat ik mijn belangrijke mededeling zou kunnen doen en hem daarmee in verlegenheid zou brengen. Ik zou dan op zacht verwijtende toon zeggen: 'Als u maar naar mij had willen luisteren, inspecteur Slack...'

Ik verwachtte toch wel dat hij even met me zou praten voordat hij wegging, maar tot onze verbazing vernamen we van Mary dat hij vertrokken was, na de deur van mijn studeerkamer op slot te hebben gedaan en orders te hebben gegeven dat niemand mocht proberen de kamer binnen te gaan.

Griselda stelde voor dat ze naar Old Hall zou gaan.

'Het moet verschrikkelijk zijn voor Anne Protheroe... met de politie en alles,' zei ze. 'Misschien kan ik iets voor haar doen.'

Ik stemde van harte in met dit plan en Griselda vertrok na mij beloofd te hebben dat zij zou telefoneren als ze dacht dat ik van enig nut zou kunnen zijn voor de twee dames.

Daarna belde ik de zondagsschoolonderwijzers op, met wie ik om kwart voor acht de gebruikelijke wekelijkse voorbereidingsavond had moeten hebben. Onder de gegeven omstandigheden vond ik het beter hen af te zeggen.

Even later kwam Dennis binnen. Hij had een partijtje tennis gespeeld. Het feit dat er een moord was gepleegd in de pastorie scheen hem intense voldoening te schenken.

'Stel je voor van zo dichtbij een moordzaak mee te maken,' riep hij uit. 'Daar heb ik altijd naar verlangd. Waarom heeft de politie de studeerkamer afgesloten? Past een van de andere sleutels er niet op?'

Ik verbood hem nadrukkelijk het te proberen. Dennis gaf

onwillig toe. Na het laatste greintje informatie uit me gepeuterd te hebben, liep hij de tuin in om naar voetsporen te zoeken, terloops vrolijk opmerkend dat het een geluk was dat het die oude Protheroe was, aan wie iedereen toch een hartgrondige hekel had.

Zijn ongevoeligheid kwetste me, maar misschien, bedacht ik me, oordeelde ik wat hard. Op de leeftijd van Dennis is een detectiveverhaal een van de fijnste dingen in het leven en om een lijk zo te zeggen op je eigen stoep te vinden, moest voor elke rechtgeaarde jongen wel het toppunt van geluk betekenen. Voor een jongen van zestien betekent de dood nog maar weinig.

Griselda kwam na ongeveer een uur terug. Ze had Anne Protheroe gezien, kort nadat inspecteur Slack haar het nieuws had meegedeeld.

Na vernomen te hebben dat Mrs. Protheroe haar man voor het laatst gezien had in het dorp, om ongeveer kwart voor zes, en dat ze hoegenaamd geen licht kon werpen op de zaak, was hij weer vertrokken, met de mededeling dat hij de volgende morgen wel terug zou komen voor een gedetailleerdere ondervraging.

'Hij gedroeg zich voor zijn doen nogal behoorlijk,' gaf Griselda met tegenzin toe.

'En hoe nam Mrs. Protheroe het op?' vroeg ik.

'Wel... ze was erg kalm, maar dat is ze altijd.'

'Ja,' zei ik, 'ik kan mij haar niet hysterisch voorstellen.'

'Natuurlijk was het een grote schok. Dat kon je wel zien. Zij bedankte mij voor mijn komst en zei dat ze erg erkentelijk was, maar dat ik niets voor haar kon doen.'

'En Lettice?'

'Die was ergens aan het tennissen. Zij was nog niet thuis.'

Het was even stil en toen vervolgde Griselda: 'Weet je, Len, ze deed wel erg vreemd, heel erg vreemd zelfs.'

'Door de schok,' opperde ik.

'Ja, dat zal wel. En toch...' Griselda probeerde de juiste woorden te vinden. 'Zo was het eigenlijk niet helemaal. Zij scheen niet zozeer verslagen te zijn als... nou... ontzet.'

'Ontzet?'

'Ja... ze liet het niet blijken, zie je. Tenminste, ze probeerde het. Maar ze had een vreemde, waakzame blik in haar ogen. Ik vraag me af of zij er enig idee van heeft wie hem vermoord heeft. Ze vroeg telkens weer of men al iemand verdacht.'

'Zo, vroeg ze dat?' zei ik nadenkend.

'Ja. Natuurlijk weten we dat Anne Protheroe een fantastische zelfbeheersing heeft, maar je kon zien dat ze vreselijk overstuur was. Eigenlijk meer dan ik verwacht zou hebben, want tenslotte was ze toch ook weer niet zo op hem gesteld. Ik zou eerder zeggen dat ze een hekel aan hem had.'

'Door de dood kunnen iemands gevoelens weleens veranderen.'

'Ja, dat zal wel.'

Dennis kwam binnen en was erg opgewonden over een voetafdruk die hij in een van de bloemperken had gevonden. Hij was er zeker van dat de politie die niet gezien had en dat dit nu juist het cruciale punt in het hele mysterie zou blijken te zijn.

Ik bracht een onrustige nacht door. Dennis was lang voor het ontbijt op en het huis uit, om, zoals hij zei, 'de laatste ontwikkelingen te bestuderen'.

Maar het was Mary en niet Dennis, die ons het sensationele nieuwtje van die ochtend bracht.

We waren juist aan tafel gegaan, toen ze de kamer kwam binnenstormen, met rode wangen en glinsterende ogen, en ons met haar gebruikelijke gebrek aan plichtplegingen toeriep. 'Zou u dat ooit gedacht hebben? De bakker vertelde me zojuist dat ze de jonge Mr. Redding hebben gearresteerd.'

'Lawrence gearresteerd?' riep Griselda ongelovig uit. 'Dat is onmogelijk. Dat moet de een of andere stomme vergissing zijn.'

'Helemaal geen vergissing,' zei Mary met een soort duivelse vreugde in haar stem. 'Mr. Redding is er zelf heen gegaan en heeft zich aangegeven. Gisteravond laat. Hij liep gewoon de politiepost binnen, gooide zijn pistool op tafel en zei: "Ik heb het gedaan." Zo maar, zonder meer.'

Zij keek ons beiden aan, knikte heftig met haar hoofd en verdween, tevreden met het effect van haar mededeling.

Griselda en ik staarden elkaar aan.

'O, het is niet waar,' zei Griselda. 'Het kan niet waar zijn.'

Zij merkte mijn stilzwijgen op en zei: 'Len, jij denkt toch niet dat het waar is?'

Ik vond het moeilijk haar te antwoorden. Ik bleef zwijgend zitten, terwijl de gedachten door mijn hoofd warrelden.

'Hij moet gek zijn,' zei Griselda. 'Volslagen gek. Of denk je dat ze samen het pistool bekeken en dat het toen plotseling afging?'

'Dat klinkt niet erg waarschijnlijk.'

'Maar het moet toch op de een of andere manier een ongeval geweest zijn. Er is geen zweem van een motief. Wat voor reden kon Lawrence nu hebben om kolonel Protheroe te doden?'

Ik had haar op deze vraag een duidelijk en afdoend antwoord kunnen geven, maar ik wenste Anne Protheroe, althans voorlopig, zoveel mogelijk te sparen. Er was misschien nog een kans om haar naam erbuiten te houden.

'Vergeet niet dat zij ruzie gehad hadden,' zei ik.

'Over Lettice en haar badpak. Ja, maar dat is al te dwaas. En zelfs als hij en Lettice in het geheim verloofd waren, is dat toch geen reden om haar vader te doden.'

'Wij weten niet hoe de juiste toedracht is, Griselda.'

'Jij gelóóft het, Len! O, hoe kun je? En ik zeg je dat ik ervan overtúígd ben dat Lawrence geen haar van Protheroes hoofd gekrenkt heeft.'

'Herinner je je dat ik hem net buiten het hek tegenkwam en dat hij eruitzag als een waanzinnige?'

'Jawel, maar... O, het is onmogelijk!'

'En dan is daar die klok nog,' zei ik. 'Dit verklaart de klok. Lawrence moet hem teruggezet hebben op tweeëntwintig minuten over zes, om zich een alibi te verschaffen. En kijk maar hoe inspecteur Slack erin getrapt is.'

'Je vergist je, Len. Lawrence wist dat die klok voorliep.

"Om de dominee wat speling te geven," zei hij altijd. Lawrence zou nooit de fout gemaakt hebben de klok terug te zetten op zes uur tweeëntwintig. Hij zou de wijzers op een logischer tijd gezet hebben, bijvoorbeeld op kwart voor zeven.'

'Misschien wist hij niet hoe laat Protheroe hier zou zijn. Of misschien was hij wel helemaal vergeten dat de klok voorliep.'

Griselda was het hier niet mee eens.

'Nee, als je een moord beging, zou je juist met zulke dingen heel voorzichtig zijn.'

'Daar kun jij niet over oordelen, liefje,' zei ik vriendelijk. 'Jij hebt nooit een moord begaan.'

Voordat Griselda kon antwoorden, viel er een schaduw over de ontbijttafel en een vriendelijke stem zei: 'Ik hoop dat ik niet ongelegen kom. Maar onder deze treurige omstandigheden... zeer treurige omstandigheden...'

Het was onze buurvrouw, Miss Marple. Ze kwam door de open tuindeur naar binnen en ik bood haar een stoel aan. Zij zag er wat verhit en nogal opgewonden uit.

'Vreselijk, is het niet? Die arme kolonel Protheroe. Misschien geen erg prettig mens en niet bepaald populair, maar het is toch wel erg zielig. En nog wel neergeschoten hier in de pastorie, als ik het goed begrepen heb?'

Ik zei dat dat inderdaad het geval was.

'Maar onze dominee was niet hier op dat ogenblik?' vroeg Miss Marple aan Griselda.

Ik legde haar uit waar ik geweest was.

'Is Dennis er niet?' vroeg Miss Marple rondkijkend.

'Dennis,' zei Griselda, 'verbeeldt zich een amateur-detective te zijn. Hij is erg opgewonden over een voetafdruk die hij in een van de bloembedden ontdekt heeft en ik veronderstel dat hij het aan de politie is gaan vertellen.'

'Tjonge, tjonge,' zei Miss Marple. 'Wat een drukte toch, nietwaar? En Dennis denkt dus dat hij weet wie de misdaad begaan heeft. Wel, ik veronderstel dat we dat allemaal denken te weten.'

'U bedoelt dat het voor de hand ligt?' zei Griselda.

'Nee, lieve kind, dat bedoelde ik helemaal niet. Ik maak me sterk dat iedereen denkt dat het iemand anders is. Daarom is het zo belangrijk bewíjzen te hebben. Ik, bijvoorbeeld, ben er absoluut van overtuigd dat ik weet wie het gedaan heeft. Maar ik moet toegeven dat ik geen enkel bewijs heb. Ik weet dat men bij gelegenheden als deze zeer voorzichtig moet zijn met zijn woorden. Ik had me tenminste al voorgenomen héél voorzichtig te zijn met inspecteur Slack. Hij had mij laten weten dat hij mij vanmorgen zou opzoeken, maar zojuist heeft hij opgebeld om te zeggen dat het nu niet meer nodig was.'

'Ik veronderstel dat het na de arrestatie inderdaad geen zin meer heeft,' zei ik.

'De arrestatie?' Miss Marple leunde voorover, haar wangen rood van opwinding. 'Ik wist niet dat er een arrestatie had plaatsgevonden.'

Het gebeurt zo zelden dat Miss Marple minder goed geïnformeerd is dan wij, dat ik als vaststaand feit had aangenomen dat zij van de laatste ontwikkelingen op de hoogte was.

'Het schijnt dat we langs elkaar heen gepraat hebben,' zei ik. 'Ja, er is iemand gearresteerd: Lawrence Redding.'

'Lawrence Redding?' Miss Marple scheen erg verbaasd te zijn. 'Nee, ik zou gedacht hebben...'

Griselda onderbrak ons heftig.

'Ik kan het niet geloven, zelfs nu hij bekend heeft nog niet.'

'Bekend?' zei Miss Marple. 'Je zegt dat hij bekend heeft? O hemeltje, ik zie dat ik het dan lelijk mis heb gehad... ja, ja, ik heb het lelijk mis gehad.'

'Ik kan de gedachte niet van mij afzetten dat het een ongeluk geweest moet zijn,' zei Griselda. 'Geloof jij dat ook niet, Len? Ik bedoel, dat zichzelf aangeven wijst daar toch op?'

Miss Marple boog zich gespannen voorover.

'Gaf hij zichzelf aan, zeg je?'

'Ja.'

'O!' zei Miss Marple met een diepe zucht. 'Wat ben ik daar blij om! Heel erg blij.'

Ik keek haar met enige verbazing aan.

'Ja, ik veronderstel dat men het als een oprecht bewijs van berouw mag beschouwen,' zei ik.

'Berouw?' Miss Marple keek stomverbaasd. 'O, maar mijn beste dominee, u denkt toch niet echt dat hij schuldig is?'

Nu was het mijn beurt om verbaasd te kijken.

'Maar als hij nu toch bekend heeft...'

'Ja, maar dat bewijst juist dat hij er niets mee te maken heeft.'

'Nee,' zei ik, 'het is misschien erg stompzinnig, maar dat kan ik niet inzien. Als je geen moord begaan hebt, snap ik niet waarom je net zou doen alsof.'

'O, er is natuurlijk een reden,' zei Miss Marple. 'Natuurlijk. Er is altijd een reden, nietwaar? En jongelui zijn nu eenmaal heethoofdig en geneigd het ergste te geloven.'

Zij richtte zich tot Griselda.

'Ben je het niet met me eens?'

'Ik... ik weet het niet,' zei Griselda. 'Het is zo moeilijk te weten wat je moet denken. Ik zie geen enkele reden waarom Lawrence zich als een volslagen idioot zou gedragen.'

'Als je gisteravond zijn gezicht had gezien...' begon ik.

'Vertelt u eens,' zei Miss Marple.

Ik beschreef mijn thuiskomst, terwijl zij aandachtig luisterde.

Toen ik klaar was, zei ze: 'Ik weet dat ik vaak nogal dwaas doe en de dingen niet altijd opneem zoals ik dat zou moeten, maar nu kan ik u toch echt niet volgen. Ik zou denken dat wanneer een jongeman het onzalige besluit zou hebben genomen iemand van het leven te beroven, hij na de uitvoering nauwelijks verbijsterd zou zijn. Het zou een koelbloedige, vooraf beraamde daad zijn, en hoewel de moordenaar misschien een beetje zenuwachtig zou zijn en mogelijkerwijs ergens een foutje zou kunnen maken, lijkt het me toch niet waarschijnlijk dat hij zou vervallen in een toestand van opwinding zoals u juist beschreven hebt. Het is natuurlijk moeilijk jezelf in zo'n positie in te denken, maar ik kan me niet voorstellen dat ik onder dergelijke omstandigheden in zo'n toestand zou geraken.'

'Wij kennen de omstandigheden niet,' argumenteerde ik. 'Als er ruzie geweest is, kan het schot in een plotselinge opwelling van drift zijn afgevuurd. Lawrence was dan na afloop vanzelfsprekend ontzet over wat hij gedaan had. In feite geef ik er de voorkeur aan te denken dat het zo gebeurd is.'

'Ik weet, beste Mr. Clement, dat wij de feiten soms graag anders interpreteren, maar tenslotte moet men de feiten zien zoals ze zijn, nietwaar? En het komt mij voor dat uw interpretatie niet overeenstemt met de feiten. Uw dienstmeisje heeft pertinent verklaard dat de heer Redding slechts een paar minuten in huis is geweest, zeker niet lang genoeg voor een ruzie zoals door u wordt verondersteld. Bovendien heb ik begrepen dat de kolonel van achteren door het hoofd is geschoten, terwijl hij bezig was een brief te schrijven... althans dat is wat mijn dienstmeisje mij vertelde.'

'Dat klopt precies,' zei Griselda. 'Het schijnt dat hij een briefje schreef om te zeggen dat hij niet langer kon wachten. De brief was gedateerd 6.20 en de klok was omgevallen en was stil blijven staan op 6.22 en dat is nu juist wat Len en mij al zoveel hoofdbrekens heeft gekost.'

Zij verklaarde onze gewoonte de klok altijd een kwartier te laten voorlopen.

'Heel eigenaardig,' zei Miss Marple. 'Werkelijk heel eigenaardig. Maar wat ik nog veel eigenaardiger vind, is dat briefje. Ik bedoel...'

Zij zweeg en keek om. Lettice Protheroe stond bij de tuindeur. Zij kwam binnen, knikte tegen ons en mompelde: 'Morgen.'

Zij viel in een stoel neer en zei met iets meer levendigheid dan gewoonlijk: 'Ik hoor dat Lawrence gearresteerd is.'

'Ja,' zei Griselda, 'en dat was een grote schok voor ons.'

'Ik had eigenlijk nooit echt gedacht dat iemand vader nog eens zou vermoorden,' zei Lettice. Kennelijk was ze er trots op dat ze geen enkel teken van emotie toonde. 'Ik ben ervan overtuigd dat veel mensen het wel hadden willen doen. Er waren momenten dat ik het zelf wel had willen doen.'

‘Wil je iets eten of drinken, Lettice?’ vroeg Griselda.

‘Nee, dank u, ik kwam eigenlijk alleen maar even binnen om te zien of ik mijn baret hier had laten liggen, zo’n grappige, kleine gele. Ik denk dat ik hem gisteren in de studeerkamer heb laten liggen.’

‘Als dat zo is, moet hij er nog liggen,’ zei Griselda, ‘want Mary ruimt nooit wat op.’

‘Ik ga wel even kijken,’ zei Lettice. ‘Het spijt me dat ik zo lastig ben, maar ik schijn zo’n beetje al mijn hoofddeksels kwijtgeraakt te zijn.’

‘Ik vrees dat je er op het moment niet in kunt,’ zei ik. ‘Inspecteur Slack heeft de deur op slot gedaan.’

‘Hè, wat vervelend. Kunnen we niet door de tuindeuren naar binnen?’

‘Ik ben bang van niet. De boel is van binnen vergrendeld. Maar Lettice, aan een gele baret zou je toch op het moment niet veel hebben, wel?’

‘U bedoelt met het oog op rouw en zo? Ik ben niet van plan in de rouw te gaan. Ik vind het een verschrikkelijk verouderd idee. Het is ’n vervelend geval met Lawrence, erg vervelend.’

Zij stond op en fronste afwezig het voorhoofd.

‘Ik veronderstel dat het allemaal komt door mij en mijn badpak. Het is allemaal zo dwaas.’

Griselda opende haar mond om iets te zeggen, maar om onverklaarbare redenen sloot ze hem weer.

Lettice glimlachte op een eigenaardige manier.

‘Ik denk,’ zei ze zacht, ‘dat ik naar huis ga om Anne te vertellen dat Lawrence is gearresteerd.’

Zij verdween weer door de tuindeur. Griselda wendde zich tot Miss Marple.

‘Waarom schopte u mij?’

De oude dame glimlachte.

‘Ik dacht dat je van plan was iets te zeggen. En het is vaak veel beter de dingen zich langs eigen lijnen te laten ontwikkelen. Ik geloof helemaal niet, weet je, dat dat kind ook maar half zo vaag is als zij zich voordoet. Zij heeft een zeer bepaald idee in haar hoofd en daar handelt ze nu naar.’

Mary gaf een harde klop op de deur en kwam meteen binnen.

'Wat is er?' vroeg Griselda. 'En Mary, onthoud nu eens dat je niet hoeft te kloppen. Dat heb ik je al vaker gezegd.'

'Ik dacht dat u misschien bezig was,' zei Mary. 'Kolonel Melchett is hier, hij wil de dominee spreken.'

Kolonel Melchett is commissaris van politie in ons graafschap. Ik stond direct op.

'Ik dacht dat u niet zou willen dat ik hem in de gang liet staan, dus heb ik hem maar in de salon gelaten,' ging Mary voort. 'Zal ik afruimen?'

'Nog niet,' zei Griselda. 'Ik zal wel bellen.'

Zij wendde zich tot Miss Marple en ik verliet de kamer.

7

Kolonel Melchett is een kordate, kleine man met de gewoonte op de meest onverwachte ogenblikken te snuiven. Hij heeft rood haar en scherpe, helderblauwe ogen.

'Morgen, dominee,' zei hij. 'Beroerde zaak, hè? Die arme Protheroe. Niet dat ik hem mocht, want dat was beslist niet het geval. Wat dat betreft: niemand mocht hem. Maar voor u is het wel heel ellendig. Ik hoop dat het uw vrouw niet te veel van streek heeft gemaakt.'

Ik verzekerde hem dat Griselda de schok goed had opgevangen.

'Dat doet me dan genoegen. Een ellendig iets om in je eigen huis te moeten meemaken. Ik moet zeggen dat het me verbaast van de jonge Redding... om het op zo'n manier te doen. Helemaal geen consideratie voor iemands gevoelens.'

Ik kon de drang om in lachen uit te barsten nauwelijks onderdrukken, maar kolonel Melchett zag kennelijk niets grappigs in het idee dat een moordenaar consideratie zou hebben, dus bedwong ik mij.

'Ik moet toegeven dat het me wel verbaasde te horen dat hij rustig binnen stapte en zich aangaf,' vervolgde kolonel Melchett, terwijl hij zich in een stoel liet vallen.

'Hoe is het eigenlijk precies gegaan?'

'Gisteravond. Ongeveer tien uur. Jongeman komt binnenlopen, gooit zijn pistool op tafel en zegt: "Hier ben ik, ik heb het gedaan." Zomaar, alsof het de gewoonste zaak van de wereld was.'

'En hoe verklaart hij nu eigenlijk de hele zaak?'

'Hij zegt niet veel. Hij kreeg natuurlijk de gebruikelijke waarschuwing omtrent het afleggen van verklaringen. Hij lachte alleen maar. Zei dat hij hier bij u gekomen was om u te spreken, en vervolgens Protheroe in de kamer vond. Zij kregen ruzie en hij schoot hem neer. Hij wou niet zeggen waarover ze ruzie hadden. Luister eens, Clement – tussen ons gezegd en gezwegen – weet u er iets van? Ik heb namelijk geruchten gehoord dat hem het huis ontzegd zou zijn en zo. Wat was er aan de hand? Heeft hij de dochter verleid of iets dergelijks? Als het even kan, wou ik haar er zoveel mogelijk buiten laten. Maar was dat de narigheid?'

'Nee,' zei ik. 'U kunt van mij aannemen dat het heel wat anders was, maar nu kan ik er echt niet meer over zeggen.'

Hij knikte en stond op.

'Prettig dat ik dat tenminste weet. Er wordt een boel gekletst. Te veel vrouwen in deze hoek van de wereld. Nou, ik moet weg. Ik moet Haydock spreken. Hij was weggeroepen voor een of ander geval, maar hij moet nu wel terug zijn. Ik kan u wel zeggen dat me dit van Redding echt spijt. Hij maakte op mij altijd de indruk een fatsoenlijke vent te zijn. Misschien kunnen ze wel de een of andere verdediging voor hem verzinnen. Nawerking van de oorlog, shock door granaatvuur of zoiets. En vooral als er geen werkelijk steekhoudend motief te voorschijn komt. Kom, ik moet weg. Hebt u zin om mee te gaan?'

Ik zei ja, en we gingen samen naar buiten.

Haydocks huis ligt naast het mijne. Zijn dienstmeisje zei dat hij juist was thuisgekomen en bracht ons naar de eetkamer, waar Haydock net aanschoof om eieren met spek te gaan eten.

Hij groette ons met een vriendelijk knikje.

'Het spijt me dat ik weg moest. Een bevalling. Maar het grootste deel van de nacht heb ik voor jullie gewerkt. Hier is de kogel.'

Hij schoof een klein doosje over de tafel, dat Melchett aandachtig bekeek.

'Zeseneenhalve millimeter?'

Haydock knikte.

'De technische details bewaar ik voor het gerechtelijk vooronderzoek,' zei hij. 'Wat u op het moment interesseert, is dat de dood vrijwel onmiddellijk moet zijn ingetreden. Stomme, jonge dwaas, waarom moest hij dat nou doen? Verbazingwekkend, tussen twee haakjes, dat niemand het schot gehoord heeft.'

'Ja,' zei Melchett, 'dat verbaast mij ook.'

'Het keukenraam is aan de andere kant van het huis,' zei ik. 'Met de deuren van de studeerkamer, de provisiekamer en de keuken alle drie dicht, betwijfel ik of men iets zou kunnen horen, en het dienstmeisje was alleen thuis.'

'Hm,' zei Melchett. 'En toch vind ik het gek. Ik vraag me af of de oude dame hiernaast – hoe heet ze ook weer – Marple, het niet gehoord heeft. De tuindeuren van de studeerkamer stonden open.'

'Misschien hééft ze het wel gehoord,' zei Haydock.

'Ik denk het niet,' zei ik. 'Ze was zojuist in de pastorie en heeft er met geen woord over gerept.'

'Misschien heeft ze het gehoord en er geen acht op geslagen of misschien dacht ze wel dat het een knallende uitlaat van een auto was.'

Het viel me op dat Haydock deze ochtend veel vrolijker was.

'En hoe zou het zijn als hij een geluiddemper gebruikt had op zijn pistool?' vroeg hij nu. 'Dat zou best kunnen en niemand zou dan iets horen.'

Melchett schudde zijn hoofd.

'Slack heeft geen geluiddemper gevonden en toen hij Redding ernaar vroeg, scheen deze eerst niet te snappen waarover hij sprak en ontkende vervolgens absoluut iets dergelijks gebruikt te hebben. En ik neem aan dat we hem daarin wel kunnen geloven.'

'Ja, inderdaad, de arme kerel.'

'Verdomde stommeling,' zei kolonel Melchett. 'Sorry, Clement. Maar dat is hij werkelijk. 't Is gek, maar ik kan maar geen moordenaar in hem zien.'

'Is er een motief?' vroeg Haydock, terwijl hij een laatste teug koffie dronk en zijn stoel achteruitschoof.

'Hij zegt dat ze ruzie hadden, dat hij kwaad werd en schoot.'

'Hij schijnt te hopen dat het op doodslag uitdraait, hè?'

De dokter schudde zijn hoofd. 'Dat verhaaltje kan hij niet volhouden. Hij sloop naar Protheroe toe terwijl die zat te schrijven en schoot hem door zijn hoofd. Dat kun je toch moeilijk "ruzie" noemen.'

'En in elk geval zou er geen tijd geweest zijn voor ruzie,' zei ik, mij Miss Marples woorden herinnerend. 'Erheen sluipen, schieten, de wijzers van de klok terugzetten op zes uur tweeëntwintig en weer vertrekken zou al zijn tijd in beslag genomen hebben. Ik zal nooit zijn gezicht vergeten toen ik hem buiten het hek tegenkwam, noch de manier waarop hij zei: "U wilt Protheroe zien? Nou, die zult u zien!" Dat op zichzelf had mij wantrouwig moeten maken over wat er net een paar minuten eerder had plaatsgevonden.'

Haydock staarde mij aan.

'Wat bedoel je, wat net had plaatsgevonden? Wanneer dacht je dan dat Redding hem doodgeschoten had?'

'Een paar minuten voordat ik mijn huis bereikte.'

De dokter schudde zijn hoofd.

'Onmogelijk. Volkomen onmogelijk. Hij was al veel langer dood.'

'Maar mijn goeie man,' riep kolonel Melchett nu uit. 'U zei zelf dat uw schatting van een halfuur maar bij benadering goed was.'

'Een halfuur, vijfendertig minuten, vijfentwintig minuten, twintig minuten, allemaal mogelijk; korter, nee. Mensen, het lichaam had in dat geval nog warm moeten zijn toen ik erbij kwam!'

Wij keken elkaar verbijsterd aan. Haydocks gezicht was veranderd. Het was plotseling grauw en oud geworden. Ik vroeg me af waardoor.

'Maar kijk nou eens even hier, Haydock.' De kolonel had zijn stem teruggekregen. 'Als Redding nou bekent dat hij hem heeft neergeschoten om kwart voor zeven...'

Haydock sprong overeind.

'En ik zeg dat het onmogelijk is,' brulde hij. 'Als Redding zegt dat hij Protheroe om kwart voor zeven gedood heeft, dan liegt Redding. Verdorie nog an toe, ik zeg je, ik ben dokter en ik kan het weten. Het bloed was nota bene al aan het stollen.'

'Als Redding liegt...' begon Melchett. Hij zweeg en schudde zijn hoofd.

'Laten we maar eens met hem gaan praten,' zei hij toen.

8

Wij zeiden niet veel op weg naar het politiebureau. Haydock bleef een beetje achter en mompelde tegen mij: 'Dit bevalt me helemaal niet, weet je, helemaal niet. Er is iets dat wij kennelijk niet begrijpen.'

Hij scheen erg bezorgd en overstuur te zijn.

Inspecteur Slack was op het politiebureau en weldra stonden we tegenover Lawrence Redding.

Hij zag er bleek en gespannen uit, maar hij was volkomen kalm, ongelooflijk kalm vond ik, gezien de omstandigheden. Melchett snoof en schraapte zijn keel en was kennelijk zenuwachtig.

'Luister eens, Redding,' zei hij, 'ik heb gehoord dat je tegenover inspecteur Slack hier een verklaring hebt afgelegd. Je verklaart daarin dat je naar de pastorie bent gegaan om ongeveer kwart voor zeven, dat je Protheroe daar aantrof, dat jullie ruzie kregen, dat je hem neerschoot en dat je toen wegging. Ik lees het nu niet letterlijk voor, maar daar komt het wel op neer.'

'Inderdaad.'

'Nu zal ik je een paar vragen gaan stellen. Er is je al gezegd dat je die niet hoeft te beantwoorden als je niet wilt. Je advocaat...'

Lawrence viel hem in de rede. 'Ik heb niets te verbergen. Ik heb Protheroe gedood.'

'O, goed, ja,' brieste Melchett. 'Hoe kwam het dat je een pistool bij je had?'

Lawrence aarzelde. 'Ik had het in mijn zak.'

'Nam je het dan mee naar de pastorie?'

'Ja.'

'Waarom?'

'Ik heb het altijd bij me.'

Hij aarzelde en ik was er absoluut zeker van dat hij niet de waarheid vertelde.

'Waarom zette je de klok terug?'

'De klok?'

'Ja, de wijzers stonden op tweeëntwintig minuten over zes.'

Hij keek angstig. 'O, dat ja... ik... die heb ik verzet.'

Haydock mengde zich nu plotseling in het gesprek. 'Waar heb je op kolonel Protheroe geschoten?'

'In de studeerkamer van de pastorie.'

'Nee, ik bedoel in welk deel van zijn lichaam.'

'O, dat? Ik geloof door zijn hoofd. Ja, door zijn hoofd.'

'Ben je daar dan niet zeker van?'

'Als u het toch al weet, zie ik niet in waarom het nodig is dat u het mij nog eens vraagt.'

Het was een zwakke poging om hem te overtroeven. Er was wat rumoer buiten. Een politieagent zonder helm op bracht een briefje binnen. 'Voor de dominee. Er staat *zeer dringend* op.'

Ik scheurde het open en las:

Alstublieft, alstublieft, komt u naar me toe. Ik weet niet wat ik doen moet. Het is te verschrikkelijk. Ik moet het iemand vertellen. Kom alstublieft onmiddellijk en breng mee wie u wilt.

Anne Protheroe

Ik gaf Melchett een veelbetekenende blik. Hij begreep de wenk. We gingen de kamer uit. Over mijn schouder kijkend zag ik Lawrence Reddings gezicht. Zijn ogen waren gericht op het papier dat ik vasthield en zelden zag ik zo'n uitdrukking van angst en wanhoop op iemands gezicht.

Ik herinnerde mij Anne Protheroe zoals ze bij mij op de sofa gezeten had en zei: 'Ik ben een wanhopige vrouw,' en het hart zonk me in de schoenen. Ik begon de mogelijke reden te zien voor Lawrence Reddings heldhaftige zelfbeschuldiging.

Melchett sprak met Slack.

'Weet u al wat Redding eerder op die dag heeft gedaan? Er is reden om aan te nemen dat hij Protheroe vroeger heeft gedood dan hij zegt. Onderzoek dat eens even, alsjeblieft?'

Daarna wendde hij zich tot mij en zonder een woord te zeggen gaf ik hem Anne Protheroes brief. Hij las hem en tuitte zijn lippen in verbazing. Daarna keek hij mij vragend aan.

'Is dat waar u vanmorgen op doelde?'

'Ja, ik wist toen nog niet zeker of het mijn plicht was te spreken. Daar ben ik nu wel zeker van.' En ik vertelde hem wat ik die avond in het atelier gezien had, toen ik Anne en Lawrence betrapte.

De kolonel wisselde een paar woorden met de inspecteur, waarna wij op weg gingen naar Old Hall. Dokter Haydock vergezelde ons.

Een zeer correcte butler met een gepaste mate van somberheid in zijn houding opende de deur voor ons.

'Goedemorgen,' zei Melchett. 'Wil je Mrs. Protheroes kamermeisje even laten zeggen dat wij hier zijn en dat we Mrs. Protheroe even willen spreken? En kom daarna hier terug om enkele vragen te beantwoorden.'

De butler haastte zich weg en keerde even later terug met de mededeling dat hij de boodschap had doorgegeven.

'Zo, en vertel dan nu maar eens een paar dingen over gisteren,' zei kolonel Melchett. 'Was kolonel Protheroe gisteren thuis voor de lunch?'

'Ja, Sir.'

'En in zijn gewone humeur?'

'Zover ik zien kon, ja, Sir.'

'Wat gebeurde er daarna?'

'Na de lunch ging Mrs. Protheroe wat rusten. De kolonel ging naar zijn studeerkamer. Miss Lettice ging weg om te tennissen. Om halfvijf dronken de kolonel en Mrs. Protheroe thee in de salon. De wagen was besteld voor halfzes om hen naar het dorp te brengen. Kort nadat zij vertrokken waren belde dominee Clement op.' Hij boog in mijn richting. 'Ik vertelde de dominee dat zij al vertrokken waren.'

'Hm,' zei kolonel Melchett. 'Wanneer was Mr. Redding voor het laatst hier?'

'Dinsdagmiddag, Sir.'

'Ik heb gehoord dat ze onenigheid hadden?'

'Ik geloof het wel, Sir. De kolonel gaf mij opdracht dat Mr. Redding voortaan niet meer mocht worden binnengelaten.'

'Heb je iets van die ruzie gehoord?' vroeg kolonel Melchett op de man af.

'Kolonel Protheroe had een harde stem, in het bijzonder wanneer hij kwaad was. Ik kon het echt niet helpen dat ik hier en daar een paar woorden opving.'

'Genoeg om je een idee te geven van de oorzaak van de twist?'

'Voor zover ik het begrepen heb, had het te maken met een portret dat Mr. Redding aan het schilderen was. Een portret van miss Lettice.'

Melchett gromde wat. 'Heb je Mr. Redding gezien toen hij het huis verliet?'

'Jazeker, Sir, ik liet hem uit.'

'Maakte hij de indruk kwaad te zijn?'

'Nee, hij scheen het nogal leuk te vinden.'

'Ah! En gisteren is hij hier niet geweest?'

'Nee, Sir.'

'Is er nog iemand anders geweest?'

'Gisteren niet, Sir.'

'Mooi, en de dag daarvoor?'

'Mr. Dennis Clement kwam in de middag. En dokter Stone was hier ook enige tijd. En 's avonds kwam er een dame.'

'Een dame?' Melchett was verbaasd. 'Wie dan wel?'

De butler kon zich haar naam niet herinneren. Het was een dame die hij nog nooit eerder gezien had. Ja, zij had haar naam wel genoemd en toen hij haar verteld had dat de familie aan tafel zat, had zij gezegd dat ze dan wel wachten zou. En toen had hij haar in de kleine huiskamer binnengelaten.

Zij had gevraagd naar kolonel Protheroe, niet naar Mrs. Protheroe. Hij had het de kolonel gezegd en de kolonel was direct na het diner naar de huiskamer gegaan.

Hoe lang die dame gebleven was? Hij dacht ongeveer een halfuur. De kolonel had haar zelf uitgelaten. O, ja, nu herinnerde hij zich ook haar naam weer. De dame heette Mrs. Lestrange.

Dat was een verrassing.

'Eigenaardig,' zei Melchett. 'Werkelijk zeer eigenaardig.'

Wij gingen echter niet verder op de zaak in, want op dat moment kwam er bericht dat Mrs. Protheroe ons kon ontvangen.

Anne lag in bed. Haar gezicht was bleek en haar ogen schitterden. Er lag een trek op haar gezicht die mij in verwarring bracht, een soort grimmige vastbeslotenheid.

Zij richtte zich tot mij.

'Dank u vriendelijk dat u zo vlug gekomen bent,' zei ze. 'Ik zie dat u begrepen heeft wat ik bedoelde toen ik schreef dat u kon meebrengen wie u wilde.'

Zij wachtte even.

'Het is maar het beste er zo spoedig mogelijk een eind aan te maken, vindt u niet?' zei ze. Er lag een flauwe, pathetische glimlach om haar lippen. 'Ik veronderstel dat u de man bent aan wie ik dit eigenlijk zeggen moet, kolonel Melchett. Ziet u, ik doodde zelf mijn echtgenoot.'

Kolonel Melchett zei vriendelijk: 'Mijn beste Mrs. Protheroe...'

'O, het is echt waar. Ik heb het misschien een beetje onbehouwen gezegd, maar ik kan nu eenmaal niet hysterisch worden over wat dan ook. Ik heb hem al lange tijd gehaat en gisteren heb ik hem doodgeschoten.'

Zij liet zich terugvallen in de kussens en sloot haar ogen.

'Dat is alles. En nu zult u me zeker willen arresteren en meenemen. Ik zal opstaan en me aankleden zo gauw ik kan. Op het moment voel ik mij nogal ziek.'

'Weet u wel, Mrs. Protheroe, dat de heer Lawrence Redding zichzelf er al van heeft beschuldigd deze misdaad te hebben begaan?'

Anne opende haar ogen en knikte heftig.

'Ik weet het. Dwaze jongen. Hij is erg verliefd op me, weet u. Het was verschrikkelijk nobel van hem, maar ook heel erg dom.'

'Wist hij dat u de misdaad begaan had?'

'Ja.'

'Hoe wist hij dat?'

Zij aarzelde.

'Had u het hem verteld?'

Nog aarzelde zij. Ten slotte scheen ze tot een besluit te komen.

'Ja, ik vertelde het hem.'

Zij haalde geïrriteerd haar schouders op.

'Kunt u nu niet weggaan? Ik heb het u nu verteld. Ik wil er nu verder niet meer over praten.'

'Waar had u het pistool vandaan, Mrs. Protheroe?'

'Het pistool? O, dat was van mijn man. Ik nam het uit de lade van zijn toilettafel.'

'Juist. En u nam het mee naar de pastorie?'

'Ja. Ik wist dat hij daar zou zijn.'

'Hoe laat was dat?'

'Het moet na zessen geweest zijn. Kwart over of twintig minuten over, iets dergelijks.'

'En u nam dat pistool mee met de bedoeling uw man ermee neer te schieten?'

'Nee ik... ik had het voor mezelf bestemd.'

'Juist. Maar u ging naar de pastorie?'

'Ja. Ik ging tot de tuindeur. Ik hoorde geen stemmen. Ik keek naar binnen. Ik zag mijn echtgenoot. Toen kwam er plotseling iets over me en ik schoot.'

'En toen?'

'Toen? O, toen ging ik weg.'

'En vertelde Mr. Redding wat u gedaan had?'

Weer merkte ik dat ze aarzelde voordat zij antwoordde: 'Ja.'

'Heeft iemand u naar de pastorie zien gaan of er vandaan zien komen?'

'Nee... of liever ja, toch. Die oude Miss Marple. Ik sprak een paar minuten met haar. Ze was in haar tuin.'

Zij bewoog rusteloos in haar kussens.

'Is dit nu niet genoeg? Ik heb het u nu verteld. Waarom blijft u me lastig vallen?'

Dokter Haydock ging naar haar toe en voelde haar de pols.

Hij wenkte Melchett.

'Ik zal bij haar blijven,' fluisterde hij, 'terwijl u de nodige maatregelen neemt. Zij moet nu niet alleen gelaten worden. Ze zou zichzelf wat kunnen aandoen.'

Melchett knikte.

Wij gingen de kamer uit en de trap af. Ik zag een mager, uitgedroogd mannetje uit de kamer ernaast komen en liep in een ingeving de trappen weer op.

'Bent u kolonel Protheroes bediende?'

De man keek verbaasd. 'Ja, Sir.'

'Weet u ook of Mr. Protheroe ergens een pistool bewaarde?'

'Niet dat ik weet, Sir.'

'Ook niet in een van de laden van zijn toilettafel? Denk alstublieft goed na!'

De bediende schudde zijn hoofd zeer beslist.

'Ik weet zeker van niet, Sir. Als dat het geval was geweest, had ik het moeten zien, dat had niet kunnen missen.'

Ik haastte mij de trappen weer af, achter de anderen aan.

Mrs. Protheroe had gelogen over dat pistool. Waarom?

9

Na een boodschap te hebben achtergelaten op het politiebureau, kondigde de politiechef zijn voornemen aan Miss Marple een bezoek te brengen.

'Het is maar beter als u meegaat, dominee,' zei hij. 'Ik zou niet graag iemand van uw kudde een zenuwaanval bezorgen. Help me dus met uw geruststellende aanwezigheid.'

Ik glimlachte. Al ziet Miss Marple er dan wat zwakjes uit, ze staat haar mannetje.

'Hoe is ze?' vroeg de kolonel terwijl wij aanbelden. 'Kan ik afgaan op wat ze zegt of niet?'

Ik dacht even na.

'Ik geloof wel dat ze heel betrouwbaar is,' zei ik voorzichtig. 'Dat wil zeggen, voor zover het dingen betreft die ze zelf gezien heeft. Wanneer het gaat om wat ze denkt... dat is heel wat anders. Zij heeft een zeer vruchtbare verbeelding en denkt altijd het slechtste van iedereen.'

'Met andere woorden, een typische oude vrijster,' zei Melchett lachend. 'Tja, dat soort moet ik nu zo langzamerhand wel kennen. Afschuwelijk, die theevisites hier!'

Wij werden ontvangen door een heel klein dienstmeisje, dat ons naar de salon bracht.

'Wel een beetje vol hier,' zei kolonel Melchett, om zich heen kijkend. 'Maar allemaal goede spullen. Een echte dameskamer, hè, Clement?'

Ik was het hiermee eens en op dat ogenblik kwam Miss Marple binnen.

'Het spijt me ontzettend u te moeten lastig vallen, Miss Marple,' zei de kolonel toen ik hem had voorgesteld, en prompt nam hij de joviale, rondborstige manieren aan van de oud-militair, omdat hij zich verbeeldde dat oudere dames daarvan gecharmeerd waren. 'Maar tja, u begrijpt, ik moet mijn plicht doen.'

'Natuurlijk, natuurlijk,' zei Miss Marple, 'ik begrijp het volkomen. Maar wilt u niet gaan zitten? En mag ik u een glaasje kersenbrandewijn aanbieden? Zelf gemaakt, naar een oud recept van mijn grootmoeder.'

'Dank u zeer, Miss Marple. Heel vriendelijk van u. Maar ik geloof niet dat ik er gebruik van zal maken. Mijn motto is: geen drank voor lunchtijd. En nu zou ik graag eens even met u willen spreken over dat treurige, ik mag wel zeggen dat buitengewoon treurige geval. Ik ben ervan overtuigd dat het ons allemaal danig van streek heeft gemaakt. Nu lijkt het mij mogelijk, gezien de ligging van uw huis en tuin, dat u ons iets zou kunnen vertellen over gisteravond, dat wij graag zouden willen weten.'

'Het toeval wil dat ik vanaf gistermiddag vijf uur in mijn tuintje was en van daaruit, nou ja, men kan het gewoon niet helpen dat men alles ziet wat er bij de buren gebeurt.'

'Is het juist, Miss Marple, dat Mrs. Protheroe hier gisteravond langs liep?'

'Inderdaad, dat klopt, ik riep haar en ze heeft mijn rozen bewonderd.'

'Zou u ons kunnen zeggen hoe laat dat ongeveer geweest is?'

'Ik zou zeggen dat het een paar minuten later was dan kwart over zes. Ja, dat is juist, want ik herinner me dat de klok van de kerk juist het kwartier had geslagen.'

'Heel goed. En wat gebeurde er toen?'

'Wel, Mrs. Protheroe zei dat haar man in de pastorie was en dat ze hem kwam afhalen om samen naar huis te gaan. Zij was de laan af komen lopen, begrijpt u, en ging naar de pastorie door het achterhek en de tuin.'

'Kwam zij van de laan?'

'Ja, ik zal het u laten zien.'

Enthousiast leidde Miss Marple ons naar buiten in de tuin en wees ons de laan die achter haar tuin langs liep.

'Dat pad hiertegenover met dat overstaphekje leidt naar Old Hall,' legde ze uit. 'Dat was de weg waarlangs zij samen naar huis zouden gaan. Mrs. Protheroe kwam uit het dorp.'

'Uitstekend, uitstekend,' zei kolonel Melchett. 'En u zegt dat ze toen naar de pastorie ging?'

'Ja, ik zag haar de hoek van het huis omslaan, maar ik veronderstel dat de kolonel er nog niet was, want ze kwam bijna onmiddellijk terug en liep over het grasveld naar het atelier, dat gebouwtje daar. Dat heeft de dominee aan Mr. Redding afgestaan om als atelier te gebruiken.'

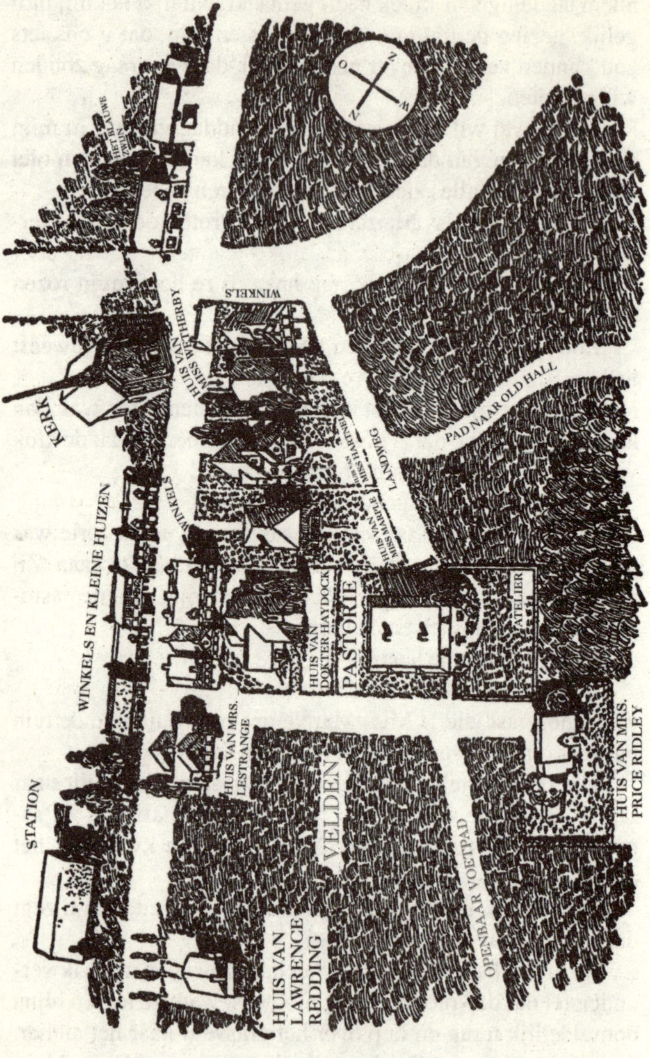
STATION
WINKELS EN KLEINE HUIZEN
KERK
HET BLAUWE ZWIJN
HUIS VAN MISS WETHERBY
WINKELS
WINKELS
HUIS VAN MISS HARTNELL
LANDWEG
PAD NAAR OLD HALL
HUIS VAN MISS MARPLE
HUIS VAN DOKTER HAYDOCK
PASTORIE
ATELIER
HUIS VAN MRS. LESTRANGE
VELDEN
HUIS VAN LAWRENCE REDDING
OPENBAAR VOETPAD
HUIS VAN MRS. PRICE RIDLEY

'Juist en, Miss Marple, heeft u misschien een schot gehoord?'

'Op dat moment niet,' zei Miss Marple.

'Maar omstreeks die tijd hoorde u dus wel een schot?'

'Ja, ik denk dat er een schot gelost werd ergens in het bos. Maar dat was zeker vijf tot tien minuten later, en, zoals ik al zei, in het bos. Tenminste, dat was mijn indruk. Het kan toch niet – O nee, het kan toch echt niet...'

Zij hield op met praten, bleek van opwinding.

'Ja, ja, daar komen we zo dadelijk wel aan toe,' zei kolonel Melchett. 'Gaat u alstublieft door met uw verhaal. Mrs. Protheroe ging dus naar het atelier?'

'Ja, ze ging naar binnen en wachtte. Even later kwam Mr. Redding langs de laan aanlopen uit de richting van het dorp. Hij ging naar het hek van de pastorie, keek overal om zich heen...'

'En zag u, Miss Marple?'

'Eerlijk gezegd zag hij mij niet,' zei Miss Marple blozend. 'Omdat ik, ziet u, juist op dat moment diep voorovergebogen stond om te proberen een van die nare paardenbloemen uit te trekken, weet u. En dat is een lastig karweitje. Nou, en toen ging hij door het hek naar het atelier.'

'Is hij helemaal niet in de buurt van het huis geweest?'

'O, nee, hij ging rechtstreeks naar het atelier. Mrs. Protheroe kwam hem aan de deur begroeten en toen gingen ze samen naar binnen.'

En hier stopte Miss Marple voor een zeer suggestieve pauze.

'Misschien zat ze model voor hem,' opperde ik.

'Misschien wel,' zei Miss Marple.

'En wanneer kwamen ze weer naar buiten?'

'Ongeveer tien minuten later.'

'Hoe laat was het toen ongeveer?'

'De kerkklok had juist het halve uur geslagen. Zij slenterden naar buiten door het tuinhek en langs de laan en juist op dat moment kwam dr. Stone het pad naar de Hall afwandelen, klom over het hekje en voegde zich bij hen. Gezamenlijk wandelden zij toen naar het dorp. Aan het eind van de laan voegde miss Cram zich bij hen, denk ik, maar daar ben ik niet helemaal zeker van. Maar het moet miss Cram wel geweest zijn, want haar korte rok viel me op.'

'U moet wel heel goede ogen hebben, Miss Marple, als u dat van zo veraf nog kunt waarnemen.'

'O, ik was bezig een vogel te observeren. Ik geloof dat het een goudhaantje was, zo'n lief beestje. En ik gebruikte daarvoor natuurlijk mijn verrekijker en zo kwam het dat ik toevallig zag dat miss Cram (als die het was, maar dat geloof ik stellig) zich bij de anderen voegde.'

'Nou ja, misschien was dat ook wel zo,' zei kolonel Melchett. 'Goed, Miss Marple, aangezien u zo'n scherp waarneemster schijnt te zijn, is u de gelaatsuitdrukking van Mr. Redding en Mrs. Protheroe ook opgevallen, toen ze door de laan liepen?'

'Zij glimlachten en praatten,' zei Miss Marple. 'Zij schenen heel gelukkig te zijn samen, als u begrijpt wat ik bedoel.'

'Maar leken ze helemaal niet overstuur of in de war?'

'O nee, eerder het tegenovergestelde.'

'Verdraaid vreemd,' zei de kolonel. 'Er is iets verdraaid vreemds in deze hele geschiedenis.'

Miss Marple deed ons plotseling stomverbaasd staan door heel rustig te vragen: 'Heeft Mrs. Protheroe nu soms beweerd dat zij die misdaad begaan heeft?'

'Wel allemachtig!' zei de kolonel. 'Hoe hebt u dat nu in vredesnaam weer geraden, Miss Marple?'

'Och, ik dacht wel dat dat gebeuren zou,' zei Miss Marple. 'Ik denk dat onze lieve Lettice dat ook gedacht heeft. Zij is werkelijk een zeer scherpzinnig meisje, hoewel, naar ik vrees, niet altijd even scrupuleus. Zo, dus nu zegt Anne Protheroe dat zij haar man gedood heeft. Wel, wel, ik geloof er niets van. Nee, ik ben er bijna zeker van dat het niet waar is. Niet een vrouw als Anne Protheroe. Alhoewel... eigenlijk kan men van niemand volkomen zeker zijn. Tenminste, zo heb ik het altijd ervaren. En wanneer zegt ze hem gedood te hebben?'

'Om twintig minuten over zes. Kort nadat ze met u had staan praten.'

Miss Marple schudde haar hoofd, langzaam en meewarig. Meewarig vermoed ik, omdat twee volwassen kerels zo'n verhaal slikten. Tenminste die indruk had ik.

'Waarmee heeft ze hem doodgeschoten?'

'Met een pistool.'

'Waar had ze dat vandaan?'

'Ze had het meegebracht.'

'Dat is in ieder geval niet waar,' zei Miss Marple onverwacht stellig. 'Daar kan ik een eed op doen. Zij had geen pistool of iets dergelijks bij zich.'

'Misschien hebt u het niet gezien.'

'Natuurlijk had ik het moeten zien.'

'En als ze het nu eens in haar handtasje had?'

'Zij had helemaal geen handtas bij zich.'

'Nou, misschien had ze het... eh... op haar lichaam verborgen.'

Miss Marple wierp een blik van onverholen medelijden en minachting op hem.

'Mijn beste kolonel Melchett. U weet toch hoe jonge vrouwen tegenwoordig zijn. Zij schamen zich er niet voor precies te laten zien hoe de Schepper hen gemaakt heeft. Ik zeg u, ze had nog geen zakdoek boven in de rand van haar kous.'

Melchett was koppig.

'Maar u moet toch toegeven dat het allemaal precies in elkaar past,' zei hij. 'De tijd, de omgegooide klok die tweeëntwintig minuten over zes aanwees...'

Miss Marple wendde zich tot mij.

'Wilt u zeggen dat u hem nog niet van die klok verteld hebt?'

'Wat is er met die klok, Clement?'

Ik vertelde hem er alles van. Hij was er knap nijdig over.

'Waarom hebt u dat in vredesnaam gisteravond niet aan Slack verteld?'

'Omdat hij me daar de kans niet voor gaf,' antwoordde ik.

'Onzin, u had voet bij stuk moeten houden.'

'Ik vermoed,' zei ik, 'dat de houding van inspecteur Slack tegenover u wel wat verschillen zal met die tegenover mij. Ik kreeg geen schijn van kans om voet bij stuk te houden. We werden eruit gegooid.'

'Het is een heel vreemde zaak,' zei Melchett. 'Als er nu straks ook nog een derde persoon komt verklaren dat hij deze misdaad heeft gepleegd, kom ik in een gekkenhuis terecht.'

'Als ik misschien een suggestie mag doen...' mompelde Miss Marple.

'Nou, wat is die?'

'Als u nu eens Mr. Redding vertelde wat Mrs. Protheroe gedaan heeft, maar tevens laat doorschemeren dat u niet werkelijk gelooft dat zij het gedaan heeft, en als u dan naar Mrs. Protheroe zou gaan om haar te vertellen dat het met Mr. Redding in orde is, dan heeft u een kans dat ze u beiden de waarheid gaan vertellen. En het is altijd nuttig de waarheid te weten, hoewel ik niet geloof dat de stakkers zelf erg veel weten.'

'Ja, dat is nu wel allemaal heel mooi, maar tenslotte zijn zij de enige twee personen die een motief hadden om Protheroe naar het leven te staan.'

'Och, dat zou ik nu echt niet durven beweren, kolonel Melchett,' zei Miss Marple.

'Hoezo, kunt u dan nog anderen bedenken?'

'O ja, zeker wel. Laat eens zien,' en ze telde op haar vingers, 'een, twee, drie, vier, vijf, zes... ja en misschien zelfs nog een zevende. Ik kan me van minstens zeven mensen voorstellen dat ze erg blij zouden zijn kolonel Protheroe uit de weg geruimd te zien.'

De kolonel keek haar ongelovig aan.

'Zeven mensen! Hier in St. Mary Mead?'

Miss Marple knikte opgeruimd.

'Begrijp me goed. Ik noem geen namen,' zei ze. 'Dat zou niet juist zijn. Maar ik vrees dat er een heleboel slechtheid in de wereld is... dingen, kolonel Melchett, waarvan een vriendelijke, eerlijke, rechtschapen soldaat als u geen besef heeft.'

Ik dacht dat de commissaris een beroerte kreeg.

10

Zijn opmerkingen over Miss Marple toen we haar huis verlieten, waren dan ook niet erg complimenteus.

'Ik geloof waarachtig dat die uitgedroogde oude vrijster denkt dat ze alles weet wat er in de wereld te koop is. En ze is haar hele leven nauwelijks buiten het dorp geweest. Wat weet zij van het leven?'

Ik merkte goedaardig op dat hoewel Miss Marple vermoedelijk zo goed als niets wist van het Leven met een hoofdletter, zij zo goed als alles wist van wat er in St. Mary Mead gebeurde.

Melchett gaf dit, zij het met tegenzin, toe. Zij was een belangrijke getuige... vooral ten aanzien van Mrs. Protheroe.

'Ik neem aan dat er geen twijfel kan bestaan aan de juistheid van haar verklaringen, hè?'

'Als Miss Marple zegt dat Mrs. Protheroe geen pistool bij zich had, dan kunt u ervan op aan dat dat zo is,' zei ik. 'Als daar ook maar de geringste kans op had bestaan, was dat Miss Marple beslist niet ontgaan.'

'We kunnen beter nu maar eens een kijkje gaan nemen in het atelier.'

Het zogenaamde atelier was een doodgewoon houten schuurtje met een bovenlicht. Er waren geen ramen en de deur was de enige mogelijkheid om erin of eruit te komen. Na dit te hebben vastgesteld, gaf Melchett zijn voornemen te kennen met de inspecteur de pastorie te bezoeken.

Ik knikte.

'Ik ga nu eerst naar het politiebureau,' zei Melchett.

Toen ik de voordeur binnenkwam, hoorde ik gemompel. Ik opende de salondeur.

Op de bank zaten Griselda en miss Gladys Cram geanimeerd te praten. Miss Cram had haar benen, die in sterk glimmende roze kousen waren gestoken, over elkaar geslagen.

'Hallo, Len,' zei Griselda.

'Goedemorgen, Mr. Clement,' zei miss Cram. 'Zijn die berichten over de kolonel niet verschrikkelijk? Arme man.'

'Miss Cram was zo vriendelijk haar diensten te komen aanbieden voor onze padvindstertjes. Herinner je je dat we daar vorige zondag om gevraagd hebben?'

Ik herinnerde mij dat inderdaad en tevens was ik ervan overtuigd en, naar de intonatie van haar stem te oordelen Griselda ook, dat het nooit in miss Crams hoofd zou zijn opgekomen haar hulp aan te bieden als er in de pastorie niet zulke heerlijk opwindende gebeurtenissen hadden plaatsgevonden.

'Ik was Mrs. Clement juist aan het vertellen dat ik helemaal ondersteboven was toen ik het nieuws hoorde,' ging miss Cram verder. 'Een moord, zei ik, in dit eenvoudige, rustige dorpje – want rustig is het hier, dat moet u toegeven, er is hier niet eens een bioscoop. En toen ik hoorde dat het kolonel Protheroe was, kon ik het eenvoudig niet geloven. Hij leek me nu helemaal niet het type om vermoord te worden.'

Ik weet niet over welke eigenschappen iemand moet beschikken om volgens miss Cram vermoord te worden. Het is eigenlijk nooit bij me opgekomen dat mensen die vermoord worden tot een bepaalde klasse behoren, maar ongetwijfeld vond zij dat wel.

'En dus,' zei Griselda nu, 'besloot miss Cram hierheen te komen om er alles over te weten te komen.'

Ik vreesde dat deze wel erg openhartige opmerking de jongedame zou beledigen, maar ze wierp alleen maar het hoofd achterover en lachte uitbundig, waarbij ze al haar tanden toonde.

'Hoor dat nu toch! U bent erg scherpzinnig, niet, Mrs. Clement? Maar het is toch niet meer dan natuurlijk, nietwaar, dat je probeert alles over zo'n belangrijke gebeurtenis te weten te komen. Overigens ben ik echt wel bereid u met die padvindstertjes te helpen. Maar ik vind het machtig opwindend. Ik was echt wel aan een beetje verandering toe, dat kunt u van me aannemen. Niet dat ik geen goede baan zou hebben, het is zelfs een heel goede en flink betaald, en dr. Stone is in alle opzichten een gentleman. Maar tenslotte wil een jonge vrouw buiten haar werkuren weleens iets beleven en wie, lieve Mrs. Clement, is er in dit dorp, buiten u, met wie je eens praten kunt behalve dat stelletje oude katten?'

'Denk eens aan Lettice Protheroe,' zei ik.

Gladys schudde haar hoofd.

'Die heeft het te hoog in haar bol voor mensen van mijn soort. Kan zich niet inlaten met meisjes die moeten werken voor hun brood. Wat niet wegneemt dat ze zelf met het idee speelt een baantje te zoeken. Maar wie zou haar willen hebben, vraag ik me af? Binnen een week zou ze de bons krijgen. Tenzij zij mannequin zou worden, en prachtig opgetuigd zou kunnen rondparaderen, dat zou ze wel kunnen, denk ik.'

'Ze zou zelfs een heel goede mannequin zijn,' zei Griselda. 'Zij heeft een prachtig figuurtje.' Griselda is absoluut niet kattig. 'Wanneer zei ze dat ze een baantje wilde zoeken?'

Miss Cram scheen even uit het veld geslagen, maar herstelde zich spoedig.

'Dat zou uit de school klappen zijn, nietwaar?' zei ze schalks. 'Maar ze heeft het gezegd. Niet erg gelukkig thuis, denk ik zo. Mij niet gezien met een stiefmoeder. Ik zou nog geen minuut met haar onder hetzelfde dak willen blijven.'

'O, maar u bent ook zo trots en onafhankelijk,' zei Griselda zo ernstig dat ik haar wantrouwend aankeek.

Miss Cram was kennelijk gevleid.

'Dat klopt. Zo ben ik nu eenmaal. Een waarzegger heeft me dat onlangs nog gezegd. Nee, ik ben echt niet iemand die zich op zijn kop laat zitten. En ik heb dr. Stone dan ook meer dan eens duidelijk gemaakt dat ik geregeld een paar dagen vrij moet hebben. Die wetenschappelijke heren denken dat een secretaresse een soort machine is. De helft van de tijd merken ze je niet eens op.'

'Is het prettig om voor dr. Stone te werken? Het moet wel een interessante baan zijn, als je belangstelling hebt voor archeologie.'

'Och, ik weet er natuurlijk niet zoveel van,' bekende ze. 'Maar ik vind dat het opgraven van mensen die al honderden jaren dood zijn nu niet direct... nou ja, een beetje bemoeiziek is het toch wel, vindt u niet? En daar is dr. Stone dan zo in verdiept, dat hij de helft van de tijd zou vergeten te eten, als ik er niet was.'

‘Is hij vanmorgen bij de grafheuvel?’ vroeg Griselda.

Miss Cram schudde haar hoofd. ‘Hij voelde zich niet helemaal lekker vanmorgen,’ verklaarde zij. ‘Geen zin om te werken vandaag en dat betekent een vrije dag voor de kleine Gladys.’

‘Och, dat spijt me,’ zei ik.

‘O, het heeft niet veel te betekenen. Nee, er zal heus geen tweede dode bijkomen, hoor. Maar vertelt u nu eens, Mr. Clement, ik hoor dat u de hele morgen bij de politie bent geweest. Wat denken die van het geval?’

‘Nou,’ zei ik voorzichtig, ‘er is nog steeds enige onzekerheid.’

‘Ha!’ riep miss Cram. ‘Dus zij geloven ook niet dat Mr. Lawrence Redding het gedaan heeft. Zo’n knappe kerel, niet? Net een filmster. En zo’n vriendelijke glimlach als hij je goedemorgen wenst. Ik kon tenminste mijn oren niet geloven toen ik hoorde dat de politie hem gearresteerd had. Maar ja, je hoort altijd beweren dat die plattelandspolitie zo dom is.’

‘U kunt ze in dit geval toch moeilijk iets verwijten,’ zei ik. ‘Mr. Redding wandelde naar binnen en gaf zichzelf aan.’

‘Wat?’ Het meisje was kennelijk verbluft. ‘Wel, heb je ooit zo’n sufferd gezien! Als ik die moord begaan had, zou ik heus niet meteen daarop mezelf aangeven. Ik zou gedacht hebben dat Lawrence Redding verstandiger was. Om zo maar het bijltje erbij neer te leggen! Waarom heeft hij Protheroe eigenlijk doodgeschoten? Heeft hij dat gezegd? Was het alleen maar ruzie?’

‘Het staat nog niet definitief vast dát hij hem gedood heeft,’ zei ik.

‘Ja maar – als hij het nu zelf zegt... Hij zal het toch zeker zelf wel het beste weten?’

‘Dat zou je wel denken,’ gaf ik toe, ‘maar de politie schijnt met zijn verhaal niet erg gelukkig te zijn.’

‘Maar waarom zou hij zeggen dat hij het gedaan had, als hij het niet gedaan heeft?’

Ik was absoluut niet van plan miss Cram op dit punt wijzer te maken. In plaats daarvan zei ik nogal vaag: ‘Ik geloof dat de politie in alle belangrijke moordzaken altijd veel brieven krijgt van mensen die zichzelf van de misdaad beschuldigen.'

Deze mededeling werd door miss Cram ontvangen met de opmerking: 'Wat moeten dat een stomkoppen zijn!'

Zij voegde er nog aan toe: 'Zoiets zou ik nooit doen.'

'Daar ben ik van overtuigd,' zei ik.

'Nou,' zei ze met een zucht, 'ik zal maar eens opstappen.'

Zij stond op. 'Dat Mr. Redding zichzelf beschuldigt van die moord zal voor dr. Stone ook een nieuwtje zijn.'

'Is hij dan geïnteresseerd?' vroeg Griselda.

Miss Cram fronste haar wenkbrauwen. 'Hij is een eigenaardig type. Je kunt het met hem nooit weten. Hij is altijd verdiept in het verleden. Hij zou bijvoorbeeld honderdmaal liever naar een of ander vies bronzen mes uit een van die hopen aarde kijken dan naar het mes waarmee iemand zijn vrouw vermoordde.'

'Nou, ik moet zeggen dat ik hem daarin gelijk geef,' zei ik.

Miss Crams welsprekende ogen drukten onbegrip en een lichte minachting uit. Toen, na nog een paar keer goedendag gezegd te hebben, vertrok zij eindelijk.

'Och, ze is nog zo kwaad niet,' zei Griselda toen de deur achter haar gesloten was. 'Wel erg ordinair natuurlijk, maar een van die grote levenslustige, goedgehumeurde meisjes aan wie je geen hekel kunt hebben. Ik vraag me af wat haar nu eigenlijk hierheen bracht?'

'Nieuwsgierigheid!'

'Ja, dat zal wel. En nu, Len, vertel me nu eens gauw alles. Ik brand van nieuwsgierigheid.'

Ik ging zitten en vertelde haar alles wat er die morgen gebeurd was, van tijd tot tijd onderbroken door Griselda's uitroepen van verrassing.

'Dus het was Anne achter wie Lawrence de hele tijd aan zat! Niet Lettice. Wat zijn we allemaal blind geweest. Dat is waarschijnlijk wat Miss Marple gisteren bedoelde. Denk je ook niet?'

'Ja,' zei ik, mijn blik afwendend.

Mary kwam binnen.

'Er zijn een paar mannen hier. Ze zeggen dat ze van een krant komen. Wilt u ze ontvangen?'

'Nee,' zei ik, 'zeer beslist niet. Stuur ze maar naar inspecteur Slack op het politiebureau.'

Mary knikte en wilde weggaan.

'En als je ze kwijt bent,' zei ik, 'kom dan hier terug. Ik wil je iets vragen.'

Mary knikte weer.

Het duurde een paar minuten voor ze terugkwam.

'Het was een heel karwei om ze kwijt te raken,' zei ze. 'Hardnekkig tot en met, u hebt er geen idee van. Ik kon ze gewoon niet weg krijgen.'

'Ik vrees dat we veel last van die heren zullen krijgen,' zei ik. 'En nu, Mary, wat ik wilde vragen is dit... Weet je zeker dat je gisteravond geen schot hebt gehoord?'

'Het schot dat hem gedood heeft? Nee, natuurlijk niet. Als dat het geval was geweest, was ik wel gaan kijken om te zien wat er gebeurd was.'

'Jawel, maar...' Ik herinnerde mij ineens Miss Marples verklaring, dat zij een schot in het bos had gehoord. Ik stelde de vraag anders. 'Heb je dan een ander schot gehoord, in het bos bijvoorbeeld?'

'O, dat!' Het meisje wachtte even. 'Ja, nu ik erover nadenk, geloof ik van wel. Maar niet meer schoten, alleen maar dat ene. 't Was wel een rare knal.'

'Precies,' zei ik, 'en hoe laat was dat?'

'Hoe laat?'

'Ja, hoe laat.'

'Ik zou het echt niet kunnen zeggen. Maar het was een hele tijd na de thee, dat weet ik wel.'

'Kun je niet een beetje preciezer zijn?'

'Nee, dat kan ik niet. Ik heb mijn werk, niet? Ik heb geen tijd alsmaar naar klokken te lopen kijken, bovendien zou me dat niet veel helpen: de wekker loopt per dag ruim drie kwartier achter en ik heb dan ook meestal geen idee hoe laat het is.'

Dit was dan vermoedelijk de reden dat het eten nooit op

tijd klaar was. Soms veel te laat en dan weer verbijsterend vroeg.

'Was het lang voordat Mr. Redding kwam?'

'Nee, niet lang. Tien minuten, op zijn hoogst een kwartier.'

Ik knikte tevreden.

'Is dat alles?' zei Mary. 'Waarmee ik maar wil zeggen dat ik het vlees in de oven heb staan en dat vermoedelijk de pudding staat over te koken.'

'Goed, je kunt nu wel gaan.'

Zij verliet de kamer en ik wendde mij tot Griselda.

'Is het volkomen uitgesloten Mary ertoe te brengen "meneer" of "mevrouw" te zeggen?'

'Ik heb het haar gezegd. Zij vergeet het gewoon. Vergeet niet dat het maar een dorpsmeisje is.'

'Daarvan ben ik me volkomen bewust,' zei ik. 'Daarom vind ik dat ze maar eens bijgeschaafd moet worden.'

'Ik ben het niet met je eens,' zei Griselda. 'Je weet hoe slecht we ons een dienstbode kunnen veroorloven. Als we er ooit in zouden slagen haar wat bij te schaven, zou ze weggaan. Logisch, want ze zou dan een hoger loon kunnen krijgen. Maar zolang Mary niet kan koken en die vreselijke manieren heeft, wil niemand anders haar hebben.'

Ik ontdekte nu dat Griselda's manier van huishouden niet zo helemaal op goed geluk was gebaseerd als ik steeds gedacht had. Er lag een zekere logica aan ten grondslag. Natuurlijk zou men erover kunnen discussiëren of het de moeite waard is een dienstmeisje te hebben dat niet kan koken en dat net zo onvoorzichtig met de borden is als met haar opmerkingen.

'En in ieder geval moet je nu wat toegeeflijker zijn. Je kunt moeilijk verwachten dat ze zich kolonel Protheroes dood erg aantrekt, want hij heeft "haar jongen" in de gevangenis gestopt.'

'Heeft hij dat gedaan?'

'Ja, voor stropen. Weet je wel, die Archer. Mary heeft nu al twee jaar verkering met hem.'

'Dat wist ik niet.'

'Mijn lieve Len, je weet nooit wat.'

'Ik vind het maar vreemd,' zei ik, 'dat iedereen zegt dat dat schot uit het bos kwam.'

'Dat vind ik helemaal niet vreemd,' zei Griselda. 'Ga maar na hoe vaak je hoort schieten in het bos. En wanneer je dan een schot hoort, neem je natuurlijk aan dat het uit het bos komt. Het klonk vermoedelijk alleen maar een beetje harder dan gewoonlijk. Natuurlijk, in de kamer ernaast zou je je realiseren dat het schot in huis gelost was, maar vanuit Mary's keuken, met het raam helemaal aan de andere kant van het huis, zou je daar niet eens aan denken.'

De deur ging weer open.

'Kolonel Melchett is weer terug,' zei Mary. 'En die inspecteur is bij hem en ze vroegen of u zo goed zou willen zijn bij hen te komen. Ze zijn in de studeerkamer.'

II

Ik zag met één oogopslag dat kolonel Melchett en de inspecteur een verschil van mening hadden. Melchett zag er verhit en geërgerd uit en de inspecteur keek of hij de pest in had.

'Het spijt me te moeten constateren dat inspecteur Slack mijn mening dat Redding onschuldig is, niet deelt,' zei Melchett.

'Als hij het niet gedaan heeft, waarom zegt hij dan dat hij het wel deed?' vroeg Slack sceptisch.

'Mrs. Protheroe heeft toch net zo gehandeld, Slack.'

'Dat is wat anders. Zij is een vrouw en vrouwen doen nu eenmaal dwaze dingen. Ik beweer ook geen moment dat zij het gedaan heeft. Zij hoorde dat Redding beschuldigd werd en verzon haar verhaaltje. Ik ben aan dat soort dingen gewend. U kunt zich niet indenken wat voor dwaze dingen vrouwen kunnen doen. Maar met Redding is het heel wat anders. Die heeft ze heus wel bij elkaar. En als hij zegt dat hij het gedaan heeft, dan heeft hij het gedaan. Het was tenslotte zijn pistool, dat kunt u niet ontkennen. En dankzij de reactie van Mrs. Protheroe kennen we nu ook het motief. Dat was tot nu toe ons enige zwakke punt, maar nu we dit weten, gaat het verder van een leien dakje.'

'Dacht u dat hij de moord vroeger begaan kan hebben? Bijvoorbeeld om halfzeven?'

'Nee, dat is uitgesloten.'

'Hebt u zijn gangen laten nagaan?'

De inspecteur knikte.

'Hij was in het dorp bij Het Blauwe Zwijn om tien over zes. Vandaar kwam hij door dat achterlaantje, waar u zegt dat die oude dame hem gezien heeft – en die mist niet veel, zou ik zeggen – en ging naar Mrs. Protheroe in het atelier in de tuin van de pastorie. Zij gingen daar samen weg na halfzeven en liepen door de laan naar het dorp, terwijl dr. Stone zich onderweg bij hen voegde. Met deze laatste heb ik gesproken en hij bevestigt dat. Gezamenlijk stonden zij een poosje te praten vlak bij het postkantoor, waarna Mrs. Protheroe bij miss Hartnell binnenliep om een tijdschrift over tuinieren te lenen. Dat klopt ook; ik heb met miss Hartnell gesproken. Mrs. Protheroe heeft daar zitten praten tot even voor zeven, toen ze plotseling schrok omdat ze zag hoe laat het al was en zei dat ze naar huis moest.'

'Hoe was haar gedrag?'

'Opgewekt en vriendelijk, zei miss Hartnell. Zij scheen in een uitstekend humeur te zijn. Miss Hartnell is ervan overtuigd dat zij zich nergens zorgen over maakte.'

'Goed, ga door.'

'Redding was inmiddels samen met dr. Stone naar Het Blauwe Zwijn gegaan, waar ze een borrel dronken. Hij vertrok daar om twintig minuten voor zeven en liep snel door de dorpsstraat en de weg op naar de pastorie. Onderweg hebben veel mensen hem gezien.'

'Deze keer dus niet door het achterlaantje?' merkte de kolonel op.

'Nee, hij kwam aan de voordeur, vroeg naar de dominee, hoorde dat kolonel Protheroe er was, ging naar binnen en schoot hem neer, net zoals hij gezegd heeft! Dat is de hele toedracht van het geval en we hoeven heus niet verder te zoeken.'

Melchett schudde zijn hoofd.

'Maar we hebben nu eenmaal de verklaring van de dokter. Die kunt u niet zomaar terzijde schuiven. Protheroe werd niet later dan halfzeven doodgeschoten.'

'Och, dokters!' zei inspecteur Slack verachtelijk. 'Als u dokters gaat geloven. Die trekken je al je tanden uit je mond – dat doen ze tegenwoordig – en zeggen dan dat het ze spijt, maar dat het eigenlijk blindedarmontsteking was. Dokters!'

'Dit is geen kwestie van diagnose stellen. Dokter Haydock was absoluut zeker op dit punt. U kunt niet tegen een medische verklaring ingaan, Slack.'

'En hier is mijn getuigenis, voor wat het waard is,' zei ik, mij plotseling een vergeten feit herinnerend. 'Ik heb het lichaam aangeraakt en het was koud. Daar kan ik een eed op doen.'

'Ziet u wel, Slack?' zei Melchett.

Inspecteur Slack gaf zich eerlijk gewonnen.

'Nou ja, natuurlijk. Als de zaken zo liggen... Maar jammer is het. We hadden een pracht van een rechtszaak en Mr. Redding was om zo te zeggen doodsbang dat hij niet gehangen zou worden.'

'Maar juist dat lijkt me een beetje onnatuurlijk,' merkte kolonel Melchett op.

'Tja, over smaak valt niet te twisten,' antwoordde de inspecteur. 'Een heleboel heren hadden na de oorlog een lichte tik van de molen te pakken. Ik veronderstel dat het erop neerkomt dat we weer helemaal bij het begin kunnen beginnen.'

Hij wendde zich tot mij. 'Waarom u zich zo'n moeite hebt getroost, dominee, mij over die klok te misleiden, kan ik niet begrijpen. Ik noem dat gewoon Justitie tegenwerken.'

Ik was pijnlijk getroffen.

'Ik heb tot driemaal toe geprobeerd het u te vertellen,' zei ik, 'en elke keer legde u mij het zwijgen op en weigerde u naar me te luisteren.'

'Dat is maar een uitvlucht, dominee. U had het me heel best kunnen vertellen als u dat gewild had. De klok en het briefje klopten prachtig met elkaar. En nu blijkt die klok helemaal fout, volgens u tenminste. Ik heb nog nooit zo'n dwaze zaak meegemaakt. Wat heeft het in vredesnaam voor zin een klok een kwartier te laten voorlopen?'

'Het is bedoeld om iemand die de neiging heeft overal te laat te zijn, toch op tijd te laten komen,' zei ik.

De inspecteur brieste.

'Ik geloof niet dat we ons hierin nu verder hoeven te verdiepen, inspecteur,' zei kolonel Melchett tactvol. 'Wat we nu wel nodig hebben, is de waarheid, zowel van Mrs. Protheroe als van de jonge Redding. Ik heb Haydock gebeld en hem gevraagd hier te komen en Mrs. Protheroe mee te brengen. Over een kwartier zullen ze wel hier zijn. Maar ik denk dat het beter is als Redding wat eerder komt.'

'Ik zal me in verbinding stellen met het bureau,' zei inspecteur Slack en nam de telefoon op. Hij sprak een ogenblik, waarna hij de hoorn neerlegde met de woorden: 'En nu zullen we eens even deze kamer onderhanden nemen.'

Hij keek mij veelbetekenend aan.

'U wilt zeker dat ik wegga?' vroeg ik.

De inspecteur opende onmiddellijk de deur voor me. Melchett riep: 'Wilt u terugkomen als Redding hier komt, dominee? U bent een vriend van hem, misschien hebt u genoeg invloed op hem om hem te overreden de waarheid te zeggen.'

Ik vond mijn vrouw in gezelschap van Miss Marple. Zij hadden de hoofden bij elkaar gestoken.

'Wij hebben allerlei mogelijkheden besproken,' zei Griselda. 'Ik wou dat u deze zaak kon oplossen, Miss Marple, zoals u de zaak opgelost hebt van het verdwenen mandje garnalen van miss Wetherby. En nog wel omdat het geval u aan heel iets anders deed denken, dat betrekking had op een zak kolen.'

'Je steekt de draak met me,' zei Miss Marple. 'Maar heus, dat is een zeer goede manier om de waarheid te ontdekken. Het is intuïtie, iets waarover men tegenwoordig zoveel drukte maakt. Intuïtie is zoiets als het lezen van een woord zonder de letters te spellen. Een kind kan dat niet doen, omdat het te weinig ervaring heeft. Maar een volwassene herkent het woord omdat hij het al zo vaak eerder gezien heeft. Begrijpt u wat ik bedoel, dominee?'

'Ja,' zei ik langzaam. 'Ja, ik denk het wel. U bedoelt dat als iets u aan iets anders herinnert, het dan vermoedelijk net zoiets is.'

'Precies.'

'En waar herinnert de moord op kolonel Protheroe u dan precies aan?'

Miss Marple zuchtte.

'Dat is nu juist de moeilijkheid. Die doet me aan zoveel gevallen denken. Daar was bijvoorbeeld majoor Hargraves, een kerkvoogd en een in alle opzichten gerespecteerd man. En al die tijd hield hij er een tweede huishouden op na met een gewezen dienstmeisje, denkt u zich eens in! En vijf kinderen, zowaar vijf kinderen! Een vreselijke schok voor zijn vrouw en dochter.'

Ik deed mijn uiterste best mij kolonel Protheroe als een heimelijk zondaar voor te stellen, maar slaagde daar niet in.

'En dan was daar die geschiedenis met de wasserij. Miss Hartnells opalen broche, die ze heel nonchalant had laten zitten op haar blouse, ging mee naar de wasserij. En de vrouw daar die hem wegnam, wilde hem niet eens zelf hebben en was ook helemaal geen dievegge. Ze verborg hem gewoon in het huis van een andere vrouw en vertelde toen aan de politie dat ze gezien had dat die vrouw hem stal. Uit wrok, weet u, louter uit wrok. Wrok is een verbazingwekkend motief, en natuurlijk was er een man bij betrokken. Dat is altijd het geval.'

Ditmaal kon ik de gelijkenis toch werkelijk in de verste verte niet zien. En met een dromerige stem ging Miss Marple verder.

'En dan was daar de dochter van die arme Elwell, zo'n aardig, etherisch meisje, die probeerde haar kleine broertje te wurgen. En dan die geschiedenis met het geld van het koorknapenvakantiefonds (dat was vóór uw tijd, dominee), weggenomen door de organist, wiens vrouw zo diep in de schulden zat. Tja, deze zaak doet je aan zoveel dingen denken... te veel. Het is erg moeilijk om achter de waarheid te komen.'

'Ik wou dat u mij vertelde wie de zeven verdachten waren,' zei ik.

'De zeven verdachten?'

'U zei dat u wel zeven mensen kon bedenken die... nou ja, die blij zouden zijn met kolonel Protheroes dood.'

'Heb ik dat gezegd? O ja, dat herinner ik me nu.'

'Was dat waar?'

'Ja, natuurlijk was dat waar. Maar laat ik geen namen noemen. Ik ben er zeker van dat u die ook kunt bedenken.'

'Het spijt me, maar dat kan ik nu juist niet. Ja, daar is natuurlijk Lettice, die vermoedelijk uiteindelijk haar vaders geld zal erven. Maar het is wel wat belachelijk in dit verband aan haar te denken, en verder zou ik echt niemand weten.'

'En u?' vroeg Miss Marple, zich tot Griselda wendend.

Tot mijn verbazing kreeg Griselda een kleur. Het leek wel of ze tranen in haar ogen kreeg en ze balde haar kleine handen tot vuisten.

'O!' riep ze verontwaardigd uit. 'Wat zijn de mensen toch akelig en hatelijk. Om zulke gemene praatjes rond te strooien!'

Ik keek haar nieuwsgierig aan. Het is helemaal niets voor Griselda om zo overstuur te raken. Ze merkte mijn blik op en trachtte te glimlachen.

'Kijk me niet aan alsof ik een interessant specimen ben dat je niet begrijpt, Len. Laten we ons niet opwinden en van het onderwerp afdwalen. Ik kan niet geloven dat Lawrence of Anne het gedaan heeft en Lettice is natuurlijk helemaal uitgesloten. Er moet ergens de een of andere aanwijzing zijn, die ons op weg kan helpen.'

'We hebben natuurlijk het briefje,' zei Miss Marple. 'U zult zich herinneren dat ik vanmorgen al zei dat dat me zeer eigenaardig leek.'

'Het lijkt het tijdstip van zijn dood met opvallende nauwkeurigheid vast te stellen,' zei ik. 'En toch, is dat wel mogelijk? Mrs. Protheroe kan maar juist mijn studeerkamer hebben verlaten. Ze zou nauwelijks tijd gehad hebben het atelier te bereiken. De enige oplossing die ik kan bedenken is dat de kolonel zijn eigen horloge raadpleegde en dat dat achterliep. Dat lijkt mij een aanvaardbare oplossing.'

'Ik heb een ander idee,' zei Griselda. 'Stel nu eens, Len, dat de klok al teruggezet was... Nee, dat komt op hetzelfde neer! Wat dom van me!'

'Er was niets aan veranderd toen ik wegging,' zei ik. 'Ik herinner me dat ik hem met mijn horloge vergeleek. Maar zoals je al zegt, dat heeft niets met de zaak te maken.'

'Wat denkt u, Miss Marple?' vroeg Griselda.

De oude dame schudde haar hoofd.

'Lieve kind, ik moet bekennen dat ik het helemaal niet van die kant bekeken heb. Wat mij als zeer eigenaardig voorkomt, en dat heeft het van het begin af aan gedaan, is de inhoud van dat briefje.'

'Dat zie ik niet in,' zei ik. 'Kolonel Protheroe schreef alleen maar dat hij niet langer wachten kon...'

'Om twintig minuten over zes?' zei Miss Marple. 'Mary, uw dienstmeisje, had hem al gezegd dat u niet eerder dan halfzeven terug zou zijn en hij leek volkomen bereid te wachten. En toch gaat hij dan om twintig minuten over zes ineens schrijven dat hij niet langer wachten kan?'

Ik staarde het oude dametje aan met een groeiende eerbied voor haar denkvermogen. Haar scherpe verstand had gezien wat wij niet opgemerkt hadden. Want dat was eigenaardig, heel eigenaardig.

'Had er maar geen tijd op dat briefje gestaan,' zei ik.

Miss Marple knikte.

'Juist,' zei zij, 'hád er maar geen tijd op gestaan.'

Ik ging terug in mijn gedachten en probeerde mij dat vel schrijfpapier voor ogen te brengen met onderaan die onduidelijke krabbel en bovenaan in keurige cijfers 6.20. Ik was er nu zeker van dat deze cijfers van een heel ander kaliber waren dan de rest van de brief.

Ik snakte naar adem.

'En veronderstel nu eens dat er oorspronkelijk helemaal geen tijd boven stond. Veronderstel dat kolonel Protheroe omstreeks halfzeven ongeduldig is geworden en aan tafel ging zitten om me te schrijven dat hij niet langer kon wachten. En terwijl hij daar zat, kwam er iemand door de tuindeur...'

'Of de kamerdeur,' opperde Griselda.

'Dan had hij de deur gehoord en opgekeken.'

'Kolonel Protheroe was nogal doof, weet u wel?' zei Miss Marple.

'Ja, dat is waar. Dus dat zou hij niet gehoord hebben. Maar hoe de moordenaar ook binnen kwam, hij besloop de kolonel van achteren en schoot hem neer. Toen zag hij het briefje en de klok en kreeg een idee. Hij zette 6.20 boven de brief en verzette de klok naar tweeëntwintig over zes. Dat was een heel slim idee. Het verschafte hem, althans dat moet hij gedacht hebben, een perfect alibi.'

'En wat wij nu dus moeten vinden,' zei Griselda, 'is iemand die een volkomen waterdicht alibi heeft voor twintig over zes, maar helemaal geen alibi voor... ja, dat is niet zo gemakkelijk. Want dat tijdstip kunnen we niet bepalen.'

'We kunnen er toch wel heel dichtbij komen,' zei ik. 'Haydock zegt dat de moord uiterlijk om halfzeven gepleegd is. Ik neem aan dat we het misschien op vijf over half kunnen stellen, uitgaande van onze redenering van daarnet, dat Protheroe waarschijnlijk niet ongeduldig zal zijn geworden voor halfzeven. Ja, ik geloof dat we kunnen aannemen dat dat tamelijk zeker is.'

'Dan dat schot dat ik hoorde... Ik neem aan dat dat heel goed mogelijk is. En ik heb er helemaal niet bij stilgestaan, helemaal niet. Hoogst irritant. En toch, nu ik probeer het me te herinneren, komt het me voor dat het anders klonk dan de gebruikelijke schoten die je hier hoort. Ja, er was een verschil.'

'Harder?' opperde ik.

Nee, Miss Marple dacht niet dat het harder was. Ze vond het in feite moeilijk om te zeggen wat het verschil precies was, maar ze hield vol dat het er was.

Ik kreeg de indruk dat ze er zichzelf van probeerde te overtuigen, in plaats van het zich werkelijk te herinneren, maar zij had zojuist een zo waardevolle bijdrage geleverd voor een geheel nieuw inzicht in de zaak dat ik groot respect voor haar voelde.

Zij stond op en mompelde dat ze nu toch werkelijk naar huis moest, dat het zo verleidelijk was geweest binnen te lopen en de hele kwestie nog eens met die lieve Griselda te bespreken. Ik begeleidde haar tot de scheidingsmuur en het achterhek, keerde terug en vond Griselda in diep gepeins verzonken.

'Zit je nog aan dat briefje te denken?' vroeg ik.

'Nee.'

Ze rilde plotseling en schokschouderde ongeduldig.

'Len, ik heb nog eens nagedacht. Wat moet iemand Anne Protheroe gehaat hebben.'

'Haar gehaat hebben?'

'Ja, zie je dat dan niet? Er is geen werkelijk bewijs tegen Lawrence: al het bewijs tegen hem zou je toevallig kunnen noemen. Hij kreeg het in zijn hoofd hier te komen, maar als hij dat niet gedaan had, zou niemand eraan gedacht hebben enig verband tussen hem en de misdaad te leggen. Maar met Anne is het wat anders. Veronderstel dat iemand wist dat zij hier was om twintig over zes – de klok en de tijd op de brief. Alles zou op haar wijzen. Ik geloof niet dat het tijdstip werd vastgesteld alleen met het oog op een alibi; ik denk dat er meer aan vastzat: een rechtstreekse poging om de schuld op haar te laten vallen. Als Miss Marple er niet zo zeker van was dat Anne geen pistool bij zich had en tevens gezien had dat zij bijna ogenblikkelijk doorging naar het atelier... want als dat niet zo was...' Zij huiverde weer. 'Len... ik voel dat iemand een vreselijke haat koesterde tegen Anne Protheroe. Het... het bevalt me niet.'

12

Ik werd naar de studeerkamer geroepen toen Lawrence Redding kwam. Hij zag er verwilderd uit en bekeek me, vond ik, achterdochtig. Kolonel Melchett trad hem met geveinsde vriendelijkheid tegemoet.

'We wilden je hier, op de plaats van de misdaad, een paar vragen stellen,' zei hij.

Lawrence grijnsde.

'Is dat niet een idee van de Fransen, reconstructie van de misdaad?'

'Beste jongen,' zei kolonel Melchett. 'Sla tegen ons niet zo'n toon aan. Weet je dat er nog iemand is die bekend heeft de misdaad te hebben gepleegd?'

Lawrence scheen pijnlijk getroffen.

'Iemand anders?' stotterde hij. 'Wie... wie?'

'Mrs. Protheroe,' zei Melchett, hem nauwlettend gadeslaand.

'Belachelijk. Dat heeft ze niet gedaan. Dat had ze nooit kunnen doen. Het is onmogelijk.'

Melchett onderbrak hem.

'Vreemd genoeg geloven we haar verhaaltje niet, evenmin als het jouwe, als ik je dat ook even zeggen mag. Dokter Haydock is zeer stellig in zijn bewering dat de moord onmogelijk begaan kan zijn op het door jou genoemde tijdstip.'

'Beweert dokter Haydock dat?'

'Ja. Dus je ziet: je gaat vrijuit, of je wilt of niet. En nu willen wij dat je ons wat helpt, door ons precies te vertellen wat er gebeurd is.'

Lawrence aarzelde nog.

'U houdt me niet voor de gek omtrent Mrs. Protheroe? U verdenkt haar echt niet?'

'Op mijn erewoord,' zei kolonel Melchett.

Lawrence haalde diep adem.

'Ik ben een idioot geweest,' zei hij. 'Een volslagen idioot. Hoe kon ik ook maar één moment denken dat zij het gedaan had...'

'Als je er ons nu eens alles van vertelde?' opperde Melchett.

'Er is niet veel te vertellen. Ik... ik ontmoette Mrs. Protheroe die middag...'

Hij wachtte even.

'Daar weten we alles van,' zei Melchett. 'Jij kunt nu wel denken dat jullie wederzijdse gevoelens een groot geheim waren, maar in werkelijkheid wist iedereen ervan en werd er druk over gesproken. Bovendien wordt nu toch alles bekend.'

'Goed dan. U zult wel gelijk hebben. Ik had de dominee hier' – even keek hij mij van terzijde aan – 'beloofd dat ik direct weg zou gaan. Ik ontmoette Mrs. Protheroe die avond in het atelier om kwart over zes. Ik vertelde haar wat ik besloten had. Zij was het er volkomen mee eens dat er geen andere keus was. We namen afscheid van elkaar. We verlieten het atelier en even later voegde dr. Stone zich bij ons. Anne speelde het klaar heel natuurlijk te doen. Ik kon dat niet opbrengen. Ik ging met Stone naar Het Blauwe Zwijn en we namen een borrel. Daarna dacht ik erover naar huis te gaan, maar toen ik op de hoek van deze weg kwam, veranderde ik van gedachten en besloot de dominee nog even te bezoeken. Ik had er behoefte aan met iemand te praten. Aan de voordeur vertelde het dienstmeisje mij dat de dominee uit was, maar spoedig terug verwacht werd, en dat kolonel Protheroe in de studeerkamer op hem zat te wachten. Ik had geen zin weer weg te gaan – het zou erop geleken hebben of ik hem ontweek. Ik zei dus dat ik eveneens zou wachten en ging ook naar de studeerkamer.'

Hij hield op.

'En toen?' vroeg kolonel Melchett.

'Protheroe zat aan de schrijftafel – precies zoals u hem gevonden hebt. Ik ging naar hem toe. Ik zag dat hij dood was. Toen keek ik naar beneden en zag het pistool naast hem op de vloer liggen. Ik raapte het op en zag in één oogopslag dat het mijn éígen pistool was! Daar schrok ik wel even van. Mijn pistool! En toen ineens trok ik een conclusie. Anne moest mijn pistool hebben ingepikt... met de bedoeling zichzelf dood te schieten, als ze de moeilijkheden niet langer kon verdragen. Misschien had ze het vandaag bij zich gehad. Nadat wij in het dorp uit elkaar gegaan waren, moest ze hier teruggekomen zijn en... en... o, ik moet gek geweest zijn om dat zelfs maar te denken. Maar dat is wat ik dacht. Ik stak het pistool in mijn zak en ging weg. Even buiten het hek van de pastorie kwam ik de dominee tegen. Hij zei iets vriendelijks en heel gewoons, over het feit dat hij even met Protheroe moest spreken – en plotseling beving me een wilde drang om te lachen. Zijn gedrag was zo gewoon en alledaags en hier was ik, gespannen als een veer. Ik herinner me dat ik iets idioots riep en dat zijn gezicht ineens veranderde. Ik stond op het punt mijn verstand te verliezen, geloof ik. En ik begon te lopen, te lopen. Ten slotte hield ik het niet langer uit. Als Anne inderdaad deze vreselijke daad begaan had, was ik daar moreel verantwoordelijk voor. Ik ging naar het politiebureau en gaf mezelf aan.'

Toen hij zijn verhaal beëindigd had, heerste er stilte. Toen zei de kolonel met zakelijke stem: 'Ik zou je graag een paar vragen willen stellen. Ten eerste: heb je het lichaam aangeraakt of op enigerlei wijze verplaatst?'

'Nee, ik heb het niet aangeraakt. Ook zonder dat te doen kon je duidelijk zien dat hij dood was.'

'Heb je een briefje gezien op het vloeiblad, dat half door zijn lichaam verborgen was?'

'Nee.'

'Heb je iets veranderd aan de klok?'

'Ik heb die klok niet aangeraakt. Ik meen me te herinneren dat er een omgevallen klok op de tafel lag, maar die heb ik niet aangeraakt.'

'En nu, wat betreft je pistool, wanneer heb je dat voor het laatst gezien?'

Lawrence Redding dacht na.

'Dat is moeilijk precies te zeggen.'

'Waar bewaar je het?'

'O, in de zitkamer van mijn bungalow. Tussen wat rommel op een van de planken van de boekenkast.'

'Liet je het daar maar wat rondslingeren?'

'Ja. Och, ik dacht er niet eens aan. Het lag er gewoon.'

'Zodat iedereen die in je bungalow kwam het heeft kunnen zien?'

'Inderdaad.'

'En je kunt je niet herinneren wanneer je het daar voor het laatst gezien hebt?'

Lawrence fronste zijn wenkbrauwen en dacht diep na.

'Ik ben er bijna zeker van dat het er eergisteren nog was. Ik herinner me dat ik het opzij schoof toen ik zocht naar een oude pijp. Ik denk dat het eergisteren was, maar het kan ook de dag daarvoor geweest zijn.'

'Wie is er de laatste tijd in je bungalow geweest?'

'O, massa's mensen! Er loopt altijd wel iemand in of uit. Eergisteren had ik nogal wat mensen op de thee. Lettice Protheroe, Dennis en hun hele aanhang. En van tijd tot tijd komt een van die oude dametjes eens aanlopen.'

'Sluit je je bungalow af als je uitgaat?'

'Nee, waarom zou ik dat in vredesnaam doen? Er valt niets te stelen en zover mij bekend is, sluit niemand hier zijn huis af.'

'Wie zorgt er hier voor je?'

'Iedere morgen komt een zekere Mrs. Archer "de boel doen" zoals dat heet.'

'Denk je dat zij zich zou herinneren wanneer het pistool daar het laatst lag?'

'Ik heb geen idee. Het zou kunnen. Maar ik geloof niet dat stof afnemen haar sterkste kant is.'

'Het komt er dus op neer dat bijna iedereen dat pistool weggenomen zou kunnen hebben?'

'Daar lijkt het wel op, ja.'

Op dit moment ging de deur open. Dokter Haydock kwam binnen met Anne Protheroe.

Ze schrok bij het zien van Lawrence. Hij van zijn kant deed een aarzelende stap in haar richting.

'Vergeef me, Anne,' zei hij. 'Het was afschuwelijk van me om te denken wat ik dacht.'

'Ik...' Zij haperde, keek daarna kolonel Melchett smekend aan. 'Is het waar, wat dokter Haydock me verteld heeft?'

'Dat Mr. Redding gezuiverd is van verdenking? Inderdaad. En nu dat verhaal van u, Mrs. Protheroe? Hoe staat het daar nu mee?'

Ze glimlachte nogal beschaamd.

'U vindt het zeker heel erg, hè?'

'Zullen we zeggen erg dom? Maar dat is nu allemaal voorbij. Wat ik nu wil horen, Mrs. Protheroe, is de waarheid, de absolute waarheid.'

Zij knikte ernstig.

'Ik zal het u gaan vertellen. Ik neem aan dat u alles van ons weet?'

'Ja.'

'Ik zou Lawrence – Mr. Redding – die avond in het atelier ontmoeten. Om kwart over zes. Mijn echtgenoot en ik reden samen naar het dorp. Ik moest een paar boodschappen doen. Toen we uit elkaar gingen, zei mijn man terloops dat hij op bezoek ging bij de dominee. Ik kon Lawrence geen bericht sturen en voelde mij niet erg op mijn gemak. Let wel, het was een beetje penibel hem in de tuin van de pastorie te ontmoeten, terwijl mijn echtgenoot in de pastorie was.'

Haar wangen gloeiden terwijl zij dit zei. Het was geen prettig moment voor haar.

'Ik dacht dat mijn man misschien niet lang in de pastorie zou blijven. Om dit te weten te komen, kwam ik langs het achterlaantje de tuin in. Ik hoopte dat niemand me zou zien, maar natuurlijk was die oude Miss Marple in haar tuin! Zij hield mij aan en wij wisselden een paar woorden. Ik zei dat ik mijn man kwam afhalen. Ik voelde dat ik iets moest zeggen. Ik weet niet of ze me geloofde of niet. Ze keek nogal vreemd.

Toen ik bij haar wegging, liep ik rechtstreeks naar de pastorie en om de hoek van het huis sloop ik naar de tuindeuren van de studeerkamer in de verwachting stemmen te zullen horen. Maar tot mijn verbazing hoorde ik niets. Ik keek naar binnen, zag dat de kamer leeg was en haastte mij over het grasveld naar het atelier, waar Lawrence zich bijna onmiddellijk daarna bij mij voegde.'

'U zei dat de kamer leeg was, Mrs. Protheroe?'

'Ja, mijn man was er niet.'

'Eigenaardig.'

'Bedoelt u dat u hem niet zag?' vroeg de inspecteur.

'Nee, ik zag hem niet.'

Inspecteur Slack fluisterde met de kolonel, die knikte.

'Zou u er bezwaar tegen hebben, Mrs. Protheroe, ons te laten zien wat u precies deed?'

'Helemaal niet.'

Zij stond op; inspecteur Slack duwde de tuindeur voor haar open en zij stapte naar buiten op het terras.

Inspecteur Slack gaf mij een teken aan de schrijftafel te gaan zitten.

Ik voelde er niet veel voor. Het gaf me een onplezierig gevoel. Maar ik voldeed natuurlijk aan het verzoek.

Weldra hoorde ik buiten voetstappen; een ogenblik hielden zij stil, waarna zij zich weer verwijderden. Inspecteur Slack gaf me een teken dat ik weer naar de andere kant van de kamer kon gaan. Mrs. Protheroe kwam weer door de tuindeur naar binnen.

'Ging het precies zo?' vroeg kolonel Melchett.

'Ik geloof het wel.'

'Kunt u ons dan vertellen, Mrs. Protheroe, waar precies de dominee zich in de kamer bevond toen u naar binnen keek?' vroeg inspecteur Slack.

'De dominee? Ik... nee, ik ben bang van niet. Ik heb hem helemaal niet gezien.'

Inspecteur Slack knikte.

'Daarom hebt u uw echtgenoot ook niet gezien. Hij zat om de hoek, aan de schrijftafel.'

'O!' Zij wachtte. Plotseling werden haar ogen groot en rond van schrik. 'Het was toch niet daar dat... dat...'

'Ja, Mrs. Protheroe. Het gebeurde terwijl hij daar zat.'

'O!' Zij rilde.

Slack ging door met zijn vragen.

'Wist u, Mrs. Protheroe, dat Mr. Redding een pistool had?'

'Ja, dat heeft hij me eens verteld.'

'Hebt u dat pistool ooit in uw bezit gehad?'

Zij schudde haar hoofd.

'Nee.'

'Wist u waar hij het bewaarde?'

'Dat weet ik niet zeker. Ik denk... ja, ik denk dat ik het op een plank heb gezien, ergens in zijn bungalow. Bewaarde je het daar niet, Lawrence?'

'Wanneer was u voor de laatste maal in de bungalow, Mrs. Protheroe?'

'O, ongeveer drie weken geleden. Mijn man en ik waren er toen op theevisite.'

'En sindsdien bent u er niet meer geweest?'

'Nee, ik ging er nooit heen. Ziet u, dat zou vermoedelijk alleen maar geroddel in het dorp veroorzaakt hebben.'

'Zonder twijfel,' merkte kolonel Melchett droogjes op. 'Waar ontmoette u Mr. Redding gewoonlijk?'

Zij bloosde. 'Hij kwam geregeld naar de Hall. Hij schilderde Lettice. Later ontmoetten wij elkaar dan vaak in het bos.'

De commissaris knikte.

'Is dit niet genoeg?' Haar stem stokte plotseling. 'Het is zo verschrikkelijk u al deze dingen te moeten vertellen. En... en, er was niets verkeerds mee. Er was niets, heus... er was niets. Wij waren alleen maar vrienden. Wij... wij konden niet helpen dat we van elkaar hielden.'

Zij keek smekend op naar dokter Haydock.

'Ik geloof werkelijk, Melchett, dat Mrs. Protheroe niet meer kan verdragen. Zij heeft een grote schok te verwerken gehad... in meer dan één betekenis.'

De commissaris knikte.

'Er is verder ook niets dat ik u wilde vragen, Mrs. Protheroe,' zei hij. 'Dank u wel voor het openhartig beantwoorden van mijn vragen.'

'Dan... dan mag ik nu gaan?'

Hij knikte, maar ik merkte op dat hij Slack een bijna onmerkbaar seintje gaf, hetgeen deze met een begrijpend knikje beantwoordde. Anne Protheroe was dus nog niet helemaal vrij van verdenking. Dat briefje zat ze nog dwars.

'Is je vrouw thuis?' vroeg Haydock. 'Ik geloof dat Mrs. Protheroe haar wel graag even zou willen opzoeken.'

'Ja,' zei ik, 'Griselda is thuis. Je kunt haar in de salon vinden.'

Zij en Haydock verlieten de kamer en Lawrence Redding ging met hen mee.

Kolonel Melchett had de lippen getuit en speelde met een briefopener. Slack bekeek het briefje nog eens. En toen vertelde ik hun van Miss Marples theorie.

Inspecteur Slack bestudeerde het briefje nog eens nauwkeurig.

'Verdraaid,' zei hij. 'Ik geloof dat de oude dame gelijk heeft. Kijkt u eens hier, kolonel, ziet u het niet? Deze cijfers zijn met andere inkt geschreven. Ik laat me hangen als dat tijdstip niet met een vulpen geschreven is!'

Wij waren allen tamelijk opgewonden.

'U hebt het briefje natuurlijk onderzocht op vingerafdrukken?' vroeg de commissaris.

'Wat dacht u dan, kolonel? Maar er zijn helemaal geen vingerafdrukken op het briefje. En op het pistool hebben we alleen de vingerafdrukken van Mr. Lawrence Redding gevonden. Misschien zaten er nog andere afdrukken op, voordat hij het oppakte en in zijn zak stak, maar die zijn nu niet duidelijk genoeg meer.'

'Eerst zag de zaak er heel somber uit voor Mrs. Protheroe,' zei de kolonel bedachtzaam. 'Veel somberder dan voor de jonge Redding. Weliswaar was daar die getuigenis van de oude Miss Marple dat ze geen pistool bij zich had, maar die oude dames vergissen zich zo vaak.'

Ik hield me stil, maar ik was het niet met hem eens. Ik was er zeker van dat Anne Protheroe geen pistool bij zich had gehad, als Miss Marple dat zei. Miss Marple behoort zeer beslist niet tot de oude dametjes die zich vergissen of fouten maken. Zij heeft de griezelige gewoonte altijd gelijk te hebben.

'Waar ik niet bij kan, is dat niemand het schot gehoord heeft. Als het toen afgevuurd is, dan móét iemand het gehoord hebben, waar ze dan ook denken dat het vandaan kwam. Slack, praat nog maar eens met het dienstmeisje.'

Inspecteur Slack liep gretig naar de deur.

'Ik zou haar niet vragen of ze een schot binnenshuis gehoord heeft, als ik u was,' zei ik. 'Want als u dat doet, ontkent ze beslist. Noem het een schot in het bos. Dan zal ze wel toegeven het gehoord te hebben.'

'Ik weet wel hoe ik dienstmeisjes moet aanpakken,' zei inspecteur Slack, en verdween.

'Miss Marple zegt dat ze veel later een schot hoorde,' zei kolonel Melchett nadenkend. 'We moeten eens kijken of zij het tijdstip niet precies kan bepalen. Het kan natuurlijk ook een schot zijn geweest van een jager.'

'Dat zou natuurlijk heel goed kunnen,' gaf ik toe.

De kolonel liep de kamer een paar maal op en neer.

'Weet u, Clement,' zei hij plotseling, 'ik heb een voorgevoel dat deze zaak veel gecompliceerder en veel moeilijker is dan iemand van ons denkt. Ik mag hangen als er niet meer achter zit.' Hij brieste. 'Iets waarvan wij niets weten. Wij beginnen pas. Let op mijn woorden, Clement, dit is pas het begin. Al die dingen, de klok, het briefje, het pistool. Zoals de zaak nu ligt, hebben die geen betekenis.'

Ik schudde mijn hoofd. Nee, dat hadden ze zeker niet.

'Maar ik zal dit raadsel wel doorgronden. Ik roep Scotland Yard er beslist niet bij. Slack is een slimme kerel, een heel slimme kerel. Hij is een soort fret. Hij snuffelt net zo lang tot hij bij de waarheid komt. Hij heeft al veel goed werk gedaan en dit wordt zijn meesterstuk. Sommige mensen zouden nu Scotland Yard erbij halen, maar ik niet. Wij zullen de zaak hier in Downshire zelf wel oplossen.'

'Ik hoop het van harte, dat verzeker ik u,' zei ik.

Ik probeerde enthousiast te klinken, maar ik had al zo'n hekel gekregen aan inspecteur Slack, dat het vooruitzicht van zijn succes niets aantrekkelijks voor me had. Een succesvolle Slack zou naar mijn mening nog afschuwelijker zijn dan een verbijsterde Slack.

'Wie woont er in het huis hiernaast?' vroeg de kolonel plotseling.

'U bedoelt aan het eind van de weg? Daar woont Mrs. Price Ridley.'

'Die zullen we zo dadelijk eens gaan opzoeken als Slack klaar is met uw dienstmeisje. Mogelijk heeft zij iets gehoord. Zij is toch niet doof of zoiets, wel?'

'Ik zou zelfs zeggen dat haar gehoor opvallend scherp is, te oordelen naar het aantal schandaaltjes dat zij veroorzaakt heeft, door het verder vertellen van dingen die ze "toevallig heeft gehoord".'

'Dat is het soort vrouw dat we nodig hebben. O, hier is Slack.'

De inspecteur maakte de indruk net flink gevochten te hebben. Hij zag er verhit uit.

'Tjonge, tjonge!' zei hij. 'Is me dat een lastig stuk, dominee.'

'Mary is echt iemand met een uitgesproken karakter,' merkte ik op.

'Zij moet niets van de politie hebben,' zei hij. 'Ik heb haar gewaarschuwd, ik deed mijn best haar wat respect voor de wet bij te brengen, maar het hielp geen zier. Zij gaf me een grote mond.'

'Ja, daar zit pit in,' zei ik en mijn gevoelens ten opzichte van Mary ondergingen een aanmerkelijk positieve wending.

'Maar ik heb het er toch uit gekregen. Zij heeft één schot gehoord – en alleen maar dat ene schot. En dat was een hele tijd nadat kolonel Protheroe kwam. Ik kon haar er niet toe krijgen een bepaalde tijd te noemen, maar we kwamen er toch uit, met behulp van de vis. De vis was laat gekomen en ze had de loopjongen er behoorlijk van langs gegeven toen hij kwam, en hij zei dat het net halfzeven was en kort daarna hoorde zij het schot. Dat is natuurlijk wel niet erg precies, maar het geeft ons toch een idee.'

'Hm,' zei Melchett.

'Ik geloof achteraf niet dat Mrs. Protheroe hier iets mee te maken heeft,' zei Slack, met spijt in zijn stem. 'Om te beginnen kan ze er geen tijd voor gehad hebben en bovendien houden vrouwen er niet van met vuurwapens te werken. Arsenicum ligt meer in hun lijn. Nee, ik geloof niet dat zij het gedaan heeft. Het is jammer!'

Hij zuchtte.

Melchett verklaarde dat hij naar Mrs. Price Ridley ging en Slack vond dit een goed idee.

‘Kan ik meekomen?’ vroeg ik. ‘Ik begin geïnteresseerd te raken.’

Ik kreeg toestemming en we gingen op pad. Een luid ‘Hé’ begroette ons toen we het hek van de pastorie uitkwamen, en mijn neef Dennis kwam de dorpsweg oprennen om zich bij ons te voegen.

‘Wat denkt u van die voetafdruk waarover ik u verteld heb?’ vroeg hij de inspecteur.

‘Van de tuinman,’ zei inspecteur Slack laconiek.

‘Zou het niet iemand anders kunnen zijn die de schoenen van de tuinman had aangetrokken?’

‘Nee, ik denk het niet,’ was het ontmoedigende antwoord.

Er was echter meer nodig om Dennis te ontmoedigen. Hij hield een aantal afgebrande lucifers in zijn hand.

‘Die heb ik bij het hek van de pastorie gevonden.’

‘Dank je,’ zei Slack en stak ze in zijn zak.

We schenen op dood spoor te zitten.

‘U gaat oom Len toch niet arresteren, wel?’ vroeg Dennis gekscherend.

‘Waarom zou ik?’ vroeg Slack.

‘Er is een heleboel bewijs tegen hem,’ zei Dennis. ‘Vraag maar aan Mary. Een dag voor de moord wenste hij kolonel Protheroe nog naar de andere wereld. Is het niet, oom Len?’

‘Eh...’ begon ik.

Inspecteur Slack richtte een koude, wantrouwige blik op mij en ik voelde me heet worden over mijn hele lichaam. Dennis is buitengewoon vervelend. Hij zou moeten beseffen dat een politieman zelden gevoel voor humor heeft.

‘Doe niet zo dwaas, Dennis,’ zei ik geërgerd.

Het onschuldige kind sperde zijn ogen wijd open van verbazing.

‘Het was maar een grap, hoor,’ zei hij. ‘Oom Len zei alleen maar dat degene die kolonel Protheroe uit de weg ruimde, de wereld hiermee een dienst zou bewijzen.’

‘Ha,’ zei inspecteur Slack. ‘Dat verklaart iets van wat het dienstmeisje zei.’

Dienstmeisjes hebben ook maar heel zelden gevoel voor humor. In gedachten gaf ik Dennis er behoorlijk van langs. Dit, in combinatie met die geschiedenis van de klok, was genoeg om mij bij inspecteur Slack voor mijn hele leven verdacht te maken.

'Kom mee, Clement,' zei kolonel Melchett.

'Waar gaat u heen? Mag ik mee?' vroeg Dennis.

'Nee, dat mag je níét,' beet ik hem toe.

Wij lieten hem staan met een gekwetste uitdrukking op zijn gezicht. We liepen naar de keurige voordeur van het huis van Mrs. Price Ridley en de inspecteur belde en klopte, op een, kan ik alleen maar zeggen, hoogst officiële manier.

Een aardig dienstmeisje opende de deur.

'Is Mrs. Price Ridley thuis?' vroeg Melchett.

'Nee, Sir,' zei het meisje en voegde eraan toe: 'Ze is zojuist naar het politiebureau gegaan.'

Dat was een volkomen onverwachte ontwikkeling. Terwijl wij terugliepen pakte Melchett mij bij de arm en zei: 'Als die nu óók de misdaad heeft bekend, word ik stapelgek!'

13

Het leek me hoogst onwaarschijnlijk dat Mrs. Price Ridley zoiets dramatisch van plan was, maar ik vroeg me wel af wat haar naar het politiebureau gevoerd had. Zou ze werkelijk iets belangrijks hebben? In ieder geval zouden we dat nu gauw te weten komen.

We troffen Mrs. Price Ridley aan, terwijl zij bezig was haar verhaal in een woordenstroom over een verbijsterd kijkende politieman uit te storten. Uit het trillen van de strik op haar hoed kon ik opmaken dat ze hoogst verontwaardigd was. Mrs. Price Ridley draagt altijd zeer opzichtige hoeden. Ze balanceren boven op haar ingewikkelde kapsel en zijn een beetje topzwaar door een overdaad aan strikken. Griselda dreigt voortdurend ook zo'n hoed te zullen aanschaffen.

Bij onze binnenkomst onderbrak Mrs. Price Ridley haar woordenstroom.

'Mrs. Price Ridley?' vroeg kolonel Melchett, zijn hoed afnemend.

‘Mag ik kolonel Melchett even aan u voorstellen, Mrs. Price Ridley?’ zei ik. ‘Kolonel Melchett is commissaris van politie.’

Mrs. Price Ridley keek mij koeltjes aan, maar produceerde een tamelijk vriendelijke glimlach voor de kolonel.

‘Wij zijn zojuist bij u aan de deur geweest, Mrs. Price Ridley,’ legde de kolonel uit, ‘en daar vernamen wij dat u hier was.’

Nu ontdooide zij helemaal.

‘Aha!’ zei ze. ‘Ik ben blij dat er tenminste enige aandacht aan geschonken wordt. Schandelijk, noem ik het. Gewoonweg schandelijk.’

Er is geen twijfel aan dat moord schandelijk is, maar toch is dat niet het woord dat ik gekozen zou hebben om het te beschrijven. Ik kon zien dat ook Melchett er een beetje door verrast was.

‘Kunt u enig licht laten schijnen over deze aangelegenheid?’ vroeg hij.

‘Dat is uw zaak. Dat is werk voor de politie. Waar betalen wij onze belastingen voor, zou ik weleens willen weten?’

Je vraagt je af hoeveel keer per jaar deze kreet geslaakt wordt!

‘Wij doen heus ons best, Mrs. Price Ridley,’ zei de kolonel.

‘Maar die man hier had er zelfs nog niets over gehoord, totdat ik het hem vertelde!’ riep de dame uit.

Wij keken de arme agent allemaal aan.

‘De dame is opgebeld,’ zei hij. ‘Lastig gevallen. Kwestie van liederlijke taal, als ik het goed begrepen heb.’

‘O, nu begrijp ik het!’ De kolonel monterde weer op. ‘Wij hebben dus volkomen langs elkaar heen gepraat. U bent hier dus gekomen om een klacht in te dienen.’

Melchett is een wijs man. Hij weet dat men, wanneer men te maken heeft met opgewonden dames van middelbare leeftijd, slechts één ding kan doen, en dat is: luisteren. Wanneer ze dan alles gezegd hebben wat ze wilden zeggen, is er een kans dat ze ook eens luisteren naar wat je zelf te zeggen hebt.

Mrs. Price Ridley hervatte haar woordenstroom.

'Zulke schandelijke gebeurtenissen moesten voorkomen worden. Die moesten niet kunnen gebeuren. Dat ze je opbellen in je eigen huis en dan beledigen. Ja, beledigen. Ik ben er niet aan gewend dat zulke dingen gebeuren. Sinds de oorlog is er een algemene verwildering van de zeden ingetreden. Niemand let meer op wat hij zegt en de kleren die ze durven dragen...'

'Inderdaad,' zei kolonel Melchett haastig. 'Maar wat is er nu precies gebeurd?'

Mrs. Price Ridley haalde diep adem en begon opnieuw.

'Ik werd opgebeld...'

'Wanneer?'

'Gistermiddag, of -avond om precies te zijn. Om ongeveer halfzeven. Ik ging naar de telefoon, op niets verdacht. Onmiddellijk werd ik schandelijk aangevallen, bedreigd...'

'Wat werd er precies gezegd?'

Mrs. Price Ridley liep rood aan.

'Dat weiger ik te zeggen.'

'Liederlijke taal,' mompelde de agent met een peinzende basstem.

'Gebruikte men werkelijk onbehoorlijke taal?' vroeg kolonel Melchett.

'Dat hangt ervan af wat u onder onbehoorlijke taal verstaat.'

'Kon u het begrijpen?' vroeg ik.

'Natuurlijk kon ik het begrijpen.'

'Dan kan het geen onbehoorlijke taal geweest zijn,' zei ik.

Mrs. Price Ridley keek mij wantrouwend aan.

'Een welopgevoede dame,' legde ik nader uit, 'is uiteraard niet op de hoogte van vuile taal.'

'Het was helemaal niet dat soort taal,' zei Mrs. Price Ridley. 'In het begin, dat moet ik toegeven, liep ik erin! Ik dacht dat het werkelijk een boodschap was. Maar toen werd de... eh, de persoon in kwestie grof.'

'Grof?'

'Zeer grof zelfs. Ik schrok er enorm van.'

'Dus men gebruikte dreigende taal, hè?'

'Ja, en ik ben niet gewend bedreigd te worden.'

'Waarmee werd u bedreigd? Lichamelijk letsel?'

'Dat niet precies.'

'Ik vrees, Mrs. Price Ridley, dat u toch iets duidelijker zult moeten zijn. Op wat voor manier werd u bedreigd?'

Mrs. Price Ridley was niet van plan hierop te antwoorden.

'Ik kan het me niet precies herinneren. Het was allemaal nogal verwarrend. Maar aan het einde – toen ik werkelijk héél erg van streek was – lachte die... die... elléndeling.'

'Was het een mannenstem of een vrouwenstem?'

'Het was een gedegenereerde stem,' zei Mrs. Price Ridley met waardigheid. 'Ik kan het alleen maar beschrijven als een soort verdraaide stem; dan ruw en dan piepend. Werkelijk een heel eigenáárdige stem.'

'Vermoedelijk een misplaatste grap,' zei de kolonel sussend.

'Als dat zo is, was het heel slecht zoiets te doen. Ik had er wel een hartaanval van kunnen krijgen.'

'We zullen het onderzoeken,' zei de kolonel. 'Nietwaar, inspecteur? Laat dat telefoongesprek natrekken. U kunt mij dus niet duidelijker vertellen wat er gezegd werd, Mrs. Price Ridley?'

Mrs. Price Ridley verkeerde in tweestrijd. De wens tot terughoudendheid vocht met de wens tot wraak. De wraak overwon.

'Ik vertrouw erop dat dit tussen ons blijft,' begon zij.

'Vanzelfsprekend.'

'Dat schepsel begon met te zeggen... Ik kan er mezelf nauwelijks toe brengen het te herhalen...'

'Ja, ja,' zei Melchett aanmoedigend.

'"Je bent een slechte, schandalige oude kwaadspreekster!" *Ik*, kolonel Melchett, een oude kwaadspreekster. "Maar deze keer ben je te ver gegaan en Scotland Yard zit nu achter je aan voor laster." '

'Ik kan begrijpen dat u daarvan schrok,' zei Melchett, op zijn snor bijtend om een glimlach te verbergen.

'"Tenzij je in de toekomst je mond houdt, zal het slecht

met je aflopen en op meer dan één manier.” Ik kan u niet beschrijven op wat voor dreigende toon dát gezegd werd. Ik fluisterde zwakjes: “Wie ben je?” en de stem antwoordde: “De wreker.” Ik heb een gil gegeven, het klonk zo verschrikkelijk, en toen... lachte die persoon. Lachte! Duidelijk. En dat was alles. Ik hoorde hem de hoorn op de haak leggen. Natuurlijk vroeg ik de centrale onmiddellijk welk nummer mij had opgebeld, maar zij zeiden dat ze het niet wisten. U weet zelf hoe ze bij die centrales zijn. Door en door onbeleefd en onpersoonlijk.’

‘Volkomen juist,’ zei ik.

‘Ik voelde me echt wee van schrik,’ vervolgde Mrs. Price Ridley. ‘Volkomen overspannen en zo nerveus dat ik me, toen ik een schot in het bos hoorde, praktisch dood schrok. Gaat u dus zelf maar na.’

‘Een schot in het bos,’ zei inspecteur Slack, direct op zijn hoede.

‘In mijn opgewonden toestand klonk het gewoonweg alsof er een kanon afging. “O!” zei ik en ik zonk neer op de sofa in een toestand van volslagen uitputting. Clara moest me zelfs een glaasje pruimenbrandewijn brengen.’

‘Ergerlijk,’ zei Melchett. ‘Meer dan ergerlijk. Het moet een hele beproeving voor u geweest zijn. En dat schot klonk erg hard, zegt u? Alsof het vlakbij was?’

‘Ja, zo leek het door de toestand van mijn zenuwen.’

‘Natuurlijk, natuurlijk. En hoe laat was dat allemaal? Dat moet ons helpen dat telefoontje op te sporen, weet u.’

‘Ongeveer halfzeven.’

‘U kunt niet nog wat nauwkeuriger zijn?’

‘Wel, ziet u, het klokje op mijn schoorsteenmantel had juist het halve uur geslagen en ik zei nog: “Die klok moet voorlopen!” Het is namelijk een feit dat die klok iets voorloopt. En toen vergeleek ik de klok met mijn horloge, en dat wees pas tien over zes aan, maar toen ik het tegen mijn oor hield, bleek het stil te staan. En toen dacht ik: maar als de klok voorloopt, moet ik toch over een paar minuten de kerkklok horen slaan. Toen ging de telefoon en vergat ik de hele zaak.’

Zij pauzeerde, buiten adem.

'Nou, dat is in ieder geval nauwkeurig genoeg,' zei kolonel Melchett. 'Wij zullen in ieder geval de zaak voor u onderzoeken, Mrs. Price Ridley.'

'Denkt u maar dat het een misplaatste grap was, Mrs. Price Ridley, en maakt u zich verder maar geen zorgen,' zei ik.

Zij wierp me een kille blik toe. Kennelijk zat die kwestie met dat pondbiljet haar nog steeds dwars.

'Heel vreemde dingen zijn hier de laatste tijd in het dorp gebeurd,' zei ze, zich tot Melchett richtend. 'Werkelijk héél vreemde dingen. Kolonel Protheroe was juist van plan daar eens een onderzoek naar in te stellen en wat is er met de arme man gebeurd? Misschien ben ik wel het volgende slachtoffer.'

En hierna vertrok ze, haar hoofd onheilspellend schuddend. Melchett mompelde achter zijn snor: 'Was het maar waar.' Daarna werd zijn gezicht weer ernstig en hij keek inspecteur Slack vragend aan.

Deze knikte langzaam.

'Nu staat het toch wel vast, kolonel. Er zijn nu al drie mensen die het schot gehoord hebben. We moeten nu beslist uitvinden wie het afgevuurd heeft. Die geschiedenis met Mr. Redding heeft ons opgehouden. Maar we hebben verschillende aanknopingspunten. In de veronderstelling dat Mr. Redding schuldig was, ben ik er niet verder op ingegaan. Maar dat zal nu veranderen. En een van de eerste dingen is nu het opsporen van dat telefoontje.'

'Dat van Mrs. Price Ridley?'

De inspecteur grinnikte.

'Nee... maar ik geloof wel dat we er goed aan doen er een aantekening van te maken, anders komt die ouwe sijs ons hier weer lastig vallen. Nee, wat ik bedoelde, was dat valse telefoontje waarmee de dominee werd weggelokt.'

'Ja,' zei Melchett. 'Dat is heel belangrijk.'

'En het volgende is om uit te zoeken wat iedereen deed die avond tussen zes en halfzeven. Iedereen in Old Hall bedoel ik, maar ook bijna iedereen in het dorp.'

Ik zuchtte.

'Wat een geweldige energie hebt u, inspecteur Slack.'

'Ik geloof nu eenmaal in hard werken. Laten we maar beginnen met uw eigen gangen na te gaan, Mr. Clement.'

'Graag. Het telefoontje kwam om ongeveer halfzes.'

'Een mannenstem of een vrouwenstem?'

'Een vrouwenstem. Tenminste zo klonk het. Maar ik nam natuurlijk als vaststaand aan dat Mrs. Abbott sprak.'

'Maar u herkende de stem niet als die van Mrs. Abbott?'

'Nee, dat kan ik niet zeggen. Bovendien lette ik niet speciaal op de stem en ik dacht er ook niet verder over na.'

'En u ging direct op weg? Te voet? Hebt u geen fiets?'

'Nee.'

'O, juist. En hoe lang deed u erover?'

'Hoe je ook loopt, het is altijd ongeveer drie kilometer.'

'Door het bos van Old Hall is de kortste weg, nietwaar?'

'In feite wel, maar het is geen erg goede weg. Ik ging heen en terug langs het voetpad dat door de velden loopt.'

'Dat is het pad dat tegenover het hek van de pastorie uitkomt?'

'Ja.'

'En Mrs. Clement?'

'Mijn vrouw was in Londen. Zij kwam terug met de trein van tien voor zeven.'

'Goed. Het dienstmeisje heb ik al gesproken. Dan ben ik dus klaar met de pastorie. Daarna ga ik naar Old Hall. En dan wil ik ook een gesprek hebben met Mrs. Lestrange. Eigenaardig, dat bezoek van haar aan Protheroe de avond voor hij vermoord werd. Er zijn een heleboel eigenaardige dingen in deze zaak.'

Ik stemde hiermee in. Toen ik op de klok keek realiseerde ik me dat het bijna lunchtijd was. Ik nodigde Melchett uit mee te komen eten 'wat de pot schafte', maar hij bedankte, omdat hij nog naar Het Blauwe Zwijn moest. Daar serveren ze een heel goede lunch, een vleesschotel en twee groentes. Zijn keuze leek me nog zo gek niet. Na haar interview met de politie zou Mary vermoedelijk nog onbesuisder te werk gaan dan gewoonlijk.

14

Op weg naar huis ontmoette ik miss Hartnell, die me minstens tien minuten ophield en die met haar diepe basstem tekeerging tegen de zorgeloosheid en ondankbaarheid van wat zij noemde 'de lagere klasse'. De kern van haar verhaal scheen erop neer te komen dat de armen haar niet in hun huizen schenen te willen toelaten. Mijn sympathie was geheel aan hun kant. Mijn sociale positie verbiedt mij echter om mijn gevoelens op zo'n krachtige manier kenbaar te maken als zij dat doen. Ik suste miss Hartnell zo goed als ik kon en ging ervandoor.

Haydock haalde me in met zijn auto op de hoek van de weg naar de pastorie.

'Ik heb zojuist Mrs. Protheroe thuisgebracht,' riep hij mij toe.

Hij wachtte op me bij zijn tuinhek.

'Kom even binnen,' zei hij.

Ik voldeed aan zijn verzoek.

'Dit is een heel vreemde zaak,' zei hij, terwijl hij zijn hoed op een stoel gooide en de deur naar zijn spreekkamer opende.

Hij liet zich in een versleten leren stoel zakken en staarde de kamer in. Hij maakte een gekwelde en verslagen indruk.

Ik vertelde hem dat we erin geslaagd waren de tijd van het schot vast te stellen. Hij luisterde afwezig.

'Dan gaat Anne Protheroe dus vrijuit,' zei hij. 'Wel, wel, ik ben blij dat het geen van die twee is. Ik mag ze allebei graag.'

Ik geloofde hem wel, maar toch kon ik niet nalaten me af te vragen waarom, als hij ze beiden zo graag mocht zoals hij zei, hun onschuld hem in somberheid gedompeld scheen te hebben. Deze zelfde ochtend had hij er nog uitgezien als een man wie een pak van het hart gevallen was; nu leek hij zenuwachtig en overstuur.

En toch was ik ervan overtuigd dat hij meende wat hij zei. Hij mocht Anne Protheroe en Lawrence Redding allebei graag. Waarom dan die sombere stemming?

Hij vermande zich met moeite.

‘Ik wou je eens even spreken over Hawes. Door die hele geschiedenis heb ik niet meer aan hem gedacht.’

‘Is hij werkelijk ziek?’

‘Er is eigenlijk niets ergs met hem aan de hand. Je weet natuurlijk dat hij *encephalitis lethargica* gehad heeft – slaapziekte zoals men het gewoonlijk noemt?’

‘Nee,’ zei ik ten zeerste verbaasd. ‘Daar wist ik helemaal niets van. Hij heeft me er nooit iets van gezegd. Wanneer was dat?’

‘Ongeveer een jaar geleden. Hij is er wel weer van genezen, voor zover men van zoiets genezen kan. Het is een vreemde ziekte, met een eigenaardig psychisch effect. Het hele karakter kan erdoor veranderen.’

Even was hij stil en toen zei hij: ‘We denken nu met afschuw terug aan de dagen dat we heksen verbrandden. Ik geloof dat de dag zal komen dat we rillen bij de gedachte dat we onze misdadigers ophingen.’

‘Ben jij dan tegen de doodstraf?’

‘Dat is het niet zozeer.’ Het was weer even stil. ‘Weet je,’ zei hij, ‘ik heb liever mijn baan dan de jouwe.’

‘Waarom?’

‘Omdat jouw werk grotendeels te maken heeft met wat wij goed en kwaad noemen – en ik ben er helemaal niet zeker van dat zoiets werkelijk bestaat. Neem eens aan dat het allemaal een kwestie is van klierafscheiding. Te veel van één klier, te weinig van een andere en daar heb je je misdadiger, je moordenaar, je dief. Clement, ik ben er zeker van dat de tijd zal komen dat we ontzet zullen zijn wanneer we terugdenken aan de vele eeuwen dat we mensen op morele gronden verdoemden, dat we mensen gestraft hebben voor een kwaal – waaraan ze niets konden doen – de arme bliksems. Je hangt toch een man ook niet op omdat hij tuberculose heeft?’

‘Maar zo iemand is niet gevaarlijk voor de gemeenschap.’

‘Tot op zekere hoogte is hij dat wel. Hij besmet andere mensen. Of neem een man die zich verbeeldt de keizer van China te zijn. Dan zeg je toch ook niet: “Wat is dat slecht van hem?” Neem nu je opmerking van daarnet, over de gemeenschap. De gemeenschap moet beschermd worden. Sluit deze mensen op waar ze geen kwaad kunnen doen, of bezorg ze een vredig afscheid van deze wereld, ja, zo ver zou ik zelfs willen gaan. Maar noem het geen straf. Breng geen schande over hen en hun onschuldige familieleden.'

Ik keek hem nieuwsgierig aan.

'Zo heb ik je nog nooit horen spreken.'

'Och, over het algemeen spui ik mijn theorieën ook niet. Vandaag berijd ik mijn stokpaardje. Jij bent een intelligent mens, Clement, wat niet van alle dominees gezegd kan worden. In jouw positie kun je moeilijk toegeven dat er geen zonden bestaan, maar je bent ruimdenkend genoeg om de mogelijkheid niet meteen te verwerpen.'

'Het tast ons hele waardensysteem aan,' zei ik.

'Ja, we zijn een bekrompen, eigengereid stelletje, maar al te bereid een oordeel te vellen over dingen waar we niets van weten. Ik geloof eerlijk en oprecht dat misdaad iets is voor de dokter, niet voor de politieman of voor de dominee. In de toekomst zal zoiets misschien helemaal niet meer bestaan.'

'Zullen jullie het dan genezen hebben?'

'Dan zullen wij het inderdaad genezen hebben. Eigenlijk een mooie gedachte. Heb je ooit de misdaadstatistieken bestudeerd? Heel weinig mensen hebben dat gedaan. Maar ik wel. Je zou verbaasd staan over de hoeveelheid jeugdmisdaden die een kwestie van klieren is, zie je. De jonge Neil, de moordenaar uit Oxfordshire, doodde vijf kleine meisjes voor men hem verdacht. Een keurige jongen. Had nooit moeilijkheden veroorzaakt. Lily Rose, het kleine meisje uit Cornwall, vermoordde haar oom omdat hij haar geen snoepgoed gaf. Sloeg hem dood met een cokesklopper, in zijn slaap. Daarna ging ze naar huis en veertien dagen later doodde ze haar oudere zuster, die haar door de een of andere kleinigheid geërgerd had. Geen van die twee kinderen werd opgehangen natuurlijk. Zij werden naar een inrichting gestuurd. Het komt misschien wel weer in orde met ze; misschien ook niet. Ik betwijfel of dat meisje weer normaal wordt. Het enige wat haar interesseert, is varkens geslacht te zien worden. Weet je wanneer zelfmoord het meest voorkomt? Op de leeftijd van vijftien, zestien jaar. Van zelfmoord naar moord op iemand anders is niet zo'n grote stap. Maar het is geen moreéél tekort; het is een fysíék tekort.'

'Wat je daar zegt is verschrikkelijk!'

'Nee, het is alleen maar nieuw voor je. Nieuwe waarheden moet je onder de ogen durven zien. Maar soms maakt het het leven moeilijk.'

Hij zat met gefronst voorhoofd voor zich uit te kijken, met een vreemde blik van vermoeidheid in de ogen.

'Haydock,' zei ik, 'als je vermoedde... als je wist... dat een zeker iemand een moordenaar was, zou je die persoon dan aangeven bij Justitie of zou je geneigd zijn hem te beschermen?'

Ik was totaal niet voorbereid op het effect dat mijn vraag op hem had. Hij wendde zich woedend en achterdochtig tot mij.

'Waarom zeg je dat, Clement? Waar denk je aan? Zeg op, kerel!'

'Oh, aan niets speciaals,' zei ik nogal verbluft. 'Maar moord is op het moment steeds in onze gedachten. Ik vroeg me af: als je ooit bij toeval de waarheid eens mocht ontdekken, hoe je dat zou aanpakken, dat is alles.'

Zijn woede zakte. Weer staarde hij recht voor zich uit, als een man die het antwoord probeert te lezen op een vraag die hem verwart, maar die alleen maar in zijn eigen verbeelding bestaat.

'Als ik het vermoedde – als ik het wist – zou ik mijn plicht doen, Clement. Tenminste, dat hoop ik.'

'De vraag is: wat zou je als je plicht beschouwen?'

Hij keek me aan met een ondoorgrondelijke blik.

'Die vraag komt voor ieder mens eens in zijn leven, neem ik aan, Clement. En ieder mens moet de oplossing op zijn eigen manier vinden.'

'Maar je weet het niet?'

'Nee, ik weet het niet.'

Ik voelde dat we maar beter van onderwerp konden veranderen. 'Dat neefje van mij heeft een reuze plezier in dit geval,' zei ik. 'Brengt al zijn tijd door met het zoeken naar voetafdrukken en sigarettenas.'

Haydock glimlachte. 'Hoe oud is hij?'

'Net zestien. Op die leeftijd neem je tragedies niet al te ernstig. Het betekent alleen Sherlock Holmes en Arsène Lupin voor je.'

Haydock zei nadenkend: 'De jongen ziet er flink uit. Wat ga je met hem doen?'

'Ik ben bang dat ik me een universitaire opleiding niet zal kunnen veroorloven. De jongen zelf wil naar de koopvaardij. Bij de marine is het niet gelukt.'

'Tja, het is een hard leven... maar hij kon slechter terechtkomen. Heel wat slechter.'

'Ik moet weg,' riep ik uit. 'Ik ben bijna een halfuur te laat voor de lunch.'

Mijn gezin ging net aan tafel toen ik binnenkwam. Zij eisten een volledig verslag van wat er die ochtend gebeurd was, aan welk verzoek ik voldeed met het gevoel dat het een anticlimax was.

Dennis echter had veel plezier in het telefoontje van Mrs. Price Ridley en schaterde van het lachen toen ik uitweidde over de schok die zij had gehad en dat ze bijgebracht moest worden met een glaasje pruimenbrandewijn.

'Net goed voor die ouwe tang,' riep hij uit. 'Zij is de grootste roddelaarster van het dorp. Ik wou dat ik eraan gedacht had haar op te bellen en haar de schrik op het lijf te jagen. Zeg, oom Len, wat zou u ervan zeggen als we haar een tweede dosis gaven?'

Ik haastte mij hem te smeken dat niet te doen.

Dennis' stemming veranderde plotseling. Hij fronste zijn voorhoofd en nam zijn air aan van man-van-de-wereld.

'Ik ben het grootste deel van de ochtend bij Lettice geweest,' zei hij. 'Weet je, Griselda, ze maakt zich werkelijk zorgen. Zij wil het niet laten merken, maar het is zo. Zij tobt er erg over.'

'Dat mag ik hopen,' zei Griselda, het hoofd in de nek werpend.

Griselda mag Lettice niet erg.

'Ik geloof niet dat je fair bent tegenover Lettice.'

'O nee?' zei Griselda.

'Er zijn veel mensen die geen rouw dragen.'

Griselda zweeg en ik eveneens. Dennis vervolgde: 'Zij praat niet met de meeste mensen, maar met mij praat ze wel. Ze is erg bezorgd over de hele geschiedenis en ze vindt dat er iets aan gedaan moest worden.'

'Zij zal ontdekken,' zei ik, 'dat inspecteur Slack dezelfde mening is toegedaan. Hij gaat vanmiddag naar Old Hall en zal waarschijnlijk het leven van iedereen daar ondraaglijk maken in zijn pogingen om achter de waarheid te komen.'

'Wat denk jij dat de waarheid werkelijk is, Len?' vroeg mijn vrouw plotseling.

'Dat is moeilijk te zeggen, lieverd. Op het moment kan ik niet zeggen dat ik er enig idee van heb.'

'Zei je dat inspecteur Slack dat telefoontje zou nagaan, waarin je gevraagd werd bij de Abbotts te komen?'

'Ja.'

'Maar kan hij dat? Is dat niet een heel moeilijke opgave?'

'Dat denk ik niet. De centrale zal wel een register bijhouden van alle aanvragen en oproepen.'

'O!' Mijn vrouw verzonk weer in gedachten.

'Oom Len,' zei mijn neef, 'waarom was u vanmorgen zo nijdig op me toen ik dat grapje maakte over uw wens dat kolonel Protheroe maar vermoord moest worden?'

'Omdat er voor alles een tijd is. Inspecteur Slack heeft geen gevoel voor humor. Hij nam je woorden heel ernstig op, zal vermoedelijk Mary een kruisverhoor afnemen en zal ten slotte een bevel tot inhechtenisneming tegen mij uitvaardigen.'

'Heeft hij dan niet in de gaten wanneer iemand een geintje uithaalt?'

'Nee,' zei ik. 'Dat heeft hij niet. Hij heeft zijn huidige positie bereikt door hard te werken en ijverig zijn plicht te doen. Dat heeft hem geen tijd gelaten voor de kleine genoegens van het leven.'

'Vindt u hem aardig, oom Len?'

‘Nee,’ zei ik, ‘ik mag hem niet. Vanaf het eerste moment dat ik hem zag heb ik een gruwelijke hekel aan hem gehad. Maar ik twijfel er niet aan of hij is een zeer succesvol man in zijn beroep.’

‘Denkt u dat hij ontdekken zal wie de ouwe Protheroe heeft neergeschoten?’

‘Als hij daarin niet slaagt,’ zei ik, ‘zal het zeker niet zijn omdat hij niet genoeg zijn best heeft gedaan.’

Mary kwam binnen en zei: ‘Mr. Hawes wou u graag even spreken. Ik heb hem in de salon gelaten. En hier is een briefje. Er wordt gewacht op een antwoord. Mondeling is ook goed.’

Ik scheurde het open en las het.

Geachte Mr. Clement. Ik zou het zeer op prijs stellen wanneer u mij vanmiddag zo vroeg mogelijk zou kunnen bezoeken. Ik bevind mij in grote moeilijkheden en zou graag uw advies hebben. Met vriendelijke groeten,

Estelle Lestrange

‘Zeg maar dat ik over ongeveer een halfuur kom,’ zei ik tegen Mary. Daarna ging ik naar de salon om met Hawes te spreken.

15

Hawes bood een verdrietige aanblik. Zijn handen beefden en zijn gezicht vertrok zenuwachtig. Naar mijn mening had hij in bed moeten liggen en ik zei hem dat ook. Hij hield echter vol dat hij zich uitstekend voelde.

‘Ik verzeker u, dominee, ik heb mij nog nooit zo goed gevoeld. Nog nooit in mijn hele leven.’

Dit was kennelijk zo bezijden de waarheid, dat ik nauwelijks wist wat te antwoorden. Ik kan een zekere bewondering opbrengen voor iemand die niet aan ziekte wil toegeven, maar Hawes dreef de zaak wel iets te ver.

‘Ik kwam u even zeggen hoezeer het mij spijt dat zoiets in de pastorie moest gebeuren.’

'Ja,' zei ik, 'erg prettig is het niet.'

'Het is vreselijk, werkelijk heel, heel erg. Het schijnt dat zij Mr. Redding ten slotte toch niet gearresteerd hebben,' zei hij opgewonden.

'Nee, dat was een vergissing. Hij had namelijk een... eh... nogal domme verklaring afgelegd.'

'En de politie is er nu volkomen van overtuigd dat hij onschuldig is?'

'Volkomen.'

'Waarom eigenlijk, als ik vragen mag. Is het... Ik bedoel, verdenken ze nu iemand anders?'

Ik zou nooit gedacht hebben dat Hawes een dergelijke belangstelling voor de details van een moordzaak zou hebben. Misschien komt dat omdat het in de pastorie gebeurde. Hij was bijna even fel als een verslaggever.

'Ik weet niet of ik me in het volledige vertrouwen van inspecteur Slack mag verheugen, maar voor zover mij bekend is, verdenkt hij niemand speciaal. Op het ogenblik is hij informatie aan het inwinnen.'

'Ja, ja, natuurlijk. Maar van wie zou men zich eigenlijk zo'n vreselijke daad kunnen voorstellen?'

Ik schudde mijn hoofd.

'Kolonel Protheroe was nu niet bepaald bemind, dat weet ik wel. Maar moord! Om te moorden moet je toch wel een zeer sterk motief hebben.'

'Dat zou ik ook denken,' beaamde ik.

'Wie kan zo'n motief gehad hebben? Heeft de politie enig idee?'

'Ik zou het niet weten.'

'Hij had vijanden kunnen maken, weet u. Hoe meer ik erover nadenk, hoe meer ik tot de overtuiging kom dat hij wel het soort man was om vijanden te hebben. Bij de rechtbank had hij de naam erg streng te zijn.'

'Dat neem ik wel aan.'

'Gunst, herinnert u het zich niet, dominee? Gisteren vertelde hij u nog dat hij bedreigd was door die man, Archer.'

'Ja, nu ik erover nadenk, dat deed hij inderdaad,' zei ik.

'Och, natuurlijk herinner ik het mij nu. U stond vlak bij ons.'

'Ja, ik hoorde wat hij zei. Dat kon je met kolonel Protheroe niet helpen. Hij had zo'n harde stem, nietwaar? Ik herinner me wat een indruk uw eigen woorden op mij maakten. U zei dat wanneer zijn tijd kwam, het weleens zou kunnen gebeuren dat hij recht kreeg toegemeten in plaats van barmhartigheid.'

'Heb ik dát gezegd?' vroeg ik, mijn voorhoofd fronsend. In mijn herinnering had ik het toen wel even anders gezegd.

'O, u zei het op zeer indrukwekkende wijze, dominee. Ik was ten zeerste door uw woorden getroffen. Recht is een verschrikkelijk iets. En dan te bedenken dat de arme kerel kort daarna werd neergeschoten. Het is bijna alsof u een voorgevoel had.'

'Nou, dat had ik helemaal niet,' zei ik kortaf. Ik heb nogal een hekel aan Hawes' hang naar mystiek. Hij heeft iets van een ziener.

'Hebt u de politie iets over die Archer gezegd, dominee?'

'Ik weet niets van de man af.'

'Ik bedoel, hebt u de politie verteld wat kolonel Protheroe zei over die bedreiging door Archer?'

'Nee,' zei ik langzaam, 'dat heb ik niet.'

'Maar gaat u het nog doen?'

Ik zweeg. Ik houd er niet van iemand in het nauw te drijven, die toch al de wet en het gezag tegen zich heeft. Ik was niet van plan het voor Archer op te nemen. Hij is tenslotte een onverbeterlijke stroper, een van die vrolijke nietsnutten waarvan iedere parochie er wel een heeft. Maar wat hij ook in woede gezegd mocht hebben bij zijn veroordeling, ik had geen enkel bewijs dat zijn gevoelens nog dezelfde waren, toen hij uit de gevangenis kwam.

'U hebt het gesprek ook gehoord,' zei ik ten slotte. 'Als u het uw plicht acht ermee naar de politie te gaan, moet u dat doen.'

'Het zou een betere indruk maken als het van u kwam, dominee.'

'Misschien wel, maar om eerlijk te zijn, zint het me niet

het te doen. Ik zou misschien helpen de strop te leggen om de nek van een onschuldige.'

'Maar als hij kolonel Protheroe neerschoot...'

'O, als! Maar er is geen enkel bewijs dat hij het deed.'

'Zijn dreigementen.'

'Strikt genomen kwamen die dreigementen niet van hem, maar van kolonel Protheroe. Kolonel Protheroe dreigde Archer te zullen tonen wat wraak was, de eerstvolgende keer dat hij hem weer zou betrappen.'

'Ik begrijp uw houding niet, dominee.'

'O, nee?' zei ik vermoeid. 'U bent een jonge kerel. U ijvert voor de zaak van het recht. Wanneer u mijn leeftijd bereikt, zult u merken dat u er de voorkeur aan geeft twijfel in het voordeel van de mensen uit te leggen.'

'Het is niet... Ik bedoel...' Hij wachtte even en ik keek hem verbaasd aan. 'U hebt zelf... eh... geen idee – omtrent de identiteit van de moordenaar, bedoel ik?'

'Grote hemel, nee.'

Hawes hield vol. 'Of over het... motief?'

'Nee, u wel?'

'Ik? O, nee. Ik vroeg het me alleen maar af. Als kolonel Protheroe u in vertrouwen genomen had, iets gezegd had...'

'Zijn vertrouwelijke mededelingen – voor wat ze waard waren – heeft de hele dorpsstraat gisteren kunnen horen,' zei ik droogjes.

'Ja. Ja, inderdaad. En u denkt niet dat u... eh... Archer...'

'De politie zal alles over Archer gauw genoeg te weten komen,' zei ik. 'Als ik hem persoonlijk kolonel Protheroe had horen bedreigen, zou het wat anders zijn. Maar u kunt er zeker van zijn dat als hij hem inderdaad bedreigd heeft, het halve dorp hem ook gehoord zal hebben en dan komt dat nieuws heus wel bij de politie. Maar u moet in deze aangelegenheid natuurlijk handelen naar eigen inzicht.'

Maar Hawes scheen vreemd genoeg zelf niets te willen ondernemen. 's Mans hele houding was zenuwachtig en vreemd. Ik herinnerde mij wat Haydock gezegd had over zijn ziekte. Ik nam aan dat dat de verklaring was. Hij nam met tegenzin afscheid, alsof hij nog meer te zeggen had, maar niet goed wist hoe.

Voor hij vertrok, regelde ik met hem dat hij de dienst zou overnemen voor de Moederclub. Ik had voor die middag namelijk een paar andere plannen.

Hawes en zijn problemen bande ik uit mijn gedachten en ik ging op weg naar Mrs. Lestrange.

Op de tafel in de hal lagen de *Guardian* en de *Church Times*, beide ongeopend.

Onderweg herinnerde ik mij dat Mrs. Lestrange een gesprek had gehad met kolonel Protheroe, de avond voor diens dood. Het zou kunnen zijn dat gedurende dit gesprek iets ter sprake was gekomen dat enig licht zou kunnen werpen op de moord.

Ik werd onmiddellijk binnengelaten in de kleine salon en Mrs. Lestrange stond op om me te begroeten. Opnieuw trof mij de wel zeer bijzondere sfeer die deze vrouw wist te scheppen. Zij droeg een jurk van een of andere matzwarte stof, die de buitengewone blankheid van haar huid goed deed uitkomen. Er was iets eigenaardig doods in haar gezicht. Alleen haar ogen brandden fel. Zij stonden vandaag waakzaam.

'Het was heel vriendelijk van u te komen, Mr. Clement,' zei zij, terwijl wij elkaar de hand schudden. 'Bij uw vorige bezoek wilde ik al met u spreken en besloot toen dat niet te doen. Dat was een vergissing van mij.'

'Zoals ik u toen ook al gezegd heb, zal ik graag alles doen wat in mijn vermogen ligt om u te helpen.'

'Ja, dat zei u. En u zei het alsof u het werkelijk meende. Heel weinig mensen in deze wereld, Mr. Clement, hebben mij ooit oprecht willen helpen.'

'Dat kan ik moeilijk geloven, Mrs. Lestrange.'

'En toch is het waar. De meeste mensen – de meeste mannen in ieder geval – zijn erop uit hun eigen belangen te dienen.' Er klonk bitterheid in haar stem door. Ik antwoordde niet en zij ging verder. 'Wilt u niet gaan zitten?'

Ik nam een stoel en zij nam tegenover me plaats. Zij aarzelde een moment en begon toen langzaam en bedachtzaam te spreken, als het ware ieder woord wegend, alvorens het uit te spreken.

'Ik bevind mij in een zeer eigenaardige situatie, Mr. Clement, en ik wilde uw advies vragen. Dat wil zeggen, ik wilde uw advies vragen over wat ik nu verder moet doen. Wat gebeurd is, is gebeurd en kan niet ongedaan gemaakt worden. Begrijpt u mij?'

Voordat ik kon antwoorden, opende het meisje dat mij binnengelaten had de deur en zei, met een verschrikt gezicht: 'O, neem me niet kwalijk, maar hier is een inspecteur van politie die zegt dat hij u spreken moet.'

Even was het stil. Mrs. Lestranges gezicht veranderde niet. Alleen sloten en openden haar ogen zich zeer langzaam. Zij scheen een paar keer te slikken en zei toen met precies dezelfde duidelijke, kalme stem als gewoonlijk: 'Laat hem binnen, Hilda.'

Ik was op het punt op te staan, maar zij beduidde mij met een dwingend gebaar te blijven zitten.

'Als u het niet erg vindt... Ik zou het zeer op prijs stellen als u wilde blijven.'

'O, zeker, als u dat wenst,' mompelde ik, terwijl Slack met stramme pas de kamer binnenkwam.

'Goedemiddag, Mrs. Lestrange,' begon hij.

'Goedemiddag, inspecteur.'

Op dat moment ontdekte hij mij en fronste het voorhoofd. Er is geen twijfel aan, Slack mag me niet.

'Ik hoop niet dat u bezwaar hebt tegen de aanwezigheid van de dominee?'

Ik neem aan dat Slack niet goed kon zeggen dat hij dat wel had.

'N-nee-ee,' zei hij onwillig. 'Hoewel het misschien beter zou zijn...'

Mrs. Lestrange schonk geen aandacht aan de wenk.

'Wat kan ik voor u doen, inspecteur?' vroeg zij.

'Nou, mevrouw, dat zit zo. Het betreft de moord op kolonel Protheroe. Ik ben belast met de zaak en stel een onderzoek in.'

Mrs. Lestrange knikte.

'Bij wijze van formaliteit vraag ik iedereen waar hij zich bevond gisteravond tussen zes en zeven uur. Slechts een formaliteit, begrijpt u wel.'

Mrs. Lestrange scheen in geen enkel opzicht verontrust.

'U wilt weten waar ik gisteravond was tussen zes en zeven uur?'

'Alstublieft, mevrouw.'

'Laat eens kijken.'

Zij dacht een moment na. 'Ik was hier, in dit huis.'

'O!' Ik zag een schittering in de ogen van de inspecteur. 'En kan uw dienstmeisje – u hebt geloof ik één dienstmeisje – dat bevestigen?'

'Nee, het was Hilda's vrije avond.'

'Juist.'

'En dus zult u mij jammer genoeg op mijn woord moeten geloven, inspecteur,' zei Mrs. Lestrange vriendelijk.

'U verklaart in alle ernst dat u de hele middag thuis was?'

'U zei tussen zes en zeven, inspecteur. 's Middags heb ik een wandeling gemaakt. Ik kwam om ongeveer vijf uur terug.'

'Dus wanneer een dame, miss Hartnell bijvoorbeeld, zou verklaren dat zij hier was geweest om ongeveer zes uur, belde, maar geen gehoor kreeg en weer onverrichter zake moest weggaan, dan zou u zeggen dat zij zich vergiste?'

'O, nee,' zei Mrs. Lestrange, het hoofd schuddend.

'Maar...'

'Als het meisje thuis is, kun je haar laten zeggen dat je niet thuis bent. Als je alleen thuis bent en je wilt geen bezoekers ontvangen... wel, dan is de enige methode rustig te laten bellen.'

Inspecteur Slack keek lichtelijk verbijsterd.

'Oude dames vervelen me verschrikkelijk,' zei Mrs. Lestrange. 'En miss Hartnell is wel heel vervelend. Zij heeft wel een keer of zes gebeld voor ze eindelijk wegging.'

Zij glimlachte vriendelijk tegen inspecteur Slack.

De inspecteur veranderde van tactiek.

'Dus als iemand zou zeggen dat hij u buiten gezien had...'

'Ah! Maar niemand heeft dat gezegd, is het wel?'

Zij zag zijn zwakke punt snel en scherp. 'Niemand heeft mij buiten gezien, want ik was binnen, begrijpt u wel?'

'Juist.'

De inspecteur schoof zijn stoel iets naderbij.

'Nu heb ik gehoord, Mrs. Lestrange, dat u kolonel Protheroe bezocht hebt op de avond voor zijn dood.'

Mrs. Lestrange antwoordde kalm: 'Dat is juist.'

'Kunt u mij enige aanwijzing geven omtrent het onderwerp van het gesprek?'

'Het ging over een particuliere aangelegenheid, inspecteur.'

'Ik vrees dat ik u toch naar de aard van deze particuliere aangelegenheid zal moeten vragen.'

'Ik ben niet van plan u daarover ook maar iets te vertellen. Ik wil u alleen de verzekering geven dat niets van wat er gezegd is ook maar in de verste verte iets met de misdaad te maken kan hebben.'

'Ik geloof niet dat u dat kunt beoordelen.'

'In ieder geval zult u mij op mijn woord moeten geloven, inspecteur.'

'In feite komt het erop neer dat ik u in alles op uw woord moet geloven.'

'Daar ziet het wel naar uit,' gaf zij toe, nog steeds kalm glimlachend.

De inspecteur werd vuurrood.

'Dit is een ernstige zaak, Mrs. Lestrange. Ik wil de waarheid...' Hij sloeg met zijn vuist op tafel. 'En die zal ik horen ook.'

Mrs. Lestrange zei niets.

'Ziet u niet, Mrs. Lestrange, dat u zichzelf zeer verdacht maakt?'

Mrs. Lestrange zei nog steeds niets.

'Men zal uw getuigenverklaring eisen bij het gerechtelijk vooronderzoek.'

'Inderdaad.'

Alleen dat ene woord, zonder klemtoon, ongeïnteresseerd. De inspecteur veranderde nogmaals van tactiek.

'U kende kolonel Protheroe?'

'Ja, ik kende hem.'

'Kende u hem goed?'

Er was een korte pauze, voordat zij zei: 'Ik had hem in jaren niet gezien.'

'Kende u Mrs. Protheroe?'

'Nee.'

'Neemt u mij niet kwalijk, maar het was wel een zeer ongebruikelijk tijdstip om een bezoek te brengen.'

'Niet vanuit mijn standpunt beschouwd.'

'Wat bedoelt u daarmee?'

Zij zei: 'Ik wilde kolonel Protheroe alleen spreken. Niet Mrs. Protheroe of miss Protheroe. Daarvoor leek dit me de beste tijd.'

'Waarom wilde u Mrs. of miss Protheroe niet zien?'

'Dat, inspecteur, is mijn zaak.'

'U weigert dus meer te zeggen?'

'Absoluut.'

Inspecteur Slack stond op.

'U zult in een onplezierige situatie terechtkomen als u niet oppast. Dit ziet er allemaal slecht uit, heel slecht.'

Zij lachte. Ik had inspecteur Slack kunnen vertellen dat dit niet het soort vrouw was dat zich gemakkelijk bang liet maken.

'Wel,' zei hij, zich met waardigheid terugtrekkend, 'zegt u vooral niet dat ik u niet gewaarschuwd heb, dat is alles. Goedemiddag, en denkt u eraan: we zullen achter de waarheid komen.'

Hij vertrok. Mrs. Lestrange stond op en reikte mij de hand.

'Ik ga u wegsturen. Ja, het is nu beter zo. Ziet u, het is nu te laat voor advies. Ik heb mijn houding bepaald.' Zij herhaalde, op berustende toon: 'Ik heb mijn houding bepaald.'

16

Bij het weggaan ontmoette ik dokter Haydock op de stoep. Hij keek scherp naar Slack, die juist het hek passeerde en vroeg: 'Heeft hij haar ondervraagd?'

'Ja.'

'Ik hoop dat hij zich fatsoenlijk gedragen heeft?'

Fatsoen is naar mijn mening een kunst die inspecteur Slack nooit beoefend heeft, maar ik neem aan dat zijn gedrag naar zijn eigen opvatting keurig geweest was en in ieder geval wilde ik Haydock niet nog meer van streek maken. Hij zag er al zo bezorgd uit. Ik zei dus dat hij zich beleefd gedragen had.

Haydock knikte en ging het huis binnen, terwijl ik de dorpsstraat inliep en al spoedig de inspecteur inhaalde. Ik geloof dat hij met opzet langzaam liep. Al heeft hij nog zo'n hekel aan mij, hij is er de man niet naar om zich daardoor te laten weerhouden me uit te horen.

'Weet u iets van die dame af?' vroeg hij me op de man af.

Ik zei dat ik zo goed als niets van haar wist.

'Heeft ze nooit iets gezegd over de reden waarom ze hier kwam wonen?'

'Nee.'

'En toch gaat u haar opzoeken?'

'Het is een van mijn plichten mijn parochianen te bezoeken,' antwoordde ik, er niet aan toevoegend dat ik in dit geval uitgenodigd was.

'Hm, ja, dat zal wel zo zijn.'

Hij zweeg even, maar was toen niet langer in staat stommetje te spelen over de zojuist geleden nederlaag. 'Ik vind het maar een verdacht geval,' begon hij.

'Vindt u?'

'Als u het mij vraagt, is het chantage. Dat lijkt natuurlijk wel gek, gezien het soort man waarvoor kolonel Protheroe doorging. Maar ja, je kunt zoiets nooit zeker weten. Hij zou heus niet de eerste kerkvoogd zijn die een dubbelleven leidde.'

Vage herinneringen aan soortgelijke opmerkingen van Miss Marple kwamen mij voor de geest.

'Acht u dat nu heus erg waarschijnlijk?'

'In ieder geval klopt het met de feiten. Waarom kwam zo'n keurige, goed geklede dame hier anders in dit kalme, kleine gat wonen? Waarom moest ze hem zo nodig op zo'n raar tijdstip bezoeken? Waarom ontweek zij Mrs. en miss Protheroe? Ja, alles past in elkaar. Moeilijk voor haar om te bekennen. Chantage is een strafbaar feit. Maar we zullen de waarheid wel uit haar krijgen. Voor zover wij weten kan het ten nauwste met de zaak verband houden. Als kolonel Protheroe iets te verbergen had, een misdaad of een schandaal, wel, u kunt zelf wel nagaan wat voor mogelijkheden daarin zitten.'

Ik zei dat dat wel zo zou zijn.

'Ik heb geprobeerd de butler aan het praten te krijgen. Hij had heel goed een gedeelte van het gesprek tussen kolonel Protheroe en Mrs. Lestrange kunnen afluisteren. Soms doen butlers dat. Maar hij zweert dat hij geen flauw idee heeft waar het gesprek over ging. En tussen haakjes, het kostte hem zijn baan. De kolonel gaf hem er behoorlijk van langs dat hij haar binnengelaten had. De butler nam meteen zijn ontslag. Hij zei dat het werk daar hem toch niet beviel en dat hij er al eerder over gedacht had op te zeggen.'

'Werkelijk?'

'En dat is dan nog iemand die iets tegen de kolonel had.'

'Maar u verdenkt die man toch niet serieus, hoe heet hij ook alweer?'

'Zijn naam is Reeves en ik beweer niet dat ik hem verdenk. Maar ik zeg alleen dat je nooit kunt weten. Ik hou niet van zijn slijmerige gladde manieren.'

Ik vroeg me af wat Reeves dacht van de manieren van inspecteur Slack.

'En nu ga ik de chauffeur ondervragen.'

'In dat geval wilt u mij misschien een lift geven,' zei ik. 'Ik zou graag een kort onderhoud hebben met Mrs. Protheroe.'

'Waarover?'

'Over de begrafenis.'

'O!' Even keek inspecteur Slack verbluft. 'Het gerechtelijk vooronderzoek is morgen, zaterdag.'

'Ja. En de begrafenis zal vermoedelijk op dinsdag vastgesteld worden.'

Inspecteur Slack scheen een beetje beschaamd te zijn over

zijn bruuske optreden. Om het goed te maken nodigde hij me uit aanwezig te zijn bij het verhoor van de chauffeur, Manning.

Manning was een aardige jongen, niet ouder dan vijf- of zesentwintig jaar. Hij liet zich overdonderen door de inspecteur.

'Nou dan, vriend,' zei Slack, 'ik wil wat inlichtingen van je hebben.'

'Ja, Sir,' stamelde de chauffeur. 'Natuurlijk.'

Als hij de moord zelf begaan had, had hij niet meer ontdaan kunnen zijn.

'Je hebt je baas gisteren naar het dorp gereden?'

'Ja, Sir.'

'Hoe laat was dat?'

'Halfzes.'

'Mrs. Protheroe ging ook mee?'

'Ja, Sir.'

'Onderweg ben je nergens gestopt?'

'Nee, Sir.'

'Wat deed je toen je aankwam?'

'De kolonel stapte uit en zei dat hij de wagen niet meer nodig zou hebben. Hij zou wel naar huis lopen. Mrs. Protheroe moest wat boodschappen doen. De pakjes werden in de wagen gelegd. Toen zei Mrs. Protheroe dat dat alles was en ik reed terug naar huis.'

'Je liet haar dus achter in het dorp?'

'Ja, Sir.'

'Hoe laat was dat?'

'Kwart over zes, Sir. Precies kwart over zes.'

'Waar liet je haar achter?'

'Bij de kerk, Sir.'

'Had de kolonel soms ook gezegd waar hij heenging?'

'Hij zei iets over de veearts die hij spreken moest... Het had iets te maken met een van de paarden.'

'Juist. En daarna reed je direct hierheen terug?'

'Ja, Sir.'

'Er zijn twee ingangen naar Old Hall, nietwaar, de zuidelijke en de noordelijke. Ik neem aan dat je, als je naar het dorp gaat, de zuidelijke gebruikt?'

'Inderdaad, Sir. Altijd.'

'En je kwam via dezelfde weg terug?'

'Ja, Sir.'

'Hm, ik denk wel dat dat alles is. Ha! Daar hebben we miss Protheroe.'

Lettice kwam naar ons toe.

'Ik heb de Fiat nodig, Manning,' zei ze. 'Wil je hem even voor me aanslingeren?'

'Zeker, juffrouw.'

Hij ging naar de wagen en deed de motorkap omhoog.

'Een ogenblikje, miss Protheroe,' zei Slack. 'Het is noodzakelijk dat ik ook uw gangen van gistermiddag naga. Voor het onderzoek, weet u.'

Lettice keek hem aan.

'Ik kan me tijdstippen nooit herinneren,' zei ze.

'Ik meen gehoord te hebben dat u gisteren kort na de lunch bent uitgegaan.'

Zij knikte.

'Waar naartoe, als ik vragen mag?'

'Tennissen.'

'Met wie?'

'Met de Hartley Napiers.'

'In Much Benham?'

'Ja.'

'En wanneer kwam u terug?'

'Dat weet ik niet. Ik zei u al dat ik dat soort dingen nooit weet.'

'Je kwam terug om ongeveer halfacht,' zei ik.

'O ja, dat klopt,' zei Lettice. 'Midden in al die heibel. Anne had het op haar zenuwen en Griselda hielp haar.'

'Dank u wel, juffrouw,' zei inspecteur Slack. 'Dat is alles wat ik weten wilde.'

'Wat vreemd,' zei Lettice. 'Het lijkt me allemaal zo oninteressant.'

Zij ging naar de Fiat.

De inspecteur wees heimelijk naar zijn voorhoofd.

'Een beetje getikt?' opperde hij.

'Helemaal niet,' zei ik. 'Maar ze wil graag dat iedereen dat denkt.'

'Nou, dan ga ik nu de dienstmeisjes maar eens ondervragen.'

Slack aardig vinden is onmogelijk, maar zijn energie en werklust moet je toch wel bewonderen.

Wij gingen uit elkaar en ik vroeg Reeves of ik Mrs. Protheroe even kon spreken.

'Op het moment rust ze wat, dominee.'

'Dan kan ik haar beter niet lastig vallen.'

'Als u misschien zou willen wachten, dominee, ik weet dat Mrs. Protheroe ernaar verlangt met u te spreken. Dat zei ze vanmiddag nog aan de lunch.'

Hij liet me in de salon en knipte de lichten aan, daar de jaloezieën dicht waren. 'Een heel treurige geschiedenis,' zei ik.

'Ja, Sir.'

Zijn stem was koud en eerbiedig.

Ik keek hem aan. Wat voor gevoelens scholen er achter dat onbewogen uiterlijk? Waren er soms feiten die hij kende en die hij ons had kunnen vertellen? Er is niets zo ondoorgrondelijk als het masker van een goede bediende. 'Kan ik nog iets doen, Sir?'

Ontdekte ik daar iets van een verlangen om 'weg te wezen' achter dat correcte uiterlijk?

'Nee, dank u,' zei ik, 'dat is alles.'

Ik hoefde maar korte tijd te wachten voor Anne Protheroe bij me kwam. We bespraken en regelden een paar zaken, waarna ze uitriep: 'Wat is die dokter Haydock toch een buitengewoon vriendelijk mens!'

'Haydock is de beste kerel die ik ken.'

'Hij is buitengewoon vriendelijk voor me geweest. Maar hij ziet er wel treurig uit, vindt u niet?'

Het was nooit bij me opgekomen Haydock als treurig te beschouwen.

'Ik geloof niet dat het me ooit opgevallen is,' zei ik.

'Het viel mij vandaag ook pas voor het eerst op.'

'Door onze eigen moeilijkheden krijgen we dikwijls meer oog voor die van anderen,' zei ik.

'Dat is inderdaad zo.'

Zij wachtte een moment en zei toen: 'Mr. Clement, er is één ding dat ik niet kán begrijpen. Als mijn man werd doodgeschoten, direct nadat ik bij hem wegging, hoe kwam het dan dat ik het schot niet hoorde?'

'Men heeft reden om aan te nemen dat het schot later afgevuurd werd.'

'Maar er stond toch 6.20 op het briefje?'

'Dat werd er mogelijk door een ander – de moordenaar – aan toegevoegd.'

Zij verbleekte. 'Wat afschuwelijk!'

'Is het u niet opgevallen dat die tijd niet in zijn handschrift was geschreven?'

'Niets van wat er op dat briefje stond zag eruit alsof hij het geschreven had.'

Er was wel enige waarheid in deze bewering. Het was een min of meer onleesbaar gekrabbel, niet zo duidelijk als Protheroes handschrift normaal is.

'Bent u er zeker van dat ze Lawrence toch niet nog een beetje verdenken?'

'Ik geloof dat hij definitief vrij is van verdenking.'

'Maar Mr. Clement, wie kan het toch zijn? Lucius was nu niet bepaald bemind, dat weet ik wel, maar ik geloof toch ook niet dat hij echte vijanden had. Niet... niet dat soort vijanden.'

Ik schudde mijn hoofd. 'Het is een mysterie.'

Ik vroeg me af wie Miss Marples zeven verdachten zouden kunnen zijn.

Na mijn afscheid van Anne begon ik aan de uitvoering van een door mijzelf uitgedacht plannetje.

Ik keerde terug van Old Hall langs het privépad. Toen ik bij het overstaphekje kwam, keerde ik op mijn schreden terug, en toen ik op een plek kwam waar volgens mij het struikgewas tekenen van beschadiging vertoonde, verliet ik het pad en baande mij een weg door de struiken. Het bos was hier dicht en er groeide veel kreupelhout onder de bomen. Ik kwam dan ook niet erg vlug vooruit en bemerkte plotseling dat iemand anders ook door de struiken sloop, niet ver van mij vandaan. Terwijl ik besluiteloos bleef stilstaan, kwam Lawrence Redding in zicht. Hij droeg een grote, zware steen.

Ik neem aan dat ik nogal verbaasd keek, want plotseling barstte hij in lachen uit.

'Nee,' zei hij, 'dit is geen aanwijzing of bewijsmateriaal, maar een zoenoffer.'

'Een zoenoffer?'

'Wel, zullen we zeggen, een basis voor onderhandelingen? Ik heb een excuus nodig om op bezoek te gaan bij uw buurvrouw, Miss Marple, en ik heb me laten vertellen dat zij nergens zo gevoelig voor is als voor een stuk steen of rots voor de Japanse tuin die zij bezig is aan te leggen.'

'Dat klopt wel,' zei ik, 'maar wat wil je met de oude dame?'

'Alleen maar dit: als er gisteravond iets te zien is geweest, dan heeft Miss Marple het gezien. Ik bedoel niet noodzakelijkerwijs iets dat met de misdaad in verband staat... of dat zij in haar gedachten met de misdaad in verband brengt. Ik bedoel meer iets buitenissigs, een vreemd incident, misschien de een of andere eenvoudige gebeurtenis die ons mogelijk een aanwijzing zou kunnen geven. Iets waarvan ze zou denken dat het zelfs niet de moeite waard was om aan de politie te vertellen.'

'Tja, ik neem aan dat dat mogelijk is.'

'In ieder geval is het de moeite van het proberen waard. Clement, ik zal deze zaak tot op de bodem onderzoeken. Al was het alleen maar voor Anne. En al te veel vertrouwen in Slack heb ik ook niet. Hij is een bijzonder ijverige kerel, maar hersens zijn nu eenmaal niet door ijver te vervangen.'

'Ik zie dat je voor amateurdetective speelt,' zei ik. 'Ik betwijfel of die in het werkelijke leven de beroepsmensen kunnen evenaren.'

Hij keek mij aan met een slimme blik en begon plotseling te lachen.

'Wat doet u eigenlijk hier in het bos, dominee?'

Ik had het fatsoen te blozen.

'Hetzelfde wat ík bezig ben te doen, wil ik wedden. We zijn allebei op hetzelfde idee gekomen, nietwaar? Hoe kwam de moordenaar naar de studeerkamer? Eerste mogelijkheid: langs de laan en door het hek; tweede mogelijkheid: door de voordeur; derde mogelijkheid... Is er een derde mogelijkheid? Ik was van plan eens te onderzoeken of er afgebroken takken of iets dergelijks te ontdekken waren, ergens bij de muur van de pastorietuin.'

'Diezelfde gedachte had ik ook,' gaf ik toe.

'Ik was er nog niet serieus naar op zoek, omdat ik eerst met Miss Marple wilde spreken, om uit te vinden of er gisteren misschien iemand door de laan is gekomen terwijl wij in het atelier waren.'

Ik schudde mijn hoofd. 'Zij verklaarde heel stellig dat dat niet het geval was.'

'Ja, niemand die zij íémand zou noemen – dat klinkt wat gek, maar voelt u waar ik heen wil? Het kon bijvoorbeeld de postbode, de melkboer of de slagersjongen geweest zijn, zoiets alledaags dat je er niet aan denken zou ze te noemen.'

'Je hebt G.K. Chesterton gelezen,' zei ik en Lawrence ontkende het niet.

'Maar dacht u niet dat er iets inzit?'

'Och, misschien wel,' gaf ik toe.

Zonder er nog verder veel woorden aan te verspillen gingen we op weg naar Miss Marple. Zij was aan het werk in de tuin, en riep ons al toe toen we over het hekje stapten.

'Ziet u wel,' mompelde Lawrence, 'zij ziet iedereen.'

Zij ontving ons zeer vriendelijk en was erg in haar schik met het enorme stuk rots, dat Lawrence haar met de nodige plichtplegingen aanbood.

'Dat is heel attent van u, Mr. Redding, werkelijk heel attent.'

Door deze vriendelijke reactie aangemoedigd, begon Lawrence zijn vragen te stellen. Miss Marple luisterde aandachtig.

'Ja, ik begrijp wat u bedoelt en ik ben het er volkomen mee eens. Dat zijn zo van die vanzelfsprekende figuren, waar je niet bij stilstaat. Maar ik kan u verzekeren dat dit hier niet het geval was, zeer beslist niet.'

'Bent u daar zeker van, Miss Marple?'

'Pertinent zeker.'

'Hebt u ook nog iemand langs het pad naar het bos zien gaan, die middag?' vroeg ik. 'Of eruit zien komen?'

'O ja, een heleboel personen. Dr. Stone en miss Cram gingen die kant uit. Voor hen is het de kortste weg naar de grafheuvel. Dat was iets na twee uur. En dr. Stone is dezelfde weg teruggekomen, zoals u weet, Mr. Redding, want hij voegde zich bij u en Mrs. Protheroe.'

'Tussen twee haakjes,' zei ik, 'over dat schot dat u gehoord hebt, Miss Marple. Mr. Redding en Mrs. Protheroe moeten dat toch ook gehoord hebben.'

Ik keek Lawrence vragend aan.

'Ja,' zei hij, het voorhoofd fronsend. 'Ik geloof dat ik wat hoorde schieten. Waren er een of twee schoten?'

'Ik heb er maar één gehoord,' zei Miss Marple.

'Ik heb er maar een heel vage indruk aan overgehouden,' zei Lawrence. 'Verdraaid nog aan toe, ik wou dat ik het me kon herinneren. Had ik het maar geweten. Maar ja, ik was zo volledig in beslag genomen door... door...'

Hij zweeg, enigszins verlegen, en ik kuchte tactvol. Miss Marple, die een beetje preuts was, veranderde van gespreksonderwerp.

'Inspecteur Slack wilde weten of ik het schot hoorde nadat Mr. Redding en Mrs. Protheroe het atelier verlaten hadden of daarvoor. Ik heb moeten bekennen dat ik het werkelijk niet met zekerheid kon zeggen, maar ik heb de indruk – en hoe meer ik erover nadenk, hoe sterker die indruk wordt – dat het erná was.'

Lawrence lachte. 'In ieder geval gaat dan dus de beroemde en gevierde dr. Stone vrijuit,' zei hij. 'Niet dat er ooit ook maar de geringste reden zou zijn geweest hem te verdenken die arme Protheroe neergeschoten te hebben.'

'Nou!' zei Miss Marple. 'Maar ik vind het toch altijd wel verstandig iedereen een beetje te verdenken. Want ik zeg maar: zeker wéten kun je het nooit, nietwaar?'

Dat was typisch Miss Marple. Ik vroeg Lawrence of hij het met haar eens was wat het schot betrof.

'Ik kan het echt niet zeggen. Ziet u, het was zo'n doodgewoon geluid. Ik denk dat het werd afgevuurd terwijl wij in het atelier waren. Het geluid zou dan gedempt zijn en je zou het daar nog minder opgemerkt hebben.'

En niet alleen doordat het geluid gedempt was, dacht ik.

'Ik moet het Anne eens vragen,' zei Lawrence. 'Misschien dat zij het zich herinnert. En tussen twee haakjes, er is nog een eigenaardig feit, dat naar mijn mening om opheldering vraagt. Mrs. Lestrange, de geheimzinnige dame van St. Mary Mead, heeft de oude Protheroe bezocht op woensdagavond na het diner. En niemand schijnt er enig idee van te hebben waar het om ging. De oude Protheroe heeft er niets van gezegd, noch tegen zijn vrouw, noch tegen Lettice.'

'Misschien weet de dominee het,' zei Miss Marple.

Hoe kon het goede mens in vredesnaam weten dat ik die middag een bezoek had gebracht aan Mrs. Lestrange? Het is werkelijk griezelig zoals zij overal achter komt.

Ik schudde mijn hoofd en zei dat ik geen licht kon werpen op deze zaak.

'Wat denkt inspecteur Slack ervan?' vroeg Miss Marple.

'Hij heeft zijn best gedaan de butler te intimideren, maar die was kennelijk niet nieuwsgierig genoeg om aan de deur te luisteren. En zo ligt dus nu de zaak: niemand weet iets.'

'En toch neem ik aan dat iemand iets gehoord moet hebben, dacht u ook niet?' zei Miss Marple. 'Ik bedoel, er is altijd wel íémand die dat doet. Ik denk dat Mr. Redding daar misschien wel achter kan komen.'

'Maar Mrs. Protheroe weet niets.'

'Ik bedoelde Anne Protheroe ook niet,' zei Miss Marple. 'Ik bedoelde het vrouwelijke personeel. Zij hebben er nu eenmaal een hekel aan iets aan de politie te vertellen. Maar ja, een knappe jongeman – neemt u me niet kwalijk, Mr. Redding, en nog wel een die ten onrechte verdacht werd... O, ik ben er zeker van, dat zij zo iemand direct alles zullen vertellen.'

'Ik ga het vanavond meteen proberen,' zei Lawrence met veel animo. 'Bedankt voor de tip, Miss Marple. Ik ga zodra, nou ja, zodra de dominee en ik klaar zijn met een klein karweitje dat we moeten opknappen.'

Ik bedacht dat het inderdaad tijd werd aan de slag te gaan. Ik nam afscheid van Miss Marple en we gingen het bos weer in.

Eerst volgden we het pad tot we aan een plek kwamen waar iemand duidelijk rechtsaf van het pad afgegaan was. Lawrence zei dat hij dit spoor al had gevolgd, maar ontdekt had dat het op niets uitliep, maar hij voegde eraan toe dat we beter nog even konden kijken. Hij kon zich vergist hebben.

Het was echter zoals hij gezegd had. Na een meter of tien, twaalf, hielden alle sporen van gebroken twijgen en vertrapte bladeren op. Van deze plek af had Lawrence die middag zijn weg teruggebaand naar het pad, waar hij mij ontmoet had.

Wij kwamen dus weer op het pad uit en volgden het nu wat verder. Weer kwamen we op een plek waar de struiken wat beschadigd waren. De tekenen waren nauwelijks waarneembaar, maar naar mijn mening onmiskenbaar. Het spoor zag er deze keer veelbelovend uit. Met allerlei bochten kwam het steeds dichter bij de pastorie. Ten slotte kwamen wij op een plek waar de struiken dicht op elkaar groeiden tot aan de muur. De muur is hoog en aan de bovenkant voorzien van glasscherven. Als iemand daar een ladder tegen gezet had, zouden wij sporen moeten vinden.

Langzaam baanden wij ons een weg langs de muur, toen plotseling het geluid van een brekend takje ons oor bereikte. Ik drong naar voren, door het dichte kreupelhout... en stond oog in oog met inspecteur Slack.

'Zo, bent u het,' zei hij. 'En Mr. Redding. Wat zijn de heren eigenlijk aan het doen?'

Een beetje beschaamd vertelden wij het hem.

'Juist,' zei de inspecteur. 'En omdat politiemensen niet zo

stom zijn als men gewoonlijk aanneemt, kwam ik op hetzelfde idee. Ik ben hier al meer dan een uur. En zal ik u eens wat vertellen?'

'Ja,' zei ik kleintjes.

'Wie kolonel Protheroe ook vermoord mag hebben, hij is niet langs deze weg gekomen! Er is geen enkel spoor, noch aan deze zijde van de muur noch aan de andere. De moordenaar kwam gewoon door de voordeur. Er is geen andere weg waarlangs hij heeft kunnen komen.'

'Onmogelijk,' riep ik uit.

'Waarom onmogelijk? Uw voordeur staat open. Iedereen kan gewoon binnenlopen, van de keuken uit kan hij niet gezien worden. Het was bekend dat u uit de buurt was en dat Mrs. Clement in Londen was; men wist dat Dennis was gaan tennissen. Heen noch terug hoefde men door het dorp te gaan. Precies tegenover de pastorie is een openbaar voetpad, vanwaar je het bos in kunt gaan en er weer uit komen waar je maar wilt. Tenzij Mrs. Price Ridley net precies op dat moment haar hek uit zou komen, was er geen vuiltje aan de lucht. En het is heel wat gemakkelijker dan over muren te klimmen. De zijramen van de bovenste verdieping van het huis van Mrs. Price Ridley kijken bovendien uit op het grootste deel van die muur. Nee, gelooft u mij maar, dat was de weg die hij genomen heeft.'

Het zag er werkelijk naar uit dat hij gelijk had.

17

De volgende morgen kreeg ik bezoek van inspecteur Slack. Ik begin te geloven dat hij tegenover mij wat ontdooit. Wie weet zal hij in de loop van de tijd het incident met de klok nog wel vergeten.

'Wel, dominee,' begroette hij mij. 'Ik heb dat telefoontje dat u kreeg, opgespoord.'

'Echt waar?' riep ik uit.

'Het is overigens nogal vreemd. Het kwam van de portierswoning aan de noordelijke ingang van Old Hall. Op het ogenblik woont er niemand, het portiersechtpaar is gepensioneerd en hun opvolgers zijn er nog niet. Het huis stond leeg en het was heel gemakkelijk er binnen te dringen: een raam aan de achterzijde stond open. Geen vingerafdrukken op het toestel zelf. Dat was keurig schoongeveegd, dat is veelbetekenend.'

'Hoe bedoelt u dat?'

'Ik bedoel dat het bewijst dat die oproep gedaan werd met het vooropgezette doel u weg te lokken. De moord was dus zorgvuldig van tevoren beraamd. Als dat telefoontje alleen maar een misplaatste grap was geweest, had men de vingerafdrukken stellig niet met zoveel zorg verwijderd.'

'Nee, dat zie ik wel in.'

'Het bewijst ook dat de moordenaar goed op de hoogte was met de situatie in Old Hall en omgeving. Het telefoontje was niet afkomstig van Mrs. Protheroe. Ik heb haar gangen voor letterlijk iedere minuut van die middag na laten gaan. Een half dozijn bedienden kan zweren dat zij thuis was tot halfzes. Toen kwam de auto voor en reed ze samen met kolonel Protheroe naar het dorp. De kolonel bracht een bezoek aan Quinton, de veearts, om over een van de paarden te spreken. Mrs. Protheroe deed een paar boodschappen bij de kruidenier en in de viswinkel en vandaar kwam ze rechtstreeks door de achterlaan, waar Miss Marple haar zag en met haar sprak. En al het winkelpersoneel was het erover eens dat zij geen handtas bij zich had. Wat dat betreft had de oude dame gelijk.'

'Dat heeft ze meestal,' zei ik.

'En miss Protheroe was in Much Benham om halfzes.'

'Dat klopt,' zei ik. 'Mijn neef was daar ook.'

'Dus daarmee zijn we van haar af. Het vrouwelijke personeel is wel betrouwbaar – een beetje over hun toeren en in de war, maar ja, wat kun je anders verwachten? Ik houd natuurlijk die butler wel even in de gaten, met zijn plotseling ontslag nemen, en zo. Maar ik geloof toch niet dat hij er iets van weet.'

'Het ziet ernaar uit dat uw onderzoek tot nu toe een tamelijk negatief resultaat heeft opgeleverd, inspecteur.'

'Ja en nee, dominee. Er is, en ik mag wel zeggen heel onverwacht, iets heel eigenaardigs naar voren gekomen.'

'O, ja?'

'U herinnert zich wel dat Mrs. Price Ridley, die naast u woont, gisteren op het politiebureau zo'n herrie geschopt heeft? Over dat telefoontje dat zij gekregen had?'

'Ja?' zei ik.

'Nou, om haar te kalmeren hebben we die oproep ook opgespoord en waar ter wereld dacht u dat die vandaan kwam?'

'Een openbare telefooncel?' opperde ik.

'Nee, Mr. Clement. Die oproep kwam uit de bungalow van Mr. Redding!'

'Wat?!' riep ik verbaasd uit.

'Ja, wel een beetje zonderling, vindt u niet? Mr. Redding had er niets mee te maken. Op dat ogenblik, vijf over halfzeven, was hij met dr. Stone op weg naar Het Blauwe Zwijn, waar het hele dorp hem zien kon. Maar zo liggen de zaken toch maar. Nogal verdacht, hè? Iemand liep die lege bungalow binnen en gebruikte de telefoon. Wie was dat? Dat zijn twee eigenaardige telefoontjes op één dag. Doet je onwillekeurig denken dat er een of ander verband tussen moet zijn. Ik verwed er wat om of dezelfde persoon is er verantwoordelijk voor.'

'Maar met welk doel?'

'Wel, dat moeten we nu proberen te ontdekken. Dat tweede telefoontje schijnt zo op het eerste gezicht niet veel om het lijf te hebben, maar toch moet het op de een of andere manier zinvol zijn. En ziet u de betekenis? Mr. Reddings huis wordt gebruikt om te telefoneren. Mr. Reddings pistool is voor de moord gebruikt. Het wijst allemaal op de bedoeling de verdenking op Mr. Redding te werpen.'

'Dan zou het logischer zijn geweest als het éérste telefoontje uit zijn huis kwam,' wierp ik tegen.

'Aha! Maar dat heb ik ook al uitgedokterd. Wat deed Mr. Redding de meeste middagen? Hij ging naar Old Hall en schilderde miss Protheroe. En van zijn bungalow ging hij op zijn motor door de noordelijke ingang. U ziet dus dat het wel degelijk zin had van de portierswoning aan de noordelijke ingang te bellen. De moordenaar is dus iemand die niet op de hoogte was van die ruzie met Protheroe en die niet wist dat Mr. Redding niet meer naar Old Hall ging.'

Ik dacht een moment na om inspecteur Slacks redenering te laten bezinken. Zijn gevolgtrekkingen leken mij logisch.

'Waren er vingerafdrukken op het telefoontoestel in de bungalow van Mr. Redding?' vroeg ik.

'Die waren er niet,' zei de inspecteur bitter. 'Die verdraaide oude vrouw die zijn huishouden voor hem doet had ze gisterochtend weggepoetst.' Hij dacht enige ogenblikken verbolgen na. 'Dat is zo'n dom oud mens. Ze kan zich niet eens herinneren wanneer ze dat pistool voor het laatst gezien heeft. Het kan er nog geweest zijn op de ochtend van de dag van de misdaad, het kan ook al weg geweest zijn. Ze kon het echt niet zeggen. Bah! Ze zijn allemaal hetzelfde!

Als een zuivere formaliteit,' ging hij verder, 'heb ik dr. Stone nog even bezocht. Ik moet zeggen dat hij mijn bezoek zeer gemoedelijk opnam. Hij en miss Cram zijn gistermiddag om halfdrie naar die heuvel gegaan... of dat graf, of hoe u dat ding noemen wilt, en ze zijn daar de hele middag gebleven. Dr. Stone kwam alleen terug en zij kwam later. Hij zegt dat hij geen schot gehoord heeft, maar geeft toe dat hij verstrooid is. Maar het klopt toch allemaal wel met onze vermoedens.'

'Alleen hebt u de moordenaar nog niet gevangen,' zei ik.

'Hm,' zei de inspecteur. 'U hoorde een vrouwenstem door de telefoon. Naar alle waarschijnlijkheid heeft Mrs. Price Ridley ook een vrouwenstem gehoord. Als dat schot maar niet direct na dat telefoontje gekomen was, wist ik wel waar ik zoeken moest.'

'Waar?'

'Aha! Dat is nu juist wat ik maar beter niet kan zeggen, dominee.'

Zonder blikken of blozen bood ik hem een glas port aan. Ik heb nog wat heel oude port van een prima jaar. Weliswaar is elf uur 's ochtends nu niet direct de juiste tijd om port te drinken, maar ik geloofde niet dat dat voor inspecteur Slack een onoverkomelijk bezwaar zou zijn. Het was natuurlijk wel een afschuwelijk misbruik van goede port, maar in zulke dingen moet je nu eenmaal niet al te kleinzielig zijn.

Toen inspecteur Slack het tweede glas soldaat gemaakt had, werd hij vriendelijker en kwam wat uit de plooi. Dat is nu eenmaal het effect van deze speciale port.

'Och, ik geloof eigenlijk niet dat het kwaad kan het u te vertellen, dominee,' zei hij. 'Maar u houdt het wel voor u en laat het niet in de parochie uitlekken?'

Ik stelde hem gerust.

'Daar het tenslotte allemaal in uw eigen huis gebeurd is, hebt u min of meer het recht om het te weten.'

'Dat vind ik ook,' zei ik.

'Welnu dan, dominee, wat dacht u van de dame die kolonel Protheroe een bezoek bracht, de avond vóór de moord?'

'Mrs. Lestrange?' riep ik uit, in mijn verbazing wel wat hard, vrees ik.

De inspecteur wierp me een verwijtende blik toe.

'Niet zo hard, dominee... Ja, Mrs. Lestrange is de dame die ik op het oog heb. U herinnert zich wat ik u zei: chantage.'

'Eigenlijk geen reden voor moord. Zou dat niet overeenkomen met het slachten van de kip met de gouden eieren? Dat wil zeggen, aannemend dat uw hypothese juist is, wat ik persoonlijk geen moment zou willen aannemen.'

De inspecteur knipoogde naar me op een vulgaire manier.

'Ja ja, zij is er eentje van het soort voor wie de heren altijd bereid zijn op te komen. Maar kijk nu eens hier, dominee. Laten we aannemen dat ze de oude heer vroeger al eens met succes gechanteerd heeft. Na verloop van jaren ontdekt ze hem opnieuw, komt hierheen en probeert het nog eens. Maar... in die tussentijd is er wel het een en ander veranderd. Justitie heeft inmiddels een ander standpunt ingenomen. Mensen die een aanklacht indienen wegens afpersing worden zoveel mogelijk beschermd: geen namen in de krant en zo. Stelt u zich eens voor dat kolonel Protheroe zich nu teweer stelt en dreigt haar bij de politie aan te geven. Dan bevindt zij zich in een lelijke positie. Er worden zware straffen opgelegd voor afpersing. De rollen zijn nu omgedraaid. Het enige dat haar te doen blijft om zichzelf te redden, is hem uit de weg te ruimen, en wel zo gauw mogelijk.'

Ik zweeg. Ik moest toegeven dat de inspecteur een volkomen aannemelijke zaak had opgebouwd. Maar er was één feit dat het voor mij onaanvaardbaar maakte: de persoonlijkheid van Mrs. Lestrange.

'Ik ben het niet met u eens, inspecteur,' zei ik. 'Mrs. Lestrange lijkt mij absoluut niet iemand om chantage te plegen. Zij is... wel, ik weet dat het een ouderwets woord is, maar zij is een dame.'

Hij wierp mij een medelijdende blik toe.

'Nou ja,' zei hij toegeeflijk. 'U bent tenslotte geestelijke. U beseft niet half wat er allemaal te koop is. Dame, nog wel! U zou verbaasd zijn als u wist wat ik allemaal weet.'

'Ik bedoel niet de sociale positie van de dame. En in ieder geval zou ik denken dat Mrs. Lestrange declassee is. Maar ik heb het over... innerlijke beschaving.'

'Heus, dominee, u ziet haar niet met dezelfde ogen als ik. Ik mag dan een man zijn, maar ik ben ook politiebeambte. Mij nemen ze niet te pakken met hun zogenaamde beschaving. Ik zeg u, deze vrouw is van het soort dat je een mes in de rug steekt zonder een spier te vertrekken.'

Eigenaardig genoeg viel het me gemakkelijker Mrs. Lestrange van moord te verdenken dan van chantage.

'Maar ze kan natuurlijk niet tegelijkertijd de oude dame hiernaast hebben opgebeld en kolonel Protheroe hebben neergeschoten,' vervolgde de inspecteur.

Nauwelijks waren de woorden over zijn lippen, of hij sloeg zich woedend op zijn dij.

'Ik heb het,' riep hij uit. 'Dat is de hele bedoeling van dat telefoontje. Een soort alibi. Ze wist dat we verband zouden zoeken tussen die twee telefoontjes. Misschien heeft ze wel de een of andere dorpsjongen omgekocht om voor haar te bellen. Díé zou er nooit opkomen dat in verband te brengen met de moord. Daar moet ik eens even induiken.'

En met deze woorden haastte de inspecteur zich weg.

'Miss Marple wou je even spreken,' zei Griselda, haar hoofd om de deur stekend. 'Zij heeft een erg onsamenhangend briefje gestuurd: allemaal gekrabbel en veel onderstrepingen. Het meeste kon ik niet eens lezen. Kennelijk kan zij zelf niet weg. Ga er maar gauw even heen en vraag wat er aan de hand is. In een paar minuten krijg ik mijn oude vrouwen op bezoek, anders ging ik zelf wel even. Ik heb een hekel aan die oude vrouwen. Die hebben altijd van die verhalen over hun zere benen en dan staan ze er dikwijls nog op je die te laten zien ook. Wat een geluk dat vanmiddag het gerechtelijk vooronderzoek plaatsvindt! Dan hoef je tenminste niet naar die cricketmatch van de Jongensclub te gaan kijken.'

Ik haastte mij weg, terwijl ik me afvroeg waarom ze me liet roepen.

Ik trof Miss Marple aan in wat men, geloof ik, een verhitte toestand noemt. Ze was rood aangelopen en lichtelijk onsamenhangend in haar uitlatingen.

'Mijn neef,' verklaarde zij, 'mijn neef, Raymond West, de schrijver. Hij komt hier vandaag. Wat een zorgen. Ik moet zelf alles nalopen. Je kunt het nog niet aan een dienstmeisje overlaten om een bed fatsoenlijk te luchten. En dan moeten we vanavond natuurlijk vlees bij het eten hebben. Heren hebben altijd zoveel vlees nodig, nietwaar? En drank. Er moet toch iets van drank in huis zijn, en spuitwater.'

'Als ik iets voor u doen kan...' begon ik.

'O, wat ontzettend vriendelijk. Maar dat bedoelde ik niet. Er is tijd genoeg. En hij brengt zijn eigen pijp en tabak mee, gelukkig. Daar ben ik blij om, want als hij sigaretten rookte, zou ik vast niet weten welk merk ik moest kopen. Aan de andere kant spijt het me, want het duurt zo lang voor je die lucht weer uit de gordijnen krijgt. Ik zet natuurlijk de ramen 's morgens heel vroeg open en schud de gordijnen dan goed uit. Raymond staat altijd laat op, ik geloof dat veel schrijvers dat doen. Ik geloof dat hij erg goede boeken schrijft, alhoewel de mensen over het algemeen niet zo onaangenaam zijn als hij ze weleens beschrijft. Knappe jonge mensen weten vaak zo weinig van het leven, vindt u ook niet?'

'Zou u hem mee willen brengen naar de pastorie voor het avondeten?' vroeg ik, nog steeds niet begrijpend waarom ik zo dringend moest komen.

'O, nee, dank u,' zei Miss Marple. 'Het is heel vriendelijk van u,' voegde ze eraan toe.

'Er... eh... was toch iets waarover u me spreken wilde, als ik me niet vergis?' opperde ik, de wanhoop nabij.

'Och, natuurlijk. Door al die drukte was het me volkomen ontschoten.' Zij onderbrak zichzelf en riep tegen het meisje: 'Emily... Emily. Niet die lakens. Die met de kantjes en het monogram en leg ze niet te dicht bij het open vuur.'

Zij sloot de deur en kwam op haar tenen naar mij toe geslopen.

'Het gaat over iets nogal eigenaardigs dat de afgelopen nacht gebeurd is,' legde ze uit. 'Ik dacht dat u het wel zou willen horen, hoewel ik momenteel niet begrijp wat het te betekenen heeft. Ik was klaarwakker vannacht en lag maar na te denken over die nare zaak. Ik stond op een gegeven moment op en keek uit mijn raam. En wat dacht u dat ik zag?'

Ik keek belangstellend.

'Gladys Cram,' zei Miss Marple met grote nadruk. 'Zo waarachtig als ik leef. Ze liep het bos in met een koffer.'

'Een koffer?'

'Is het niet buitengewoon? Wat zou die nu in vredesnaam 's nachts om twaalf uur in het bos willen met een koffer?'

Wij staarden elkaar aan.

'Ziet u,' zei Miss Marple, 'ik denk niet dat dit iets met de moord heeft uit te staan. Maar het is wel een heel eigenaardige zaak. En op het moment vinden we toch allemaal dat we juist op eigenaardige zaken goed moeten letten.'

'Verbazingwekkend,' zei ik, 'ze ging toch niet... eh... slapen in die grafheuvel, of zo?'

'Dat deed ze in ieder geval niet,' zei Miss Marple. 'Want na korte tijd kwam ze terug en had ze die koffer niet meer bij zich.'

Opnieuw staarden wij elkaar aan.

18

Het gerechtelijk vooronderzoek was diezelfde middag, zaterdag, om twee uur in Het Blauwe Zwijn. Ik hoef nauwelijks te zeggen dat het hele plaatsje kookte van opwinding. Er was al vijftien jaar geen moord meer gepleegd in St. Mary Mead. En dat dan nu iemand als kolonel Protheroe vermoord was en nog wel in de pastorie, leverde een sensatie op die zelden ten deel valt aan dorpen.

Verschillende opmerkingen die beslist niet voor mij bestemd waren, bereikten mijn oren.

'Daar is dominee. Een beetje bleekjes, niet? Ik vraag me af of hij er ook de hand in gehad heeft? Het gebeurde tenslotte in zijn eigen pastorie.'

'Mary Adams, hoe kun je zoiets zeggen? En dat terwijl de goeie man op dat tijdstip op bezoek was bij Henri Abbott.'

'O, dat is best mogelijk, maar ze zeggen dat hij en de kolonel woorden met elkaar gehad hebben. Kijk, daar heb je Mary Hill. Moet je d'r zien opscheppen omdat ze in de pastorie dient. Stil, daar is de coroner.'

De coroner was dokter Roberts uit de naburige stad Much Benham. Hij schraapte zijn keel, zette zijn bril recht en keek gewichtig.

Het zou alleen maar vermoeiend zijn alle getuigenverklaringen te recapituleren. Lawrence Redding verklaarde het lichaam gevonden te hebben en herkende het pistool als het zijne. Zover hij zich kon herinneren had hij het dinsdag, twee dagen voor de moord, voor het laatst gezien. Hij bewaarde het op een plank in zijn bungalow, waarvan de voordeur gewoonlijk niet afgesloten was.

Mrs. Protheroe verklaarde dat zij haar echtgenoot voor het laatst gezien had om ongeveer kwart voor zes, toen zij in de dorpsstraat ieder huns weegs gingen. Zij had met hem afgesproken hem later in de pastorie af te halen. Zij was om ongeveer kwart over zes naar de pastorie gegaan, door het achterlaantje en het tuinhek. Zij had geen stemmen in de studeerkamer gehoord en daaruit geconcludeerd dat de kamer leeg was.

De mogelijkheid bestond echter dat haar man achter de schrijftafel gezeten had, in welk geval ze hem niet had kunnen zien. Zover haar bekend was, waren zijn humeur en gezondheidstoestand normaal. Zij kende geen enkele vijand die wrok jegens hem gekoesterd zou kunnen hebben.

Vervolgens legde ik mijn getuigenverklaring af, vertelde van mijn afspraak met Protheroe en van het telefoontje om bij de Abbotts te komen. Ik beschreef hoe ik het lichaam had gevonden en dat ik daarna dokter Haydock had laten roepen.

'Hoeveel mensen kunnen geweten hebben dat kolonel Protheroe die avond bij u zou komen, Mr. Clement?'

'Een flink aantal, zou ik denken. Mijn vrouw wist het, evenals mijn neef, en de kolonel zelf had het erover toen ik hem die ochtend op straat ontmoette. En aangezien hij door zijn doofheid de gewoonte had nogal hard te praten, acht ik het niet onmogelijk dat verscheidene personen hem gehoord hebben.'

'Het was dus eigenlijk algemeen bekend? Iedereen kan het geweten hebben?'

Ik beaamde dit.

Haydock kwam vervolgens aan de beurt. Hij was een belangrijke getuige. Hij beschreef nauwkeurig en vaktechnisch hoe het lichaam lag en hoe het er uitzag en de aard van de verwondingen. Hij was van mening dat de kolonel was doodgeschoten terwijl hij bezig was te schrijven. Hij stelde vast dat de dood was ingetreden tussen 6.20 en 6.30, zeker niet later dan 6.35. Dat was de uiterste grens. Op dit punt was hij zeer positief en beslist. Er was geen sprake van zelfmoord, de wond kon onmogelijk door het slachtoffer zelf zijn toegebracht.

Inspecteur Slacks getuigenis was bescheiden en beknopt. Hij beschreef hoe hij was gewaarschuwd en de omstandigheden waaronder hij het lichaam gevonden had. Het briefje werd als bewijsstuk getoond en de daarop voorkomende tijd – 6.20 – werd genoteerd. Ook de klok kwam ter sprake. Stilzwijgend werd aangenomen dat het tijdstip van de dood 6.22 was. De politie liet niets los. Anne Protheroe vertelde mij later dat men haar gezegd had als tijd van haar komst bij de pastorie een tijdstip even vóór 6.20 te noemen.

Ons dienstmeisje Mary was de volgende getuige en een nogal lastige. Zij had niets gehoord en ze wenste niets te horen. Het was niet zo dat heren die op bezoek kwamen bij de dominee gewoonlijk doodgeschoten werden. Dat was niet het geval. Zij had haar eigen werk om op te letten. Kolonel Protheroe was om precies kwart over zes aangekomen. Nee, ze had niet op de klok gekeken. Zij had de kerkklok het kwartier horen slaan, juist toen zij de kolonel in de studeerkamer had gelaten. Zij had geen schot gehoord. Als er wel een schot geweest was, zou ze het gehoord hebben. Ja, natuurlijk begreep ze dat er een schot geweest moest zijn, aangezien die man doodgeschoten was, maar zo lag het dan toch maar. Zij had geen schot gehoord.

De coroner ging hier niet verder op in. Ik realiseerde mij dat hij en kolonel Melchett kennelijk samenwerkten.

Mrs. Lestrange werd gedagvaard om als getuige te verschijnen, maar uit een medische verklaring, getekend door dokter Haydock, die werd voorgelegd, bleek dat zij te ziek was om te verschijnen.

Verder was er nog maar één getuige, een enigszins beverige oude vrouw. Zij was het die, om met Slack te spreken, 'de boel deed' voor Lawrence Redding.

Mrs. Archer werd het pistool getoond en zij herkende het als dat wat zij in Mr. Reddings zitkamer had gezien. 'Op een plank van de boekenkast liet hij het rondslingeren.'

Zij had het het laatst gezien op de dag van de moord. Jawel – dit in antwoord op een verdere vraag –, zij was er heel zeker van dat het er tussen de middag op donderdag nog lag, om kwart voor één, toen zij wegging.

Ik herinnerde mij wat de inspecteur mij verteld had en was een beetje verbaasd. Hoe vaag ze ook geweest mocht zijn toen hij haar ondervroeg, nu was ze zeer stellig in haar uitspraken.

Aan het einde van de zitting recapituleerde de coroner alle feiten. De uitspraak volgde bijna onmiddellijk.

Moord door een of meer onbekende personen.

Toen ik het vertrek verliet, merkte ik een klein legertje jonge mensen op, met pientere, waakzame gezichten, die allemaal een beetje op elkaar leken. Sommigen van hen had ik al een paar dagen om de pastorie zien rondhangen. In een poging om te ontsnappen dook ik vlug Het Blauwe Zwijn weer in, en had het geluk de archeoloog, dr. Stone, tegen het lijf te lopen. Ik greep hem bij de arm.

'Journalisten,' zei ik kort en bondig. 'Kunt u mij misschien uit hun klauwen redden?'

'Natuurlijk, Mr. Clement. Komt u mee naar boven, naar mijn kamer.'

Hij ging mij voor de smalle trap op en zijn zitkamer binnen, waar miss Cram geroutineerd het toetsenbord van een schrijfmachine bewerkte. Zij groette mij met een brede glimlach en maakte van de gelegenheid gebruik om op te houden met werken.

'Toch wel vreselijk, vindt u niet?' zei ze. 'Ik bedoel dat we niet weten wie het gedaan heeft. Ik ben wel erg teleurgesteld over het onderzoek. Echt tam noem ik het. Niets wat je nu eens pikant zou kunnen noemen.'

'O, dus u was erbij, miss Cram?'

'Nou, en of ik erbij was. Stel je voor dat u me niet eens gezien hebt. Hebt u me heus niet gezien? Dat doet toch wel even pijn. Dat meen ik echt. Een man, ook al is hij dan geestelijke, hoort toch zijn ogen de kost te geven.'

'Was u er ook?' vroeg ik dr. Stone, in een poging aan deze speelse grapjes te ontkomen.

'Nee, ik ben bang dat ik erg weinig belangstelling voor dat soort zaken heb. Ik ben nu eenmaal iemand die helemaal in zijn liefhebberij opgaat.'

'Dat moet wel een heel interessante liefhebberij zijn,' zei ik.

'Weet u er misschien ook iets over?'

Ik moest bekennen dat ik er zo goed als niets van wist.

Dr. Stone is echter geen man die zich laat afschrikken door een erkenning van onwetendheid. Het resultaat was precies hetzelfde als het geweest zou zijn wanneer ik hem gezegd had dat het openleggen van grafheuvels mijn enige vorm van ontspanning was. Lange grafheuvels, ronde grafheuvels, stenen tijdperk, bronzen tijdperk, paleolithisch, neolitisch, kistvaens en cromlechs, het kwam in een wilde stroom over me heen. Het enige dat ik te doen had, was met mijn hoofd knikken en intelligent kijken en dat laatste was misschien nog niet eens nodig geweest. Dr. Stone dreunde maar door. Hij is klein, zijn hoofd is rond en kaal, zijn gezicht is rond en blozend en hij kijkt je vriendelijk aan door zeer sterke, dikke glazen. Ik had nog nooit iemand ontmoet die met zo weinig aanmoediging zo enthousiast kon zijn. Hij liet alle argumenten de revue passeren die voor of tegen zijn meest geliefde theorieën konden worden aangevoerd, en ik snapte er niets, maar dan ook helemaal niets van!

Hij pluisde zijn meningsverschillen met kolonel Protheroe uitvoerig uit.

'Een eigenwijze pummel,' zei hij opgewonden. 'Ja, ja, ik weet wel dat hij dood is en dat men van de doden geen kwaad mag spreken. Maar de dood verandert niets aan de feiten. Een eigenwijze pummel, dat was hij. Omdat hij een paar boeken gelezen had, meende hij zich als deskundige te kunnen opwerpen tegenover iemand die zijn hele leven aan dat onderwerp gewijd had. Mijn hele leven, Mr. Clement, heb ik aan dit werk opgeofferd. Mijn hele leven...'

Hij stotterde van opwinding. Gladys Cram bracht hem tot de werkelijkheid terug met één korte zin.

'U zult uw trein missen als u niet oppast,' merkte zij op.

'O!' De kleine man bleef midden in een zin steken en haalde een horloge uit zijn zak. 'Grote genade. Kwart voor? Dat is onmogelijk!'

'Als u eenmaal begint te praten, denkt u nooit aan de tijd. Wat u zou moeten beginnen zonder mij, zou ik werkelijk niet weten.'

'Je hebt gelijk, kind, groot gelijk.' Hij klopte haar vriendelijk op de schouder. 'Zij is werkelijk een buitengewoon meisje, Mr. Clement. Ze vergeet nooit iets. Ik prijs mezelf buitengewoon gelukkig haar gevonden te hebben.'

'O, loop heen, dr. Stone,' zei de jongedame. 'U maakt me nog verwaand, echt waar.'

Ik was het in gedachten eens met de dorpelingen die een toekomstig huwelijk zien tussen dr. Stone en miss Cram. Ik stelde vast dat miss Cram op haar eigen manier een slimme jongedame was.

'Nu moet u toch heus gaan,' zei miss Cram.

'Ja, ja, dat weet ik wel.'

Hij verdween in de kamer ernaast en kwam terug met een valies.

'Gaat u weg?' vroeg ik verbaasd.

'Alleen maar een paar dagen naar de stad,' verklaarde hij. 'Morgen ga ik mijn oude moeder opzoeken en maandag heb ik wat zaken te bespreken met mijn advocaten. Ik kom dinsdag weer terug. Tussen twee haakjes, ik neem aan dat kolonel Protheroes dood geen verandering zal brengen in onze afspraak. Wat betreft de grafheuvel, bedoel ik. Mrs. Protheroe zal er toch geen bezwaar tegen hebben als wij doorgaan met ons werk?'

'Dat zou ik niet denken.'

Terwijl hij nog sprak, vroeg ik mij af wie nu de teugels in handen zou nemen op Old Hall. Het was mogelijk dat Protheroe het beheer had nagelaten aan Lettice. Ik voelde dat het interessant zou zijn te weten wat er in Protheroes testament stond.

'Geeft een hoop moeilijkheden in een familie, zo'n sterfgeval,' merkte miss Cram op met een soort somber genoegen. 'U zou niet geloven wat een nare sfeer er soms is.'

'Wel, nu moet ik heus gaan.' Dr. Stone deed vergeefse pogingen tegelijkertijd zijn valies, een grote reisdeken en zijn paraplu te hanteren. Ik schoot hem te hulp, maar hij protesteerde. 'Doe geen moeite, doe geen moeite, het gaat best. Er zal allicht beneden iemand zijn om te helpen.'

Maar beneden was er geen loopjongen of iets dergelijks te bekennen. Ik heb zo'n idee dat zij onthaald werden op kosten van de pers. De tijd drong echter, dus gingen we samen op weg naar het station. Dr. Stone droeg zijn valies en ik zijn deken en zijn paraplu. Dr. Stone stootte, al hijgend, allerlei opmerkingen uit.

'Werkelijk heel vriendelijk van u... had niet de bedoeling u lastig te vallen. Hoop dat we de trein... niet missen... Gladys is een goed kind... werkelijk een prima kracht... een goed karakter... niet al te gelukkig thuis vrees ik... helemaal... het hart van een kind. Ik verzeker u... niettegenstaande... het verschil in leeftijd... hebben een boel gemeen...'

Ik was ervan overtuigd dat Miss Marple, als ze nu hier was geweest, verschillende vergelijkingen zou hebben getrokken.

Wij zagen Reddings bungalow, juist toen we naar het station afsloegen. Hij staat geheel geïsoleerd, zonder andere huizen in de buurt. Ik zag dat er twee keurig geklede jongemannen op de stoep stonden, terwijl twee anderen door de ramen naar binnen gluurden. Het was een drukke dag voor de pers.

'Aardige kerel, die jonge Redding,' merkte ik op om te zien hoe mijn metgezel zou reageren.

Hij was nu zo langzamerhand zo buiten adem dat hij moeite had iets uit te brengen, maar ten slotte pufte hij er één woord uit, dat ik eerst helemaal niet snapte.

'Gevaarlijk,' hijgde hij, toen ik hem vroeg zijn opmerking te herhalen.

'Gevaarlijk?'

'Zeer gevaarlijk. Onschuldige meisjes, die niet beter weten, laten zich het hoofd op hol brengen door zo'n kerel – hangt altijd rond in de buurt van vrouwen. Deugt niet.'

Waaruit ik concludeerde dat de enige jongeman in het dorp niet onopgemerkt was gebleven door de schone Gladys.

'Grote goedheid,' stootte dr. Stone uit, 'de trein!'

Wij waren nu dicht bij het station en begonnen aan een snelle eindspurt. De trein uit Londen stond langs het perron en die naar Londen kwam juist binnen.

Bij het loket kwamen we in botsing met een buitengewoon chic jongmens, de juist aangekomen neef van Miss Marple. Ik kreeg de indruk dat het een jongeman was die er niet van hield dat men tegen hem opbotste. Hij is nogal trots op zijn nonchalante houding en er is geen twijfel aan of zo'n botsing doet daaraan afbreuk. Hij wankelde achteruit. Ik wierp hem een haastige verontschuldiging toe en wij gingen naar binnen. Dr.

Stone stapte in de trein en ik gaf hem zijn bagage aan, juist toen de trein zich met een eerste, onwillige ruk in beweging zette.

Ik wuifde hem na en draaide me om. Raymond West was vertrokken, maar onze plaatselijke apotheker, die zich in de fraaie naam van Cherubim verheugt, ging juist op weg naar het dorp. Ik ging naast hem lopen.

'Dat was op het nippertje,' merkte hij op. 'En hoe is het vooronderzoek afgelopen, dominee?'

Ik vertelde hem de uitspraak.

'O, is het zo gegaan? Ik had eigenlijk gedacht dat ze het hele onderzoek verdaagd zouden hebben. Waar gaat dr. Stone heen?'

Ik herhaalde wat die mij verteld had.

'Heeft hij geboft die trein niet te missen. Niet dat je het ooit weet op deze lijn. Ik zeg u, Mr. Clement, het is een schandaal. Gewoon een schande noem ik het. De trein waarmee ik aankwam was tien minuten te laat. En dat op zaterdag, met zo weinig passagiers. En woensdag – nee, donderdag – ja, het was donderdag... ik herinner mij dat het de dag van de moord was, want ik wou juist eens een potige brief naar de maatschappij sturen maar door die moord vergat ik het weer... ja, afgelopen donderdag. Ik was naar een vergadering van de apothekersvereniging geweest. En hoeveel te laat dacht u dat de trein van zes uur vijftig was? Een hálfuur. Precies een halfuur! Wat zegt u daarvan? Tien minuten kan me niet zoveel schelen. Maar als de trein pas om twintig over zeven binnenloopt, kun je niet voor halfacht thuis zijn. Maar dan zeg ik weer: waarom noemen ze het dan de trein van zes uur vijftig?'

'Inderdaad,' zei ik, en om aan deze monoloog te ontsnappen excuseerde ik mij met de mededeling dat ik iets bespreken moest met Lawrence Redding, die ik juist aan de overzijde van de weg zag aankomen.

19

'Ik ben blij u te zien,' zei Lawrence. 'Komt u even met me mee naar huis.'

We gingen door het rustieke hekje het pad op. Hij haalde een sleutel uit zijn zak en stak hem in het slot.

'Dus je sluit je deur nu wel af,' merkte ik op.

'Ja.' Hij lachte grimmig. 'Een kwestie van het verdronken kalf en de gedempte put, weet u wel? Weet u dominee,' hij hield de deur open en ik ging naar binnen, 'er is iets in deze hele zaak dat me niet aanstaat. Het is te veel... hoe zal ik het zeggen... een karweitje door ingewijden. Iemand wist van dat pistool van me. Dat betekent dat de moordenaar, wie dat dan ook was, hier in huis geweest moet zijn, misschien zelfs wel een borrel met me heeft zitten drinken.'

'Dat is niet noodzakelijk,' wierp ik tegen. 'Vermoedelijk weet het hele dorp St. Mary Mead waar je je tandenborstel opbergt en wat voor soort tandpasta je gebruikt.'

'Maar wat kan ze dat nu interesseren?'

'Dat weet ik niet,' zei ik, 'maar het is zo. Als je van scheerzeep verandert, wordt dat een onderwerp van gesprek.'

'Dan moeten ze wel erg snakken naar nieuws.'

'Dat doen ze ook. Er gebeurt hier nooit eens iets opwindends.'

'Nou, dat is nu wel gebeurd en niet zo zuinig ook. En wie vertelt hun dan al die dingen? Over de scheerzeep en zo?'

'Waarschijnlijk de oude Mrs. Archer.'

'Die oude heks? Volgens mij is die zowat idioot.'

'Dat is slechts de camouflage van de armen,' legde ik hem uit. 'Zij verschuilen zich achter een masker van domheid. Je zult nog wel ontdekken dat ze ze alle vijf bij elkaar heeft. Tussen twee haakjes: zij schijnt er nu wel heel zeker van te zijn dat het pistool donderdagmiddag nog op zijn plaats lag. Hoe kon ze daar ineens zo zeker van zijn?'

'Ik heb geen idee.'

'Denk je dat ze gelijk heeft?'

'Daar heb ik ook al geen antwoord op. Ik inventariseer niet elke dag mijn bezittingen.'

Ik keek eens rond in de kleine woonkamer. Elke plank en tafel was overdekt met de meest uiteenlopende artikelen. Lawrence leefde te midden van een artistieke wanorde, die mij volslagen gek gemaakt zou hebben.

'Het is zo nu en dan weleens moeilijk om iets te vinden,' zei hij, mijn blik volgend. 'Aan de andere kant ligt alles lekker voor de hand, niets is weggestopt.'

'Nee, weggestopt is er zeker niets,' zei ik. 'Misschien was het beter geweest als dat met dat pistool wel gebeurd was.'

'Weet u, eigenlijk had ik verwacht dat de coroner wel zoiets gezegd zou hebben. Ik verwachtte niet anders dan dat hij me zou berispen, of hoe ze dat ook noemen.'

'Tussen haakjes, was het geladen?' vroeg ik.

Lawrence schudde zijn hoofd.

'Nee, zo onvoorzichtig ben ik nu ook weer niet. Het was ongeladen, maar er lag wel een doos patronen bij.'

'Alle zes kamers waren kennelijk geladen en één schot was afgevuurd.'

Lawrence knikte. 'Maar wie heeft het afgevuurd? Alles goed en wel, Mr. Clement, maar tenzij de moordenaar wordt ontdekt, zal ik mijn hele leven verdacht blijven van die misdaad.'

'Dat mag je niet zeggen, mijn jongen.'

'Ik zeg het toch.'

Hij zweeg en fronste het voorhoofd. Toen vermande hij zich weer en zei: 'Maar laat ik u vertellen hoe het mij gisteravond vergaan is. Weet u, die Miss Marple weet haar weetje wel.'

'Ik geloof dat zij juist daarom niet zo erg bemind is.'

Lawrence begon zijn verhaal te vertellen.

Hij was op aanraden van Miss Marple naar Old Hall gegaan. Daar had hij met Annes hulp een onderhoud gehad met het kamermeisje. Anne had eenvoudig gezegd: 'Mr. Redding wilde je graag een paar vragen stellen, Rose.' Daarna was ze de kamer uitgegaan.

Lawrence had zich wel wat zenuwachtig gevoeld. Rose, een knap meisje van een jaar of vijfentwintig, keek hem aan met een heldere blik, die hij nogal verwarrend had gevonden.

'Het eh... het gaat over kolonel Protheroes dood.'

'Ja, Sir.'

'Ik wil erg graag achter de waarheid komen.'

'Ja, Sir?'

'Ik heb zo het gevoel dat er... dat misschien iemand... dat... dat er misschien iets gebeurd is...'

Op dit moment realiseerde Lawrence zich dat hij tot dusverre nu niet direct een goed figuur sloeg en in stilte vervloekte hij Miss Marple en haar goede ideeën.

'Ik vraag me af of jij me zou kunnen helpen?'

'Ja, Sir?'

Rose gedroeg zich nog steeds als een uitstekende ondergeschikte, beleefd, verlangend om van dienst te zijn, en volkomen ongeïnteresseerd.

'Verdraaid,' barstte Lawrence los. 'Hebben jullie hier dan in de dienstbodenkamer helemaal niet over gesproken?'

Deze aanval bracht Rose lichtelijk van haar stuk. Haar houding werd onzeker.

'In de dienstbodenkamer, Sir?'

'Ja, of de kamer van de huishoudster, of het hok van de schoenenpoetser, of waar jullie ook met elkaar praten. Er moet toch érgens zo'n plaats zijn.'

Rose leek met moeite een neiging tot giechelen te onderdrukken en Lawrence voelde dit als een aanmoediging.

'Luister, Rose, je bent een ontzettend aardige meid. Ik weet zeker dat je begrijpt hoe ik me op het moment voel. Ik wil niet opgehangen worden. Ik heb je baas niet vermoord, maar een boel mensen denken van wel. Kun je me nu helemaal niet helpen?'

Ik kan me heel goed voorstellen dat Lawrence er op dat moment onweerstaanbaar uitgezien moet hebben, met zijn knappe kop achterover geworpen, zijn blauwe Ierse ogen smekend op haar gericht. Rose had zich laten vermurwen.

'O, ik ben er zeker van... als iemand van ons u ook maar even helpen kon. Niemand van ons denkt dat u het gedaan hebt, Sir. Echt waar.'

'Dat weet ik wel, beste meid, maar dat helpt me niet bij de politie.'

'De politie!' Rose schudde minachtend het hoofd. 'Ik kan

u wel zeggen dat wij niet zo'n hoge dunk hebben van die inspecteur. Slack heet hij. De politie, laat me niet lachen.'

'Toch is de politie erg machtig. Nou Rose, je zegt dat je bereid bent me te helpen. Ik heb het gevoel dat er nog een heleboel is waar we nog niet achter zijn. Die dame bijvoorbeeld, die een bezoek bracht aan kolonel Protheroe, de avond voor hij stierf.'

'Mrs. Lestrange?'

'Juist, Mrs. Lestrange. Ik kan de gedachte niet van me afzetten dat er iets heel erg vreemds is in dat bezoek van haar.'

'Inderdaad Sir, dat hebben we allemaal gezegd.'

'O, ja?'

'De manier al waarop ze hier kwam en naar de kolonel vroeg. En natuurlijk, er is heel wat gekletst. Niemand weet tenslotte iets van haar af. En Mrs. Simmons, dat is de huishoudster, Sir, nou, die gaf als haar mening dat die dame niet veel soeps was. Maar nadat ik gehoord had wat Gladdie vertelde, tja, toen wist ik heus niet meer wat ik denken moest.'

'Wat zei Gladdie dan?'

'Och, niets, Sir. Het was alleen maar... Nou ja, we praatten alleen maar wat, weet u wel.'

Lawrence had het gevoel dat ze iets achter hield.

'Ik vraag me toch wel af waar dat onderhoud met kolonel Protheroe over ging.'

'Ja, Sir.'

'Ik geloof dat je het wel weet, Rose?'

'Ik? O nee, Sir. Ik weet het echt niet. Hoe zou ik?'

'Luister, Rose. Je hebt gezegd dat je me wilde helpen. Als je iets opgevangen hebt, wat dan ook... Misschien leek het niet belangrijk, maar wat dan ook... dan zou ik je verschrikkelijk dankbaar zijn. Tenslotte kon iedereen bij toeval, helemaal bij toeval, íéts opgevangen hebben.'

'Maar ik heb niets gehoord, Sir, heus niet.'

'Dan heeft iemand anders iets gehoord,' zei Lawrence scherpzinnig.

'Nou ja...'

'Kom, vertel het me, Rose.'

‘Ik weet echt niet wat Gladdie ervan zeggen zou.’

‘Ze zou zeker willen dat je het me vertelde. Wie is die Gladdie, tussen haakjes?’

‘Het keukenmeisje, Sir. En ziet u, zij was net even naar buiten gegaan om met een vriend te praten en ze kwam langs het raam – het raam van de studeerkamer – en Mr. Protheroe was daar met die dame. En hij sprak natuurlijk erg hard, dat deed hij altijd. En Gladdie was wel een beetje nieuwsgierig, ik bedoel...’

‘Heel natuurlijk,’ zei Lawrence. ‘Ik bedoel, iedereen zou even luisteren.’

‘Maar ze heeft er natuurlijk met niemand over gesproken, behalve met mij. En we vonden het allebei erg vreemd. Maar Gladdie kon niets zeggen, ziet u, want als men had ontdekt dat ze naar buiten was gegaan om even met een... een vriend te praten, dan zou dat weer een boel narigheid hebben veroorzaakt met Mrs. Pratt; dat is de kokkin. Maar ik ben er zeker van dat ze bereid zal zijn u alles te vertellen, Sir.’

‘Mooi, kan ik dan naar de keuken gaan om met haar te spreken?’

Rose was ontzet door dit voorstel.

‘O, nee, Sir, dat kan onmogelijk. En bovendien is Gladdie een erg nerveus meisje.’

Ten slotte werd er een oplossing gevonden. Er werd een geheime ontmoeting gearrangeerd in het struikgewas.

Hier ontmoette Lawrence even later de zenuwachtige Gladdie, van wie hij zei dat ze meer op een bibberend konijn leek dan op een menselijk wezen. Hij had tien minuten nodig om haar op haar gemak te stellen, waarbij de bibberende Gladys verklaarde dat ze nooit gedacht had dat Rose haar verraden zou, dat ze niets kwaads had bedoeld en dat ze er behoorlijk van langs zou krijgen als Mrs. Pratt er ooit iets van te horen kreeg.

Lawrence stelde haar gerust, vleide, overtuigde haar, en eindelijk stemde Gladdie erin toe te spreken.

‘Als u er maar zeker van bent dat het niet verder gaat, Sir.’

‘Natuurlijk niet.’

'En het zal ook niet tegen me gebruikt worden voor de rechtbank?'

'Echt niet.'

'En u zult het ook niet aan Mrs. Pratt vertellen?'

'Onder geen enkel beding.'

'Als Mrs. Pratt er ooit iets van hoort...'

'Dat gebeurt niet. Vertel het me nu maar, Gladys.'

'Bent u er zeker van dat het in orde is?'

'Natuurlijk. Je zult nog eens blij zijn dat je mij van de galg gered hebt.'

Gladys gaf een gilletje.

'O, dat zou ik echt niet willen, Sir. Het is eigenlijk maar erg weinig wat ik gehoord heb. En dat nog helemaal bij toeval, kun je wel zeggen...'

'Dat begrijp ik volkomen.'

'Maar Mr. Protheroe was kennelijk heel erg boos. "Na al die jaren" – dat zei hij – "durf je hier te komen. Het is een schandaal." Ik kon niet horen wat de dame antwoordde, maar na een poosje zei hij weer: "Ik weiger absoluut." Ik kan me niet alles meer herinneren, maar ze schenen elkaar knap in de haren te zitten, over iets dat zij wilde dat hij deed en dat hij weigerde. "Het is een schandaal dat je hierheen gekomen bent." Dat is één ding dat hij zei. En: "Je zult haar niet zien: ik verbied het." En dat deed me mijn oren spitsen. Het zag ernaar uit alsof die dame Mrs. Protheroe eens een paar dingen wou vertellen en dat hij daar bang voor was. En ik dacht bij mezelf: hoor hem nou. Hij is altijd zo'n pietje precies. En een knappe man is hij ook niet, alles welbeschouwd. "Kijk eens aan!" zei ik. En later zei ik tegen mijn vriend: "Mannen zijn allemaal eender." Niet dat hij dat toegaf. Maar hij gaf wel toe dat hij verbaasd was over kolonel Protheroe – nog wel een kerkvoogd. En maar rondgaan met de collecteschaal en voorlezen uit de bijbel op zondag. "Maar ja," zei ik, "dat zijn vaak de ergsten." Want dat heb ik mijn moeder vaak horen zeggen.'

Gladdie zweeg, geheel buiten adem, en Lawrence probeerde behoedzaam tot het eigenlijke onderwerp terug te keren.

'En heb je nog wat anders gehoord?'

'Nou, het is moeilijk je iets precies te herinneren, Sir. Het was allemaal zo'n beetje hetzelfde. Hij zei een keer of twee: "Dat geloof ik niet." Precies zo. "Wat Haydock ook zegt, ik geloof er niets van." '

'Zei hij dat? "Wat Haydock ook zegt?"'

'Ja, en hij zei dat het een complot was.'

'Heb je de dame helemaal niet horen praten?'

'Alleen op het laatst. Ze moet toen opgestaan zijn en dichter bij het raam gekomen zijn. En ik hoorde wat ze zei, ik werd er koud van. Ik zal het nooit vergeten. "Morgenavond om deze tijd ben je misschien wel dood," zei ze. Het klonk echt gemeen zoals ze het zei. "Daar heb je het al," zei ik tegen Rose, toen ik het nieuws hoorde, "daar heb je het al." '

Lawrence vroeg zich af hoe betrouwbaar Gladdies verhaal was. Hij vermoedde dat het in hoofdzaak wel juist was, maar dat het sinds de moord verfraaid en aangevuld was. Hij twijfelde vooral aan de juistheid van de laatste opmerking. Hij achtte het hoogstwaarschijnlijk dat deze eraan toegevoegd was onder de invloed van de moord.

Hij bedankte Gladys, beloonde haar behoorlijk, verzekerde haar dat Mrs. Pratt er niets van te weten zou komen en verliet Old Hall met een rijke hoeveelheid stof tot nadenken.

Eén ding was duidelijk: het onderhoud van Mrs. Lestrange met kolonel Protheroe was zeker niet vreedzaam geweest en het was iets dat Protheroe voor zijn vrouw verborgen had willen houden.

Ik dacht aan Miss Marples kerkvoogd die een dubbelleven leidde. Was dit net zo'n geval?

Ik vroeg me bovendien steeds meer af wat Haydock hier mee te maken had. Hij had Mrs. Lestrange het getuigen bij het gerechtelijk vooronderzoek al bespaard. Hij had zijn best gedaan haar tegen de politie te beschermen. Hoe ver zou hij die bescherming ten slotte doorvoeren?

Stel dat hij haar van een misdaad verdacht, zou hij dan nog proberen haar te beschermen?

Zij was een eigenaardige vrouw, een vrouw met een zeer

grote charme. Persoonlijk stuitte het mij tegen de borst haar hoe dan ook met de misdaad in verband te moeten brengen.

Iets in mij zei: 'Zij kan het niet zijn!'

Waarom?

En een duiveltje antwoordde: 'Omdat ze een heel mooie en aantrekkelijke vrouw is. Daarom.'

Het is net zoals Miss Marple zegt, we zijn allemaal maar mensen.

20

Toen ik terugkwam in de pastorie ontdekte ik dat wij ons midden in een huiselijke crisis bevonden.

Griselda kwam me in de hal tegemoet en sleepte me met tranen in de ogen naar de salon.

'Ze gaat weg.'

'Wie gaat weg?'

'Mary. Zij heeft opgezegd.'

Deze aankondiging kon ik toch werkelijk niet tragisch opnemen.

'Nou,' zei ik, 'dan zullen we naar een ander dienstmeisje moeten uitzien.'

Dit leek mij een volkomen redelijke opmerking. Wanneer het ene dienstmeisje gaat, tja, dan zoek je een ander. Ik begreep niets van Griselda's verwijtende blik.

'Len, je bent volkomen harteloos. Het kan je kennelijk niets schelen.'

Dat kon het me inderdaad niet. Eigenlijk voelde ik mij bijna opgelucht bij het vooruitzicht nooit meer aangebrande pudding of halfgare groente te moeten eten.

'Nu zal ik moeten uitkijken naar een ander meisje en als ik er een gevonden heb, zal ik haar moeten inwerken,' ging Griselda voort met een stem waaruit diep zelfmedelijden sprak.

'Is Mary ingewerkt?' vroeg ik.

'Natuurlijk is ze dat.'

'Ik veronderstel dat iemand gehoord heeft dat ze ons aansprak met "meneer" of "mevrouw", zei ik, 'en die heeft haar ons toen prompt ontrukt als een toonbeeld van volmaaktheid. Het enige dat ik zeggen kan is dat ze zwaar teleurgesteld zullen zijn.'

'Nee, dat is het niet,' zei Griselda. 'Niemand anders wil haar hebben. Waarom zouden ze ook. Het zijn haar gevoelens. Die zijn gekwetst omdat Lettice Protheroe gezegd heeft dat ze niet fatsoenlijk stof afnam.'

Griselda heeft wel vaker verrassende opmerkingen, maar dit leek me wel zo buitensporig dat ik het in twijfel trok. Het leek me al heel onwaarschijnlijk dat Lettice Protheroe de moeite zou nemen zich met onze huishoudelijke aangelegenheden te bemoeien en ons dienstmeisje haar slonzige werk zou verwijten. Het was helemaal niets voor Lettice en ik zei dat dan ook.

'Ik zie niet in,' zei ik, 'wat ons stof met Lettice Protheroe te maken heeft.'

'Helemaal niets,' zei mijn vrouw. 'Daarom is het ook zo onredelijk. Ga jij nou even met Mary praten. Zij is in de keuken.'

Ik had helemaal geen zin om met Mary te gaan praten over dit onderwerp, maar Griselda, die zeer energiek en vlug is, duwde mij door de tussendeur de keuken in voor ik de kans had hiertegen in opstand te komen.

Mary stond aan de gootsteen aardappelen te schillen.

'Eh... goeiemiddag,' zei ik zenuwachtig.

Mary keek op, maakte een soort snuivend geluid, maar reageerde verder niet.

'Mrs. Clement vertelde me zojuist dat je ons wilt gaan verlaten,' zei ik.

Mary verwaardigde zich hierop te antwoorden.

'Er zijn dingen,' zei ze somber, 'die geen enkel meisje slikken zou.'

'Zou je dat nader willen uitleggen?'

'Wat?'

'Ik bedoel, kun je me eens precies vertellen wat je nu eigenlijk zo overstuur heeft gemaakt?'

'Dat kan ik u in twee woorden vertellen.' Het werden er

wel een paar meer. 'Er zijn mensen die hier achter mijn rug om komen spioneren. Hun neus overal insteken. En wat gaat het háár aan hoe vaak de studeerkamer wordt afgestoft of schoongemaakt? Als u en Mrs. Clement niet klagen, gaat het verder niemand aan. Ik zeg maar, het enige waar het om gaat is dat u tevreden bent met mijn werk.'

Ik ben nog nooit tevreden geweest over Mary. Ik hunker naar een kamer die iedere morgen schoongemaakt en opgeruimd is. Ik vind Mary's methode om de meest in het oog lopende plaatsen, als lage tafels en zo, even een veeg met de stofdoek te geven, hoogst ontoereikend. Ik begreep echter dat het nu geen zin had het over bijzaken te hebben.

'Ik moest toch zeker naar de rechtszitting, niet? Dat was ook wat moois voor een fatsoenlijk meisje als ik, om tegenover een jury van twaalf mannen te staan. En je weet nooit wat ze je kunnen vragen. Ik wil u dit wel vertellen, ik ben nog nooit eerder in een betrekking geweest waar ze een moord hadden en ik wil nooit meer zo'n baan hebben ook.'

'Dat hoop ik ook voor je,' antwoordde ik. 'De wet van het gemiddelde maakt dat overigens hoogst onwaarschijnlijk.'

'Ik hou niet van de wet. Híj was een vrederechter. Hij heeft al heel wat arme bliksems naar de gevangenis gestuurd voor het schieten van een konijn en dat terwijl hij zelf fazanten schiet en weet ik wat niet al. En dan, zelfs vóór hij goed en wel begraven is, komt zijn dochter mij een beetje vertellen dat ik mijn werk niet goed doe.'

'Bedoel je dat miss Protheroe hier geweest is?'

'Ze was hier toen ik terugkwam van Het Blauwe Zwijn. In de studeerkamer. "O," zei ze, "ik zoek mijn gele baret, een soort hoedje, weet je wel. Ik heb het hier een paar dagen geleden laten liggen." "Nou," zei ik toen, "ik heb hier geen hoed gezien. Hij was er ook niet toen ik donderdag de kamer deed." "O," zei ze, "maar ik durf te wedden dat je hem ook niet opgemerkt zou hebben. Je neemt niet veel tijd om een kamer te doen, is het wel?" En mét dat ze dat zegt, veegt ze met haar vinger over de schoorsteenmantel en kijkt ernaar. Alsof ik op zo'n ochtend als vandaag gelegenheid gehad zou hebben om al die prulletjes op te tillen, af te stoffen en weer terug te zetten en dat terwijl de politie pas de avond tevoren de kamer had vrijgegeven. "Als de dominee en zijn vrouw tevreden zijn, dan is dat, denk ik, genoeg, miss," zei ik. En zij lacht, gaat naar buiten door de tuindeur en zegt: "Aha, maar ben je er wel zeker van dat ze dat zijn?" '

'Ik snap het,' zei ik.

'En dat is dat. Een mens heeft tenslotte z'n gevoelens. Ik zou me voor u en Mrs. Clement wel dood willen werken. En als Mrs. Clement weer eens zo'n moderne maaltijd in elkaar wil draaien, sta ik altijd klaar om het te proberen.'

'Daar ben ik van overtuigd,' zei ik sussend.

'Maar ze moet iets gehoord hebben, anders had ze nooit gezegd wát ze gezegd heeft. En als u niet tevreden bent, ga ik net zo lief weg. Niet dat ik me iets aantrek van wat miss Protheroe zegt. Ze mogen haar in de Hall ook niet, dat kan ik u wel zeggen. Nooit eens een "alsjeblieft" of "dank je wel", en dan alles maar links en rechts neersmijten. Nee, ik vind miss Protheroe maar niks, ook al is Dennis weg van haar. Maar zij is echt het soort dat een jongeman om d'r pink kan winden.'

Al die tijd had Mary ogen uit aardappelen zitten pitten met zo'n energie dat ze als hagelstenen door de keuken vlogen. Op dit moment vloog er een in mijn oog en veroorzaakte een korte onderbreking in de conversatie.

'Geloof je ook niet,' zei ik, mijn oog bettend met mijn zakdoek, 'dat je je een belediging, die helemaal niet als zodanig bedoeld was, wel wat erg hebt aangetrokken? Weet je, Mary, het zal mijn vrouw erg spijten je te verliezen.'

'Ik heb niets tegen Mrs. Clement, of tegen u, wat dat betreft.'

'Nou dan, vind je niet dat je je een beetje kinderachtig gedraagt?'

Mary snoof.

'Nou ja, ik was een beetje overstuur, met die rechtszitting en alles. En een mens heeft nou eenmaal z'n gevoelens. Maar ik zou Mrs. Clement niet graag last bezorgen.'

'Goed, dat is dan in orde,' zei ik.

Ik verliet de keuken en zag dat Griselda en Dennis op me stonden te wachten in de hal.

'En?' riep Griselda.

'Ze blijft,' zei ik en zuchtte.

'Len,' zei mijn vrouw, 'wat ben jij toch knap!'

Ik was geneigd het met haar oneens te zijn. Ik was helemaal niet knap geweest. Het is mijn vaste overtuiging dat geen dienstmeisje slechter kan zijn dan Mary. Elke verandering zou naar mijn mening een verbetering geweest zijn. Maar ik vind het nu eenmaal prettig Griselda een genoegen te doen. Ik gaf een opsomming van de bezwaren en klachten die Mary geuit had.

'Echt Lettice,' zei Dennis. 'Zij kan die gele baret van haar hier helemaal niet hebben laten liggen woensdag, want donderdag droeg ze die bij het tennissen.'

'Dat lijkt me zeer waarschijnlijk,' zei ik.

'Ze weet nooit waar ze iets heeft laten liggen,' zei Dennis met een soort vertederde trots en bewondering, die ik volkomen ongemotiveerd vond. 'Ze verliest ongeveer tien dingen per dag.'

'Een buitengewoon aantrekkelijke eigenschap,' merkte ik op.

Dennis merkte mijn sarcasme helemaal niet op.

'Zij ís aantrekkelijk,' zei hij met een diepe zucht. 'Er zijn altijd mannen die haar ten huwelijk vragen, ze heeft het me zelf gezegd.'

'Dat moeten dan onwettige aanzoeken zijn, als ze tenminste hier op het dorp gedaan worden,' merkte ik op. 'Er is hier geen enkele vrijgezel.'

'Je vergeet dr. Stone,' zei Griselda, met dansende pretlichtjes in haar ogen.

'Hij heeft haar een paar dagen geleden gevraagd zijn grafheuvel te komen bezichtigen,' gaf ik toe.

'Natuurlijk deed hij dat,' zei Griselda. 'Zij is aantrekkelijk, Len. Zelfs een kaalhoofdige archeoloog kan dat voelen.'

'Ze heeft een boel sex-appeal,' zei Dennis eigenwijs.

En toch is Lawrence Redding volmaakt ongevoelig voor

haar charme. Griselda gaf hiervoor echter een verklaring met de zekerheid van iemand die weet dat ze gelijk heeft.

'Kijk, Lawrence heeft zelf een flinke dosis sex-appeal. En dat soort houdt meer van – hoe zal ik het zeggen – van het Quaker-type. Zeer ingetogen en schroomvallig. Het type vrouw dat iedereen koel noemt. Ik geloof dat Anne de enige vrouw is die Lawrence ooit zou kunnen boeien. Ik geloof niet dat ze ooit genoeg van elkaar zouden krijgen. Evengoed geloof ik dat hij in een bepaald opzicht dom is geweest. Hij heeft nogal wat tijd doorgebracht met Lettice. Ik heb zo'n idee dat het nooit bij hem is opgekomen dat zij iets voor hem kon voelen. Hij is in sommige opzichten heel bescheiden. Maar ik kan het gevoel niet van me afzetten dat ze dat wel doet.'

'Ze kan hem niet uitstaan,' zei Dennis zeer beslist. 'Zij heeft het me gezegd.'

Ik heb nog nooit iets zo welsprekends meegemaakt als de medelijdende stilte waarmee Griselda deze mededeling ontving.

Ik ging naar mijn studeerkamer. Er hing voor mijn gevoel nog steeds een akelige sfeer in die kamer. Ik wist dat ik dit moest overwinnen. Als ik eraan toegaf, zou ik de kamer naar alle waarschijnlijkheid nooit meer gebruiken. Ik liep nadenkend naar de schrijftafel. Hier had Protheroe gezeten, met zijn rode kop, kerngezond, eigengereid, en hier was hij geveld. Hier, waar ik nu stond, had een vijand gestaan.

En dus... afgelopen met Protheroe.

Hier was de pen die zijn vingers hadden vastgehouden.

Op de vloer was vaag een donkerder plek te zien. Het vloerkleed was naar de stomerij geweest, maar het bloed was erdoorheen gedrongen.

Ik rilde.

'Ik kan deze kamer niet gebruiken,' zei ik hardop. 'Ik kan hem niet meer gebruiken.'

Toen zag ik opeens iets: een klein blauw vlekje. Ik bukte me. Onder de schrijftafel lag een klein voorwerp. Ik raapte het op.

Ik stond ernaar te staren, zoals het daar in de palm van mijn hand lag, toen Griselda binnenkwam.

'Ik vergat het je te vertellen, Len. Miss Marple zou graag willen dat we vanavond na het eten bij haar kwamen. Om haar neef te amuseren. Ze is bang dat hij zich verveelt. Ik heb beloofd dat we zouden komen.'

'Goed, liefje.'

'Waar kijk je naar?'

'Nergens naar.'

Ik sloot mijn hand, en mijn vrouw aankijkend merkte ik op: 'Als jij Mr. Raymond West niet kunt amuseren, dan moet het wel moeilijk zijn hem tevreden te stellen.'

Mijn vrouw antwoordde: 'Doe niet zo belachelijk, Len,' en bloosde.

Ze ging weer weg en ik opende mijn hand.

In de palm van mijn hand lag een blauwe lapis lazuli oorbel, bezet met pareltjes.

Het was een nogal ongewoon kleinood en ik wist heel goed waar ik het voor het laatst gezien had.

21

Ik kan niet beweren dat ik ooit een grote bewondering gekoesterd heb voor Mr. Raymond West. Ik weet dat hij de reputatie heeft een uitstekend, ja, briljant romanschrijver te zijn en hij heeft ook naam verworven als dichter. Zijn gedichten bevatten geen hoofdletters, wat geloof ik het toppunt van modernisme is. Zijn boeken behandelen meestal de weergaloos saaie levens van hoogst onaangename lieden.

Hij heeft een zekere genegenheid voor 'tante Jane', die hij in haar aanwezigheid een 'fossiel' noemt. Zij luistert naar zijn gepraat met vleiende belangstelling en als er al een geamuseerde flikkering in haar ogen blinkt, dan merkt hij er in ieder geval niets van.

Hij was prompt dol op Griselda en liet dat duidelijk merken. Zij bespraken moderne toneelstukken en gingen toen over op moderne binnenhuisarchitectuur. Griselda doet wel alsof zij Raymond West wat belachelijk vindt, maar toch geloof ik dat zijn conversatie haar wel boeit.

Gedurende mijn (saaie) conversatie met Miss Marple hoorde ik hem herhaaldelijk de woorden 'hier in dit gat' gebruiken.

Ten slotte begon dit me te irriteren. Ik zei plotseling: 'Ik geloof dat u denkt dat wij hier van alles verstoken zijn?'

Raymond maakte een handbeweging. 'Ik beschouw St. Mary Mead als een stilstaand watertje,' zei hij autoritair.

Hij keek ons aan, er kennelijk op voorbereid dat wij gebelgd zouden zijn over deze bewering, maar enigermate tot zijn teleurstelling toonde niemand enige ergernis.

Miss Marple zei kittig: 'Dat is geen erg geslaagde vergelijking, beste Raymond. Ik geloof dat er niets zo vol leven zit onder een microscoop bekeken als juist een druppel water uit een stilstaande poel.'

'Leven, van een bepaald soort,' gaf de schrijver toe.

'Het is in werkelijkheid allemaal wel zo'n beetje hetzelfde, niet?' vroeg Miss Marple.

'Wilt u uzelf vergelijken met een wezen uit een stilstaande poel, tante Jane?'

'Beste jongen, is dat niet een uitdrukking die je zelf in een van je laatste boeken gebruikte?'

Geen enkel knap jongmens houdt ervan dat men zijn eigen werk tegen hem gebruikt. Raymond West vormde hierop geen uitzondering.

'Dat was heel iets anders,' snauwde hij.

'Het leven is welbeschouwd overal zo'n beetje hetzelfde,' zei Miss Marple met haar kalme stem. 'Men wordt geboren, groeit op, komt in contact met andere mensen, en dan komt het huwelijk en de kleine kindertjes.'

'En ten slotte de dood,' zei Raymond West. 'En niet altijd de dood met een doktersattest. Ook wel de geestelijke dood.'

'Over dood gesproken,' zei Griselda. 'Weet u dat we hier met een moord te maken gehad hebben?'

Raymond West wuifde de moord weg met zijn sigaret.

'Moord is zo grof,' zei hij. 'Ik heb er geen belangstelling voor.'

Die bewering geloofde ik geen ogenblik. Iedereen is geïnteresseerd in moord. Gewone mensen, zoals Griselda en ik, willen dat wel toegeven ook, maar iemand als Raymond West moet altijd voorwenden dat zoiets hem alleen maar verveelt – tenminste de eerste vijf minuten.

Miss Marple verraadde haar neef echter door te zeggen: 'Raymond en ik hebben gedurende het hele diner over niets anders gesproken.'

'Ik heb altijd veel belangstelling voor het plaatselijke nieuws,' zei Raymond haastig, en hij glimlachte vriendelijk en toegevend naar Miss Marple.

'Hebt u ook een theorie, Mr. West?' vroeg Griselda.

'Logischerwijs,' zei Raymond West, alweer met zijn sigaret wuivend, 'is er maar één persoon die Protheroe gedood zou kunnen hebben.'

'Ja?' zei Griselda.

Wij hingen aan zijn lippen.

'De dominee,' zei Raymond, met een beschuldigende vinger naar mij wijzend.

Mijn adem stokte.

'Natuurlijk weet ik dat u het niet gedaan hebt,' stelde hij mij gerust. 'Het leven is nooit zoals het zou moeten zijn. Maar wat dramatisch – en toepasselijk – kerkvoogd vermoord in de pastorie door de dominee. Prachtig!'

'En het motief?' vroeg ik.

'O, dat is interessant.' Hij ging rechtop zitten en liet zelfs zijn sigaret uitgaan. 'Minderwaardigheidscomplex, denk ik. Mogelijk te veel remmingen. Ik zou er graag een verhaal over schrijven. Verbazend gecompliceerd. Week in week uit, jarenlang, heeft hij de man gezien, op kerkenraadsvergaderingen, de uitstapjes van de koorknapen, rondgaand met het collectezakje, dat hij dan ook nog naar het altaar brengt. Altijd heeft hij een hekel aan de man gehad en altijd weer verbergt hij dat. Dat gevoel is onchristelijk en hij moedigt het dan ook niet aan. En zo woekert het heimelijk verder en op een dag...'

Hij maakte hier een veelbetekenend gebaar.

Griselda wendde zich tot mij. 'Heb jij ooit zulke gevoelens gekoesterd, Len?'

'Nooit,' zei ik waarheidsgetrouw.

'En toch hoorde ik dat u hem niet zo lang geleden naar de andere wereld gewenst hebt,' zei Miss Marple.

Die ellendige Dennis! Maar ja, mijn eigen schuld. Dan had ik die opmerking maar niet moeten maken.

'Ik vrees dat ik dat inderdaad gedaan heb,' zei ik. 'Het was natuurlijk een heel domme opmerking, maar ik had ook zo'n verschrikkelijk vermoeiende ochtend achter de rug met hem.'

'Dat is een teleurstelling,' zei Raymond West. 'Want als u in uw onderbewustzijn van plan zou zijn geweest hem van kant te maken, dan zou u die opmerking nooit gemaakt hebben.'

Hij zuchtte.

'Mijn hele theorie vervalt hiermee. Dit is waarschijnlijk een heel gewone moord: een wraakzuchtige stroper of zoiets.'

'Miss Cram was hier vanmiddag,' zei Miss Marple. 'Ik ontmoette haar in het dorp en vroeg of zij mijn tuin eens zou willen zien.'

'Houdt ze van tuinen?' vroeg Griselda.

'Ik geloof het niet,' zei Miss Marple met pretoogjes. 'Maar het geeft je een heel nuttig excuus voor een praatje, vind je niet?'

'Wat denkt u van haar?' vroeg Griselda. 'Ik geloof niet dat ze zo kwaad is.'

'Ze heeft mij uit eigen beweging een heleboel verteld, werkelijk een heleboel,' zei Miss Marple. 'Over zichzelf en over haar familie. Zij schijnen allemaal dood te zijn of in India te wonen. Erg triest. En wat ik zeggen wilde, zij is dit weekend op Old Hall.'

'Wat?'

'Ja, het schijnt dat Mrs. Protheroe haar gevraagd heeft, of zij had het Mrs. Protheroe voorgesteld, ik weet echt niet meer precies hoe het ook weer zat. Ze zou wat schrijfwerk voor haar doen: er zijn nogal wat brieven te beantwoorden. En dat kwam goed uit. Dr. Stone is er niet en dus had ze toch niets te doen. Wat een opwinding heeft die grafheuvel al veroorzaakt.'

'Stone?' vroeg Raymond. 'Is dat die archeoloog?'

'Ja, hij wil hier een grafheuvel blootleggen. Op het landgoed van Protheroe.'

'Hij is goed,' zei Raymond. 'Buitengewoon enthousiast over zijn werk. Ik heb hem onlangs tijdens een diner ontmoet en we hebben een heel interessant gesprek gehad. Ik moet hem eens opzoeken.'

'Jammer genoeg is hij net naar Londen vertrokken voor het weekend,' zei ik. 'Je bent vanmiddag nog tegen hem opgebotst bij het station.'

'Ik ben tegen u opgebotst. Er was een dik, klein mannetje bij u, met een bril op.'

'Ja, dr. Stone.'

'Mijn goeie man, dat was Stone niet.'

'Was dat Stone niet?'

'Niet de archeoloog. Die ken ik heel goed. Die man was Stone niet: hij leek zelfs niet op hem.'

Wij keken elkaar aan. En ik keek heel speciaal naar Miss Marple.

'Ongelooflijk,' zei ik.

'De koffer,' zei Miss Marple.

'Maar waarom?' vroeg Griselda.

'Dat doet me denken aan een man die overal voorgaf controleur van de gasfabriek te zijn,' mompelde Miss Marple. 'Die heeft toen een aardige buit binnengehaald.'

'Een oplichter,' zei Raymond West. 'Nou, dit is werkelijk interessant.'

'De kwestie is, heeft hij iets met de moord uit te staan?' zei Griselda.

'Dat is niet gezegd,' zei ik. 'Maar...'

Ik keek naar Miss Marple.

'Dit is een heel eigenaardige zaak,' zei ze. 'Alweer een heel eigenaardige zaak.'

'Ja,' zei ik. 'Ik vind dat inspecteur Slack onmiddellijk van deze ontwikkeling op de hoogte gesteld moet worden.'

22

Inspecteur Slacks instructies waren, toen ik hem aan de telefoon kreeg, kort en nadrukkelijk. Er mocht niets 'uitlekken'. En in het bijzonder mocht miss Cram geen argwaan krijgen. Intussen zou er een onderzoek worden ingesteld naar de koffer, in de buurt van de grafheuvel.

Griselda en ik keerden naar huis terug, heel opgewonden over deze nieuwe ontwikkeling. We konden er niet over praten met het oog op Dennis, want we hadden inspecteur Slack beloofd er met geen woord over te reppen.

Maar Dennis bleek vol te zijn van zijn eigen problemen. Hij kwam in mijn studeerkamer en zat overal aan, schuifelde met zijn voeten en zag eruit of hij het heel moeilijk had.

Ten slotte zei ik: 'Wat is er, Dennis?'

'Oom Len, ik wil niet naar zee.'

Ik was stomverbaasd. Tot nu toe was de jongen er zo zeker van geweest wat hij wilde gaan doen.

'En dat wou je zo graag.'

'Ja, maar ik ben van gedachten veranderd.'

'Wat wil je dan gaan doen?'

'Ik wil in geldzaken gaan.'

Ik verbaasde me hoe langer hoe meer.

'Wat bedoel je, in geldzaken?'

'Net wat ik zeg, ik wil naar de City.'

'Maar beste jongen, ik ben ervan overtuigd dat dat leven je niet zou bevallen. Zelfs als ik je een betrekking bij een bank kon bezorgen...'

Dennis zei dat hij dat niet bedoelde. Hij wilde helemaal niet bij een bank gaan werken. Ik vroeg hem wat hij dan wel bedoelde en zoals ik al vermoed had, wist de jongen dat niet precies.

'In geldzaken gaan' betekende voor hem gauw rijk worden, en in zijn jeugdige overmoed dacht hij dat je dat beslist werd, als je maar 'naar de City' ging. Ik probeerde hem zo vriendelijk mogelijk van dit waanidee te genezen.

'Wat heeft je op die gedachte gebracht?' vroeg ik. 'Je was

altijd zo ingenomen met het idee naar zee te gaan.'

'Dat weet ik wel, oom Len, maar ik heb eens nagedacht. Op een goede dag zal ik willen trouwen... en, ik bedoel, wel, je moet rijk zijn om met een meisje te kunnen trouwen.'

'De feiten zijn in tegenspraak met je theorie,' zei ik.

'Dat weet ik, maar een écht meisje, ik bedoel een meisje dat gewend is aan een goed leven, aan mooie dingen.'

Het was erg vaag, maar ik dacht wel dat ik hem begreep.

'Weet je,' zei ik vriendelijk, 'niet alle meisjes zijn net zo als Lettice Protheroe.'

Hij vloog onmiddellijk op.

'U bent heel onbillijk tegenover haar. U mag haar niet en Griselda ook niet. Zij vindt haar vervelend.'

Van een vrouwelijk standpunt bezien heeft Griselda groot gelijk. Lettice ís vervelend. Ik kon me echter heel goed voorstellen dat een jongeman deze kwalificatie beledigend zou vinden.

'Als de mensen toch maar eens wat toegeeflijker waren. Zelfs de Hartley Napiers lopen over haar te mopperen en dat nog wel onder deze omstandigheden! Alleen maar omdat ze wat vroeger is weggegaan van het tennissen. Waarom zou ze blijven als ze zich verveelde? Verdraaid netjes van haar dát ze er nog heengegaan was, zou ik zo zeggen.'

'Ja, dat was een hele gunst,' zei ik, maar Dennis had niet in de gaten dat ik hem plaagde. Hij was vol van zijn eigen grieven.

'Zij is werkelijk heel onbaatzuchtig. Ze liet mij nota bene blijven. Ik wou natuurlijk ook weggaan. Maar daar wilde ze niets van horen. Ze zei dat dat voor de Napiers heel vervelend zou zijn. Dus om haar te plezieren ben ik toen nog een kwartier gebleven.'

Jonge mensen schijnen een heel eigenaardige opvatting te hebben over onbaatzuchtigheid.

'En nu hoor ik dat Susan Hartley Napier overal rondvertelt dat Lettice slechte manieren heeft.'

'Als ik jou was,' zei ik, 'zou ik me daar maar niet al te druk over maken.'

'Dat is allemaal goed en wel, maar...' Hier brak hij zijn zin af. 'Ik zou... ik zou alles voor Lettice willen doen.'

'Er zijn er maar weinigen onder ons die iets voor een ander kunnen doen,' merkte ik op. 'Hoe graag we dat ook zouden willen. Meestal zijn we machteloos.'

'Ik wou dat ik dood was,' zei Dennis.

Arme kerel. Kalverliefde is een kwaadaardige ziekte. Ik maakte maar niet de gebruikelijke en voor de patiënt meestal hoogst irritante opmerkingen en wenste hem in plaats daarvan welterusten, waarna ik zelf ook naar bed ging.

De volgende morgen leidde ik de kerkdienst van acht uur en vond bij mijn terugkomst Griselda aan de ontbijttafel met een brief in haar hand. Hij bleek afkomstig te zijn van Anne Protheroe.

> Lieve Griselda. Als jij en de dominee vandaag hier zouden willen komen lunchen, zou ik dat zeer op prijs stellen. Er is iets heel vreemds gebeurd waarover ik graag Mr. Clements advies zou willen hebben. Praat hier niet over als je komt, alsjeblieft, want ik heb er niemand iets van gezegd. Met hartelijke groeten,
>
> je toegenegen Anne Protheroe

'Wij moeten natuurlijk gaan,' zei Griselda.

Ik stemde toe.

'Ik vraag me af wat er gebeurd kan zijn.'

Dat vroeg ik me ook af. 'Weet je,' zei ik, 'ik heb zo'n gevoel dat we nog lang niet aan het einde van deze zaak zijn.'

'Je bedoelt, daar zijn we pas als er eindelijk iemand echt gearresteerd is?'

'Nee, dat bedoel ik niet. Ik bedoel dat er aftakkingen en onderstromen zijn waarvan wij niets weten. Er moeten nog heel wat punten opgehelderd worden voor we bij de waarheid zijn.'

'Je bedoelt eigenlijk punten van ondergeschikt belang, die een oplossing in de weg staan?'

'Ja, ik geloof dat dat mijn bedoeling wel juist weergeeft.'

‘Ik vind dat we er allemaal erg veel drukte over maken,’ zei Dennis, terwijl hij zich nog eens van de marmelade bediende. ‘Ik vind het best dat de oude Protheroe dood is. Niemand mocht hem. O, ik weet wel dat de politie zich er druk over moet maken, dat is hun werk. Maar toch hoop ik dat ze er nooit achter komen. Ik zou het rot vinden als Slack promotie maakte en voortaan hier zou rondwandelen als een kalkoense haan, opgeblazen van trots over zijn eigen knapheid.’

Ik ben menselijk genoeg om te bekennen dat ik deze gevoelens over een eventuele promotie van Slack kon delen.

Een man die voortdurend iedereen tegen zich in het harnas jaagt, kan nu eenmaal niet verwachten dat hij populair is. ‘En dokter Haydock denkt er net zo over als ik,’ vervolgde Dennis. ‘Hij zou een moordenaar nooit aan Justitie overleveren. Dat heeft hij zelf gezegd.’

Ik geloof dat dat het gevaar van Haydocks opvattingen is. Misschien zijn zij op zichzelf wel goed – het is niet aan mij dat te beoordelen – maar jonge, onervaren mensen krijgen er een heel verkeerde indruk van en ik weet zeker dat Haydock de laatste zou zijn die dat zou willen.

Griselda keek naar buiten en merkte op dat er weer verslaggevers in de tuin liepen.

‘Ze maken zeker weer foto’s van de tuindeuren van de studeerkamer,’ zei ze met een zucht.

We hadden al heel wat van die lui te lijden gehad. Eerst was er de nieuwsgierigheid uit het dorp. Iedereen had voor het huis staan gapen. Daarna kwamen de verslaggevers, gewapend met camera’s, en natuurlijk was het hele dorp weer present om de verslaggevers aan te gapen. Ten slotte waren we verplicht geweest een politieman uit Much Benham te laten posten bij de tuindeur.

‘Nou ja,’ zei ik, ‘morgen is de begrafenis. Daarna zal al die opwinding wel over zijn.’

Toen we op Old Hall aankwamen, merkte ik dat ook daar een paar verslaggevers rondhingen. Zij stelden mij weer verschillende vragen, waarop ik onveranderlijk antwoordde dat ik niets te zeggen had.

De butler bracht ons naar de salon, waar we als enige aanwezige miss Cram aantroffen die zich kennelijk kostelijk amuseerde.

'Dit is een verrassing, niet?' zei ze, terwijl wij elkaar de hand schudden. 'Ik zou zoiets nooit voor mogelijk gehouden hebben, maar het was erg vriendelijk van Mrs. Protheroe, vindt u niet? En het is natuurlijk niet zoals het hoort als een jonge vrouw helemaal alleen in Het Blauwe Zwijn logeert, met al die verslaggevers en zo. En tenslotte heb ik mezelf hier heel nuttig kunnen maken. In een tijd als deze kan men heus wel een secretaresse gebruiken en miss Protheroe doet natuurlijk niets.'

Ik vond het grappig dat ze nog steeds jaloers was op Lettice, maar miss Cram was kennelijk wel een warme aanhangster van Anne geworden. Terzelfder tijd vroeg ik me af of dat verhaal over haar komst hier wel met de waarheid overeenstemde. Volgens haar was het initiatief uitgegaan van Anne, maar ik vroeg me af of dat echt zo was. Misschien had ze zelf wel het initiatief genomen door op te merken dat ze het niet erg prettig vond alleen in Het Blauwe Zwijn te blijven. Hoewel ik de juistheid van haar bewering dus niet helemaal in twijfel wilde trekken, had ik toch zo het idee dat zij in dit opzicht niet helemaal waarheidsgetrouw was geweest.

Op dat moment kwam Anne Protheroe de kamer binnen.

Zij was stemmig in het zwart gekleed. Zij had een zondagsblad in haar hand, dat zij mij met een treurige blik overhandigde.

'Ik heb helemaal geen ervaring met dit soort dingen. Het is wel afgrijselijk, niet? Ik sprak een verslaggever bij de rechtszitting. Ik vertelde hem alleen maar dat ik erg overstuur was en niets te zeggen had en toen vroeg hij mij of ik niet graag de moordenaar van mijn man wilde vinden en ik zei ja. En toen vroeg hij of ik enige verdenking koesterde en ik zei nee. Daarna stelde hij de vraag of ik niet van mening was dat de moordenaar bekend moest zijn met de plaatselijke omstandigheden en ik zei dat het daar wel op leek. Dat was alles. En nu moet u dit eens zien!'

In het midden van de pagina prijkte een foto – kennelijk minstens tien jaren geleden genomen – de hemel mag weten waar zij die opgedoken hadden.

Er waren grote koppen.

WEDUWE VERKLAART NIET TE ZULLEN RUSTEN ALVORENS DE MOORDENAAR VAN HAAR ECHTGENOOT TE HEBBEN OPGESPOORD

Mrs. Protheroe, de weduwe van de vermoorde, is ervan overtuigd dat de moordenaar in het dorp zelf gezocht moet worden. Zij heeft haar vermoedens, maar geen zekerheid. Zij verklaarde door verdriet overmand te zijn, maar herhaalde dat ze vastbesloten was de moordenaar op te sporen.

'Dat lijkt helemaal niet op wat ik gezegd heb, vindt u wel?' vroeg Anne.

'Ik zou zeggen dat het nog erger had kunnen zijn,' zei ik, terwijl ik de krant teruggaf.

'Wat zijn die lui toch onbeschaamd,' zei miss Cram. 'Ik zou een van die lui weleens willen zien proberen iets uit mij te krijgen.'

De lunch werd aangekondigd en we gingen naar binnen. Lettice kwam pas halverwege de maaltijd binnen en gleed op de lege plaats met een glimlach voor Griselda en een knikje voor mij. Om persoonlijke redenen hield ik haar nauwkeurig in het oog, maar zij leek hetzelfde vage schepseltje van altijd. Buitengewoon knap, dat moest ik eerlijk toegeven. Zij droeg nog steeds geen rouwkleding, maar was gekleed in het zachtgroen, wat de teerheid van haar teint goed deed uitkomen.

Nadat wij koffie gedronken hadden, zei Anne rustig: 'Ik wil eens even praten met de dominee. Ik neem hem nu mee naar mijn zitkamer.'

Eindelijk zou ik dan de reden van de uitnodiging vernemen. Ik stond op en volgde haar de trap op. Zij wachtte even bij de kamerdeur. Toen ik wat zeggen wou, hield ze haar hand op om me daarvan te weerhouden. Ze bleef luisteren en keek in de richting van de hal. 'Goed. Ze gaan de tuin in. Nee, gaat u daar niet binnen. We kunnen rechtstreeks naar boven gaan.'

Tot mijn verbazing voerde zij mij door de gang naar het einde van de vleugel. Hier bevond zich een tweede trap, eigenlijk niet meer dan een ladder die naar de verdieping erboven leidde. Zij beklom de trap en ik volgde. We kwamen in een stoffige, met planken beschoten gang. Anne opende een deur en bracht mij in een groot, duister zoldervertrek, dat klaarblijkelijk gebruikt werd als rommelkamer. Er stonden daar koffers, oude kapotte meubels, een stapeltje schilderijen en verder de gebruikelijke rommel.

Mijn verbazing was zo zichtbaar dat zij glimlachte.

'Ik zal het eerst even uitleggen. Ik slaap op het moment erg licht. De afgelopen nacht – of liever, vanochtend om ongeveer drie uur – was ik ervan overtuigd dat er iemand door het huis liep. Eerst luisterde ik een tijdje, maar ik stond ten slotte op en ging de kamer uit. Toen ik op de gang was realiseerde ik mij dat het geluid niet van beneden maar van boven kwam. Ik liep door tot onder aan deze trap. Weer meende ik geluid te horen. Ik riep naar boven: "Is daar iemand?" Maar ik kreeg geen antwoord en hoorde verder niets, zodat ik aannam dat mijn zenuwen mij parten gespeeld hadden en ik weer naar bed ging.

Vanmorgen vroeg ben ik echter toch een kijkje gaan nemen, zuiver uit nieuwsgierigheid. En ik vond dit!'

Zij bukte zich en draaide een schilderij om, dat tegen de muur stond, met de achterkant naar ons toegekeerd.

Mijn adem stokte van verbazing. Het schilderij was kennelijk een olieverfportret, maar het gezicht was op zo'n woeste manier met een mes bewerkt dat het volkomen onherkenbaar was. Bovendien was het duidelijk dat de messneden vers waren.

'Ongelooflijk!' zei ik.

'Vindt u ook niet? Vertelt u nu eens of u daar een uitleg voor kunt bedenken?'

Ik schudde mijn hoofd.

'Er spreekt een soort wilde haat uit,' zei ik, 'die me niet bevalt. Het ziet eruit alsof het gedaan is in een aanval van razernij.'

'Precies wat ik dacht.'

'Wiens portret is het?'

'Ik heb niet het flauwste idee. Ik heb het nooit eerder gezien. Al deze dingen waren hier toen ik met Lucius trouwde en hier kwam wonen. Ik heb ze nooit bekeken.'

'Ongelooflijk!' zei ik weer.

Ik bukte me om de andere schilderijen te bekijken. Het was zo ongeveer wat men kon verwachten daar te vinden: wat middelmatige landschappen, wat goedkoop ingelijste reproducties en wat oleografieën.

Er was verder niets dat ons op weg kon helpen. Er stond een grote, ouderwetse koffer met de initialen EP erop. Ik tilde de deksel op. Hij was leeg. En er was verder niets op zolder dat een aanwijzing opleverde.

'Het is een heel vreemd voorval,' zei ik. 'Het is zo... zo zinloos.'

'Ja,' zei Anne. 'Het maakt me wel een beetje bang.'

Er was verder niets meer te zien. Ik begeleidde haar naar haar zitkamer, waarvan zij de deur sloot.

'Vindt u dat ik er wat aan moet doen? De politie waarschuwen of zo?'

Ik aarzelde.

'Zo op het eerste gezicht is het moeilijk te zeggen of...'

'Het iets met de moord te maken heeft of niet,' maakte Anne de zin af. 'Ik weet het. Dat maakt het zo moeilijk. Je zou zeggen dat er geen enkel verband kan bestaan.'

'Nee,' zei ik. 'Maar het is alweer zo'n eigenaardige zaak.'

We zaten beiden zonder iets te zeggen.

'Wat zijn uw plannen, als ik vragen mag?'

Zij keek op.

'Ik blijf hier nog minstens zes maanden wonen!' Zij zei dit enigszins uitdagend. 'Ik zou het liever niet doen. Ik haat het idee zelfs. Maar ik geloof niet dat mij een andere keuze overblijft. Anders gaan de mensen nog zeggen dat ik gevlucht ben, dat ik een schuldig geweten heb.'

'Och welnee.'

'O jawel. Speciaal wanneer...' Haar stem stokte even en toen zei ze: 'Als die zes maanden voorbij zijn, ga ik trouwen met Lawrence.' Haar ogen ontmoetten de mijne. 'Geen van ons beiden wil langer wachten.'

'Ik nam wel aan dat dat gebeuren zou,' zei ik.

Plotseling kon ze zich niet langer goedhouden en verborg haar gezicht in haar handen.

'U weet niet hoe dankbaar ik u ben. Dat kunt u niet beseffen. Wij hadden afscheid genomen en hij zou weggaan. Ik vind... ik heb nu niet zo'n akelig gevoel na Lucius' dood. Als we plannen hadden gemaakt om samen weg te gaan en hij was dan gestorven, dan zou het nu verschrikkelijk geweest zijn. Maar u liet ons inzien hoe verkeerd dat zou zijn. Daarom ben ik zo dankbaar.'

'Ik ben ook dankbaar,' zei ik ernstig.

'Maar dat neemt niet weg, weet u' – en ze ging weer rechtop zitten – 'dat men, tenzij de werkelijke moordenaar gevonden wordt, altijd zal blijven denken dat Lawrence het gedaan heeft. O ja, dat zullen ze zeker. En vooral als ik met hem trouw.'

'Mijn beste Mrs. Protheroe, dokter Haydocks getuigenverklaring liet er geen twijfel over bestaan...'

'Wat kan de mensen een getuigenverklaring schelen? Daar weten ze niet eens iets van. En een medische getuigenverklaring betekent voor buitenstaanders helemaal niets. Dat is nog een reden waarom ik nog een poosje hier blijf, Mr. Clement. Ik zal de waarheid vinden.'

Haar ogen bliksemden, terwijl zij sprak. Zij voegde eraan toe: 'Dat is de reden waarom ik dat meisje hier uitnodigde.'

'Miss Cram?'

'Ja.'

'Dus u hebt haar uitgenodigd. Ik bedoel, het was uw idee?'

'Helemaal. O, ze had wel een beetje gejammerd. Bij de rechtszitting... Ze was daar toen ik aankwam. Nee, ik heb haar wel degelijk met opzet uitgenodigd.'

'Maar u denkt toch niet serieus dat dat domme gansje iets met die moord te maken kan hebben?'

'Het is erg makkelijk om dom te lijken, Mr. Clement. Dat is werkelijk heel gemakkelijk.'

'Dus u denkt echt...'

'Nee, dat doe ik niet. Eerlijk niet. Maar wat ik wel denk, is dat dat meisje iets weet, of zou kunnen weten. En ik wilde haar van nabij gadeslaan.'

'En dezelfde nacht dat zij hier komt wordt dat schilderij kapotgesneden,' zei ik nadenkend.

'Denkt u dat zij dat gedaan heeft? Maar waarom? Het lijkt zo volkomen dwaas en onmogelijk.'

'Mij lijkt het volkomen dwaas en onmogelijk dat uw echtgenoot in mijn studeerkamer vermoord werd,' zei ik bitter. 'Maar toch is het gebeurd.'

'Ik weet het.' Ze legde haar hand op mijn arm. 'Het is vreselijk voor u. Ik begrijp het best, hoewel ik er niet veel over gezegd heb.'

Ik nam de lapis lazuli oorbel uit mijn zak en liet haar die zien.

'Is die niet van u?' vroeg ik.

'O, ja!' Ze hield haar hand op, met een verheugde glimlach. 'Waar hebt u die gevonden?'

Maar ik legde het kleinood niet in haar hand.

'Zou u het erg vinden,' vroeg ik, 'als ik hem nog wat langer houd?'

'O, natuurlijk, zoals u wilt.' Zij keek wat verbaasd en tevens vragend. Ik bevredigde haar nieuwsgierigheid niet. In plaats daarvan vroeg ik haar hoe zij er financieel voorstond. 'Het is een nogal onbeschaamde vraag,' zei ik, 'maar hij is heus niet als zodanig bedoeld.'

'Ik vind het helemaal geen onbeschaamde vraag. U en Griselda zijn de beste vrienden die ik hier heb. En die grappige oude Miss Marple mag ik ook wel. Lucius zat er warmpjes bij. Hij heeft de nalatenschap ongeveer gelijk verdeeld tussen mij en Lettice. Ik krijg Old Hall, maar Lettice mag genoeg meubels uitkiezen om een klein huis te meubileren en om de zaak wat gelijk te maken krijgt zij nog een aparte som geld om zo'n huisje te kopen.'

'Weet u ook wat haar plannen zijn?'

Anne maakte een grappige grimas.

'Ze heeft ze mij niet toevertrouwd. Ik neem aan dat ze hier in ieder geval zo gauw mogelijk vandaan gaat. Zij houdt niet van me, heeft dat nooit gedaan. Het zal mijn schuld wel zijn, al heb ik echt altijd geprobeerd haar fatsoenlijk te behandelen. Maar ik veronderstel dat elk jong meisje een zekere wrok koestert tegen een jonge stiefmoeder.'

'Houdt u van haar?' vroeg ik botweg.

Zij antwoordde niet direct, wat mij ervan overtuigde dat Anne Protheroe een eerlijke vrouw is.

'In het begin hield ik wel van haar,' zei ze. 'Ze was zo'n mooi kind. Maar nu voel ik niet zoveel meer voor haar. Ik weet niet waarom. Misschien omdat zij niet van mij houdt. Ik vind het nu eenmaal prettig wanneer men van mij houdt, snapt u?'

'Dat vinden we allemaal,' zei ik, en Anne Protheroe glimlachte.

Ik wilde nog proberen onder vier ogen met Lettice Protheroe te spreken. Dat lukte me gemakkelijk genoeg, toen ik haar in de verder lege salon aantrof. Griselda en Gladys Cram waren in de tuin.

Ik ging naar binnen en sloot de deur.

'Lettice,' zei ik, 'ik wil ergens met je over praten.'

Ze keek onverschillig op.

'Ja?' zei ze.

Ik had van tevoren overlegd wat ik zou zeggen. Ik hield mijn hand met de lapis lazuli oorbel op en vroeg kalm: 'Waarom heb je die in mijn studeerkamer laten vallen?'

Een ogenblik zag ik haar verstijven, maar ze herstelde zich zo snel, dat ik er nauwelijks op zou hebben durven zweren dat ik het gezien had. Toen zei ze onverschillig: 'Ik heb niets in uw studeerkamer laten vallen. Die is niet van mij. Hij is van Anne.'

'Dat weet ik,' zei ik.

'Nou, waarom vraagt u het dan aan mij? Anne moet hem hebben laten vallen.'

'Mrs. Protheroe is sinds de moord maar eenmaal in mijn werkkamer geweest en toen was ze in het zwart gekleed, dus is het niet erg waarschijnlijk dat ze blauwe oorbellen droeg.'

'Dan heeft ze hem zeker eerder verloren,' zei Lettice. En ze voegde eraan toe: 'Dat lijkt me nogal logisch.'

'Het is heel erg logisch,' zei ik. 'Je herinnert je zeker niet wanneer je stiefmoeder deze oorbellen voor het laatst droeg?'

'O!' Ze keek me aan met een verbaasde blik vol vertrouwen. 'Is het erg belangrijk?'

'Dat zou kunnen,' zei ik.

'Ik zal proberen het me te herinneren.' Ze zat daar met gefronste wenkbrauwen. Lettice Protheroe zag er nooit liever uit dan op dat ogenblik. 'O, ja,' zei ze plotseling. 'Ik herinner het me nu, ze had ze donderdag in.'

'Donderdag,' zei ik langzaam, 'was de dag van de moord. Mrs. Protheroe kwam die dag naar het atelier in de tuin, maar je herinnert je misschien dat ze in haar getuigenverklaring heeft gezegd dat ze tot de tuindeur kwam, niet in de kamer.'

'Waar hebt u dit ding gevonden?'

'Onder de schrijftafel.'

'Dan ziet het er naar uit dat ze niet de waarheid gesproken heeft, denkt u ook niet?' zei ze koeltjes.

'Je bedoelt dat ze naar binnen is gegaan en vlak bij de schrijftafel heeft gestaan?'

'Ja, daar lijkt het wel op, hè?'

Ze keek me rustig aan.

'Als u het precies weten wilt,' zei ze heel kalm, 'ik heb nooit geloofd dat ze de waarheid sprak.'

'En ik wéét dat jij dat nu ook niet doet, Lettice.'

'Wat bedoelt u?'

Ze was geschrokken.

'Ik bedoel,' zei ik, 'dat ik deze oorbel voor het laatst gezien heb op vrijdagmorgen, toen ik hier kwam met kolonel Melchett. Hij lag toen samen met de andere op de toilettafel van je stiefmoeder. Ik heb ze zelfs nog in mijn handen gehad.'

'O!' Zij weifelde, toen, plotseling, wierp zij zich over de stoelleuning en barstte in tranen uit. Haar blonde haar hing naar beneden en raakte bijna de vloer. Het was een vreemde houding: prachtig en ongeremd.

Ik liet haar uithuilen en zei toen heel vriendelijk: 'Lettice, waarom heb je dat gedaan?'

'Wat?'

Ze sprong op, haar haar wild achterover werpend. Ze zag er wild uit, ontzet bijna.

'Wat bedoelt u?'

'Waarom heb je dat gedaan? Was het uit jaloezie? Heb je een hekel aan Anne?'

'O! O, ja.' Zij veegde het haar van haar voorhoofd naar achteren en scheen plotseling haar zelfbeheersing volkomen herwonnen te hebben. 'Ja, u zou het jaloezie kunnen noemen. Ik heb altijd een hekel gehad aan Anne: sinds ze hier de koningin kwam spelen. Ik heb dat verdomde ding onder de schrijftafel gegooid in de hoop dat het haar in moeilijkheden zou brengen. En dat zou het gedaan hebben ook, als u niet zo'n bemoeial was geweest, die de spullen op iemands toilettafel bekijkt. En in ieder geval hoort het niet tot de taak van een predikant de politie te helpen.'

Het was een hatelijke, kinderachtige uitval. Ik nam er geen notitie van. Op dat moment leek ze inderdaad op niets anders dan een zielig kind.

Men kon haar kinderlijke poging om wraak te nemen op Anne nauwelijks ernstig nemen. Dat zei ik haar ook, en ik voegde eraan toe dat ik haar de oorbel zou teruggeven en dat ik niemand iets zou vertellen van de omstandigheden waaronder ik die gevonden had. Zij scheen hierdoor toch wel ontroerd te zijn.

'Dat is lief van u,' zei ze.

Zij wachtte een moment en zei toen, met afgewend gezicht en klaarblijkelijk haar woorden met zorg kiezend: 'Weet u, Mr. Clement, als ik u was, dan zou ik... dan zou ik Dennis zo spoedig mogelijk hier vandaan sturen. Ik... ik geloof dat dat het beste is.'

'Dennis?'

Ik trok mijn wenkbrauwen op, verbaasd maar ook een beetje geamuseerd.

'Ik geloof werkelijk dat het beter zou zijn,' voegde zij eraan toe, nog steeds op dezelfde onhandige manier. 'Het spijt me van Dennis. Ik had niet gedacht dat hij... In ieder geval, het spijt me.'

En daar lieten we het dan maar bij.

23

Op de terugweg stelde ik Griselda voor dat we een omweg zouden maken langs de grafheuvel. Ik wilde graag gaan kijken of de politie aan het werk was en, zo ja, wat ze gevonden hadden. Griselda had echter thuis nog wat te doen, dus moest ik mijn expeditie alleen ondernemen.

Ik trof daar agent Hurst aan, die belast was met het toezicht op de werkzaamheden.

'Tot nu toe geen enkel teken, Sir,' rapporteerde hij, 'en toch is dit de enige plek voor een geheime bergplaats. Ik wil maar zeggen, Sir, waar had die jonge vrouw anders heen kunnen gaan, toen ze eenmaal langs dit pad het bos inging? Het gaat naar Old Hall en naar hier en dat is alles.'

'Ik neem aan dat inspecteur Slack er niets voor voelt de jongedame heel eenvoudig te ondervragen?' vroeg ik.

'Hij wil geen slapende honden wakker maken. Alles wat zij nu aan Stone schrijft, of hij aan haar, kan licht werpen op de zaak. Maar als ze eenmaal door krijgt dat we haar in de gaten houden, zal ze geen stom woord meer zeggen, zo!'

Wat hij met dat 'zo' bedoelde, was mij niet duidelijk, maar een zwijgende miss Gladys Cram kon ik me moeilijk voorstellen.

'Wanneer een man een bedrieger is, wil je weten waarom hij een bedrieger is,' zei Hurst.

'Vanzelfsprekend,' zei ik.

'En het antwoord moet hier in deze grafheuvel liggen, want waarom was hij er anders altijd in aan het wroeten?'

'Een *raison d'être* om te kunnen rondneuzen,' opperde ik, maar dit beetje Frans was te veel voor Hurst.

Hij wreekte zich voor dit niet-begrijpen door koeltjes op te merken: 'Dat is het standpunt van een amateur.'

'In ieder geval heb je de koffer niet gevonden,' constateerde ik.

'Dat komt wel, Sir. Twijfelt u daar maar niet aan.'

'Ik ben daar nog niet zo zeker van,' zei ik. 'Ik heb nog eens nagedacht. Miss Marple zei dat het maar kort geduurd had voor het meisje weer met lege handen verscheen. In dat geval zou ze niet eens de tijd gehad hebben om hier te komen en weer terug te gaan.'

'Van wat die oude dames vertellen kun je beter geen notitie nemen. Als ze iets bijzonders zien en ze zijn opgewonden, vliegt de tijd voorbij. En bovendien: dames hebben nooit begrip van tijd.'

Ik vraag me vaak af waarom zoveel mensen de neiging hebben te generaliseren. Generaliseringen zijn zelden of nooit waar. Ik heb zelf een slecht begrip van tijd (vandaar dat ik mijn klok altijd laat voorlopen), maar Miss Marple, zou ik zo denken, heeft juist een zeer zuiver gevoel voor tijd. Haar klokken zijn altijd op de minuut gelijk en zijzelf is altijd pijnlijk punctueel.

Ik was echter niet van plan over dit punt een discussie aan te gaan met Hurst. Ik wenste hem goedemiddag en veel succes en ging verder.

Toen ik in de buurt van mijn huis kwam, kreeg ik ineens een inval. Er was geen enkele aanleiding voor, maar het flitste plotseling door mijn brein als een mogelijke oplossing. U zult zich herinneren dat ik bij mijn eerste onderzoek van het pad, de dag na de moord, op een gegeven punt ontdekt had dat er takjes van de struiken gebroken waren. Ik dacht op dat ogenblik dat Lawrence hier de oorzaak van was, die op stap bleek te zijn met hetzelfde doel als ikzelf.

Maar ik herinnerde me nu ook dat hij en ik iets later een ander zwak spoor gevonden hadden, dat afkomstig bleek te zijn van de inspecteur. Nu ik er nog eens over nadacht, herinnerde ik me heel duidelijk dat het eerste spoor, dat van Lawrence, veel opvallender was geweest dan het andere, alsof meer dan één persoon die weg genomen had. Veronderstel eens dat het oorspronkelijk gemaakt was door dr. Stone of anders door miss Cram?

Ik herinnerde me, of verbeeldde me te herinneren, dat er toen aan sommige gebroken takjes verlepte bladeren hadden gehangen. Als dat zo was, kon dat pad nooit pas op de middag van ons onderzoek zijn gemaakt.

Ik kwam nu weer bij die plek. Ik herkende hem gemakkelijk genoeg en baande me weer een weg door de struiken. Ditmaal ontdekte ik vers afgebroken twijgen. Iemand was hier langsgekomen sinds Lawrence en ik hier geweest waren.

Ik bereikte nu spoedig de plaats waar mijn ontmoeting met Lawrence had plaatsgevonden. Het zwakke spoor ging echter verder en ik bleef het volgen. Plotseling kwam ik bij een open plek, waar de grond kortgeleden omgewoeld moest zijn. Ik zeg nu wel open plek, maar het was meer een plaats waar het kreupelhout minder dicht was. De takken van de bomen raakten elkaar daarboven en de plek was nauwelijks een meter in doorsnee.

Aan de andere kant groeide het kreupelhout weer dicht op elkaar en het was duidelijk dat niemand de laatste tijd getracht had erdoorheen te komen. Maar op één plaats moest iemand geweest zijn.

Ik ging erheen en knielde neer, met beide handen de struiken uiteen duwend. Ik zag een bruin voorwerp. Opgewonden stak ik mijn arm in de struiken en slaagde er ten slotte met veel moeite in een kleine bruine koffer eruit te trekken.

Ik slaakte een kreet van triomf. Ik had succes gehad. Ondanks de koele reactie van agent Hurst had ik nu toch het bewijs geleverd dat mijn redenering juist was geweest. Hier was zonder enige twijfel het koffertje dat miss Cram gedragen had. Ik probeerde het te openen, maar het zat op slot.

Terwijl ik opstond, zag ik op de grond een bruinachtig kristalletje liggen. Ik raapte het bijna automatisch op en stak het in mijn zak.

Daarna baande ik mij met de koffer in mijn hand een weg terug naar het pad.

Toen ik over het hekje klom en de laan inkwam, riep een

opgewonden stem van dichtbij uit: 'O, Mr. Clement. U hebt het gevonden! Wat knap van u!'

Ik merkte op dat niemand zo goed de kunst verstond te zien zonder gezien te worden als Miss Marple, en zette mijn vondst op de schutting tussen ons in.

'Dat is het,' zei Miss Marple, 'ik zou het overal herkennen.'

Dit nu, dacht ik, was lichtelijk overdreven. Er bestaan duizenden kleine, goedkope, glimmende koffertjes, die er allemaal precies eender uitzien. Niemand zou zo'n ding zonder meer kunnen herkennen en zeker niet wanneer je het bewuste koffertje slechts van een grote afstand had gezien bij maanlicht. Maar ik bedacht dat de zaak van de koffer Miss Marples persoonlijke triomf was en dat ze daarom wel een beetje mocht overdrijven.

'Het zit zeker op slot, Mr. Clement?'

'Ja, ik ga er nu mee naar het politiebureau.'

'Vindt u het niet beter om op te bellen?'

Natuurlijk was het beter om op te bellen. Als ik door het dorp zou lopen met het koffertje in de hand zou dat waarschijnlijk weer een boel ongewenste belangstelling trekken.

Ik lichtte dus de klink van Miss Marples tuinhek op en ging door de openstaande tuindeur het huis binnen. Vanuit de salon telefoneerde ik naar het politiebureau om mijn grote nieuws te melden. Het resultaat was dat inspecteur Slack meedeelde dat hij in een wip zou komen.

Toen hij kwam was hij in een erg prikkelbare stemming.

'Zo, dus daar hebben we het, hè?' zei hij. 'Weet u, dominee, u moest zulke dingen niet vóór u houden. Als u enige reden had om te vermoeden waar het voorwerp in kwestie verborgen was, had u de betreffende autoriteiten daarvan in kennis moeten stellen.'

'Het was zuiver toeval,' zei ik. 'Het idee kwam plotseling bij me op.'

'Nou, dat noem ik nog eens een echt geloofwaardig verhaaltje. Bijna een kilometer bos, en u loopt meteen naar de juiste plek en vindt het.'

Ik zou inspecteur Slack mijn redenering die mij naar die bepaalde plek geleid had graag verteld hebben, maar hij was er zoals gewoonlijk in geslaagd me op de kast te jagen en ik deed er het zwijgen toe.

'Wel,' zei de inspecteur, de koffer met tegenzin en geveinsde onverschilligheid bekijkend. 'Ik veronderstel dat we net zo goed even kunnen kijken wat erin zit.'

Hij had een heel assortiment sleutels en ijzerdraad meegebracht. Het slot was een goedkoop gevalletje en in een paar seconden was het koffertje open.

Ik weet niet wat we verwacht hadden te vinden: iets heel sensationeels, vermoed ik. Maar het eerste dat we zagen was een vettige geruite sjaal. De inspecteur haalde hem eruit. Daarna kwam een erg versleten en verschoten blauwe jas, gevolgd door een geruite pet.

'Een vies zootje,' vond de inspecteur.

Vervolgens kwam er een paar versleten, afgetrapte hoge schoenen te voorschijn. Op de bodem van de koffer lag een pakje in krantenpapier.

'Dat zal wel een fantasiehemd zijn,' zei de inspecteur grimmig, terwijl hij het pak openscheurde.

Maar een ogenblik later hield hij van verbazing zijn adem in.

Want in het pakje bevonden zich wat eenvoudige kleine zilveren voorwerpen en een eveneens zilveren ronde schotel.

Miss Marple slaakte een schrille kreet van herkenning. 'De zoutvaatjes,' riep ze uit. 'Kolonel Protheroes zoutvaatjes en de drinkschaal uit de tijd van Karel de Tweede. Heb je ooit zoiets meegemaakt.'

De inspecteur werd rood in het gezicht.

'Dus dat was het spelletje,' mompelde hij. 'Diefstal. Maar daar begrijp ik niets van. Er is geen aangifte gedaan dat deze voorwerpen vermist zijn.'

'Misschien hebben zij het nog niet gemerkt,' opperde ik. 'Ik vermoed dat deze waardevolle voorwerpen niet voor dagelijks gebruik bestemd zijn. Waarschijnlijk bewaarde kolonel Protheroe ze in een brandkast.'

'Ik moet dit onderzoeken,' zei de inspecteur. 'Ik ga nu regelrecht naar Old Hall. Dus dáárom nam onze dr. Stone de benen. Want met die moord en zo was hij natuurlijk bang dat wij achter zijn praktijken zouden komen. Het zou niet onmogelijk zijn geweest dat wij zijn kamer en bezittingen zouden onderzoeken. Hij liet het meisje de buit verbergen met een stel kleren waarin hij ertussenuit kon knijpen. Hij was van plan om met een omweg terug te komen, en er op een nacht mee vandoor te gaan, terwijl zij hier bleef om geen achterdocht te wekken. In ieder geval hebben we iets gewonnen. We weten nu dat hij met de moord niets heeft uit te staan. Hij was op iets heel anders uit!'

Hij deed alles weer in de koffer en vertrok, na Miss Marples aanbod een glas sherry te drinken geweigerd te hebben.

'Wel, dat is tenminste één mysterie opgehelderd,' zei ik met een zucht. 'Wat Slack zegt is volkomen juist, er is geen enkele reden om Stone van die moord te verdenken.'

'Daar lijkt het wel op, ja,' zei Miss Marple. 'Alhoewel, helemaal zeker kun je toch nooit zijn, is het wel?'

'Er is geen enkel motief voor hem,' zei ik. 'Hij heeft te pakken gekregen waarvoor hij is gekomen en stond op het punt er mee vandoor te gaan.'

'J-ja.'

Zij was kennelijk niet helemaal tevreden en ik keek haar nieuwsgierig aan.

'Ik twijfel er niet aan of ik zal het wel volkomen verkeerd zien. Ik ben zo dom wat dat soort dingen betreft. Maar ik vroeg me af... Ik bedoel, dat zilver is heel waardevol, is het niet?'

'Zo'n bokaal werd onlangs verkocht voor meer dan duizend pond, geloof ik.'

'Maar ik bedoel: het gaat niet om de waarde van het metaal.'

'Nee, het gaat om wat men zou kunnen noemen kenners- of verzamelaarswaarde.'

'Dat is nu juist wat ik bedoel. De verkoop van zulke voorwerpen neemt heel wat tijd in beslag en is alleen mogelijk als geheimhouding gegarandeerd is. Ik bedoel, als van de diefstal aangifte werd gedaan en er kwam een hoop herrie over, dan zouden ze onverkoopbaar zijn.'

'Ik begrijp niet helemaal wat u bedoelt,' zei ik.

'Ja, ik weet dat ik het niet duidelijk zeg.' Ze werd nog zenuwachtiger. 'Maar het wil mij voorkomen dat die voorwerpen niet zonder meer weggenomen kunnen zijn, om zo te zeggen. Het enige afdoende zou zijn het gestolene te vervangen door kopieën, vervalsingen. Dan zou het misschien enige tijd duren voor de diefstal ontdekt werd.'

'Dat is een heel ingenieus idee,' zei ik.

'Het zou de enige mogelijkheid tot slagen zijn, nietwaar? Maar als dat zo was, dan zou er, wanneer de verwisseling eenmaal had plaatsgevonden, geen enkele reden zijn om kolonel Protheroe te vermoorden – integendeel.'

'Precies, dat bedoelde ik ook,' beaamde ik.

'Ja, maar nu vraag ik me af... Ik weet het niet, natuurlijk... en kolonel Protheroe sprak altijd heel veel over wat hij ging doen voordat hij het deed of nog vaker niet deed, maar hij heeft gezegd...'

'Ja?'

'Dat hij al die voorwerpen zou laten taxeren, door een man uit Londen. Voor de successie – nee, dat is als je dood bent – voor de verzekering. Iemand had hem verteld dat je zoiets beslist doen moest. Hij praatte erg vaak over hoe belangrijk dat was. Ik weet natuurlijk niet of hij al iets geregeld had, maar als dat zo is...'

'Juist, nu snap ik het,' zei ik langzaam.

'Nou, zo gauw die deskundige het zilver zag, zou hij weten dat het namaak was en dan zou kolonel Protheroe zich herinneren dat hij die dingen aan dr. Stone had laten zien – ik vraag me af of het toen gebeurd is. Noemen ze dat niet vingervlugheid? Verbazend knap... En dan zou je de poppen aan het dansen hebben.'

'Ik begrijp wat u bedoelt,' zei ik. 'Ik geloof dat wij dat zo gauw mogelijk moeten onderzoeken.'

Ik ging weer naar de telefoon. Binnen een paar minuten

had ik Old Hall en sprak met Anne Protheroe.

'Nee, het is niet bijzonder belangrijk. Is de inspecteur al aangekomen? O! Nou, hij is in ieder geval onderweg. Maar Mrs. Protheroe, kunt u mij ook zeggen of de boedel van Old Hall ooit getaxeerd is? Wat zegt u?'

Haar antwoord was vlot en duidelijk. Ik bedankte haar, legde de telefoon op de haak en wendde me tot Miss Marple.

'Dat is zeer positief. Kolonel Protheroe had een afspraak gemaakt met iemand in Londen om hier te komen en een volledige taxatie te verrichten. Dat zou maandag, morgen dus, gebeuren. Naar aanleiding van het overlijden van de kolonel is de zaak afgelast.'

'Dan was er dus een motief,' zei Miss Marple zacht.

'Een motief, ja. Maar dat is dan ook alles. U vergeet dat dr. Stone zich toen het schot gelost werd juist bij de anderen gevoegd had, of althans bezig was dat te doen.'

'Ja,' zei Miss Marple nadenkend. 'Dus dat schakelt hem dan toch wel uit.'

24

Toen ik terugkwam in de pastorie, wachtte Hawes daar op me in mijn studeerkamer. Hij liep zenuwachtig op en neer en toen ik binnenkwam, schrok hij op alsof er op hem geschoten was.

'U moet me maar verontschuldigen,' zei hij, zijn voorhoofd afvegend. 'Mijn zenuwen zijn de laatste tijd niets meer waard.'

'Beste kerel,' zei ik, 'je moet er echt eens een poosje uit. Straks stort je nog helemaal in, en daar hebben we niets aan.'

'Ik kan hier de boel niet in de steek laten, dat is iets dat ik nooit zal doen.'

'Er is toch geen sprake van in de steek laten. Je bent ziek. Ik ben ervan overtuigd dat Haydock het met me eens zou zijn.'

'Haydock... Haydock, wat is dat voor een dokter? Een onnozele plattelandspil.'

'Ik geloof dat je onbillijk bent. Hij wordt beschouwd als een zeer kundig man in zijn vak.'

'O, misschien wel. Ja, dat wil ik wel toegeven. Maar ik mag hem niet. Maar goed, daarvoor ben ik niet hier gekomen. Ik kwam vragen of u zo goed zou willen zijn in mijn plaats te preken vanavond. Ik... ik voel me er werkelijk niet toe in staat.'

'Natuurlijk. Ik zal de hele dienst wel van je overnemen.'

'Nee, nee. De rest van de dienst doe ik zelf wel. Ik voel me best. Alleen het idee op die preekstoel te staan met al die ogen op me gericht...'

Hij sloot zijn ogen en slikte krampachtig.

Het was me wel duidelijk dat er iets heel ernstigs aan de hand was met Hawes. Hij scheen mijn gedachten te raden, want hij opende zijn ogen en zei snel: 'Er is werkelijk niets met me aan de hand. Het is alleen die hoofdpijn, die folterende hoofdpijn. Zou ik een glas water kunnen krijgen?'

'Natuurlijk,' zei ik.

Ik haalde het zelf aan de kraan. Om het dienstmeisje bellen is in mijn huis helaas een volkomen overbodige tijdverspilling.

Ik bracht hem het water en hij bedankte me. Hij nam een klein kartonnen doosje uit zijn zak en nam er een poedertje uit dat hij met een slok water doorslikte.

'Dat is een hoofdpijnpoeder,' verklaarde hij.

Ik vroeg me plotseling af of Hawes soms aan een verdovend middel verslaafd was geraakt. Dat zou veel van zijn eigenaardigheden verklaren.

'Ik hoop dat je er niet te veel neemt,' zei ik.

'Nee, o nee. Daar heeft dokter Haydock me voor gewaarschuwd. Maar het is werkelijk fantastisch. Ze werken meteen.'

En inderdaad scheen hij al kalmer te worden. Hij stond op.

'Dus u preekt vanavond? Dat is erg vriendelijk van u, dominee.'

'Helemaal niet, dat komt best in orde. Alleen sta ik erop de hele dienst over te nemen. Ga nu naar huis en neem wat rust. Nee, geen tegenwerpingen, geen woord meer hierover.'

Hij bedankte mij nogmaals. Toen zei hij, terwijl zijn ogen

langs me heen gleden naar het raam: 'U... eh... u bent vandaag naar Old Hall geweest, is het niet, dominee?'

'Inderdaad.'

'Neemt u mij niet kwalijk, maar had men u geroepen?'

Ik keek hem verbaasd aan en hij bloosde.

'Het spijt mij, dominee. Ik... ik dacht dat er misschien nieuwe ontwikkelingen waren en dat Mrs. Protheroe u daarom verzocht had te komen.'

Ik was niet van plan Hawes' nieuwsgierigheid te bevredigen.

'Nee, ze wilde me alleen nog even spreken over de begrafenis.'

'O, en dat was alles. Juist.'

Ik zei niets. Hij schuifelde zenuwachtig van de ene voet op de andere en zei ten slotte: 'Mr. Redding heeft me gisteravond bezocht. Ik kan me niet voorstellen waarom.'

'Heeft hij dat dan niet gezegd?'

'Hij... hij zei alleen maar dat hij gedacht had maar eens langs te moeten komen. Hij zei dat het wel wat eenzaam was zo 's avonds. Dat heeft hij nog nooit eerder gedaan.'

'Wel,' zei ik glimlachend, 'over het algemeen vindt men hem nogal aangenaam gezelschap.'

'Maar waarom moet hij nu juist bij mij komen? Ik houd daar niet van.' Zijn stem werd schel. 'Hij had het erover dat hij nog weleens langs zou komen. Wat betekent dit allemaal? Wat denkt u dat hij nu weer in zijn hoofd heeft?'

Hij bleef er maar over doorzeuren.

'Waarom denk je dat er wat achter steekt?'

'Het bevalt me niet,' herhaalde Hawes koppig. 'Ik heb hem nooit een strobreed in de weg gelegd. Ik heb er nooit op gezinspeeld dat hij schuldig was – zelfs toen hij zichzelf beschuldigde heb ik gezegd dat het mij volkomen onbegrijpelijk leek. Als ik tegen iemand verdenking gekoesterd heb, dan is dat Archer geweest en nooit Redding. Archer is een volkomen ander geval – een godvergeten schurk. Een dronken deugniet.'

'Vind je zelf ook niet dat je nu wel erg hard oordeelt?'

vroeg ik. 'Tenslotte weten we maar heel weinig van de man.'

'Een stroper, meer in het gevang dan erbuiten, tot alles in staat.'

'Denk je heus dat hij kolonel Protheroe heeft doodgeschoten?' vroeg ik nieuwsgierig.

Hawes heeft er een ingewortelde hekel aan ja of nee te zeggen. Dat heb ik de laatste tijd al vaker gemerkt.

'Denkt u zelf niet, dominee, dat dat de enig mogelijke oplossing is?'

'Zover wij weten is er geen enkel bewijs tegen hem,' zei ik.

'Zijn dreigementen,' zei Hawes gretig. 'U vergeet zijn dreigementen.'

'Man, ik ben doodziek van die dreigementen van Archer. Ik hoor niet anders. Zover ik weet is er geen enkel bewijs dat hij ze ooit geuit heeft.'

'Hij was vastbesloten zich op kolonel Protheroe te wreken. Hij dronk zich dus eerst moed in en schoot hem daarna neer.'

'Dat is niet meer dan een veronderstelling.'

'Maar u geeft toe dat het zeer waarschijnlijk is?'

'Dat doe ik niet!'

'Mogelijk dan?'

'Mogelijk, ja.'

Hawes keek mij van terzijde aan.

'Waarom vindt u het niet waarschijnlijk?'

'Omdat Archer er niet over piekeren zou iemand met een pistool neer te schieten,' zei ik. 'Het is voor dat soort man het verkeerde wapen.'

Hawes scheen verbluft te staan door mijn argument. Het was zeker niet het bezwaar dat hij verwacht had.

'Denkt u werkelijk dat die overweging steekhoudend is?' vroeg hij.

'Naar mijn idee vormt het een groot struikelblok tegen iedere poging Archer deze moord in de schoenen te schuiven.'

Tegen deze stellige bewering had Hawes niets meer in te brengen. Hij bedankte mij en vertrok.

Ik had hem tot de voordeur begeleid en zag nu op het tafeltje in de hal vier briefjes liggen. Zij hadden zekere kenmerken gemeen. Het handschrift was onmiskenbaar vrouwelijk; ze droegen alle het opschrift *dringend*, en het enige verschil dat ik kon zien was dat een ervan beduidend viezer was dan de andere.

Zij waren zo gelijk aan elkaar dat zij mij het eigenaardige gevoel gaven niet dubbel maar vierdubbel te zien.

Mary kwam uit de keuken en betrapte me, terwijl ik ze stond te bekijken.

'Die zijn hier gebracht na de lunch,' deelde ze mee. 'Op één na, die lag in de brievenbus.'

Ik knikte, pakte ze op en ging naar mijn studeerkamer.

Het eerste epistel behelsde het volgende:

> Beste dominee Clement, Ik ben iets te weten gekomen waarvan ik meen u in kennis te moeten stellen. Het betreft de dood van die arme kolonel Protheroe. Ik zou uw advies in deze aangelegenheid – of ik ermee naar de politie moet gaan of niet – ten zeerste op prijs stellen. Sedert de dood van mijn lieve man schuw ik elk soort openbaarheid. Misschien is het u mogelijk vanmiddag even bij me aan te lopen. Hoogachtend, Martha Price Ridley

Ik opende het tweede briefje.

> Beste Mr. Clement, Ik ben zo in de war, ik zit zo te tobben over wat ik moet doen. Ik heb iets gehoord waarvan ik voel dat het belangrijk zou kunnen zijn. Ik vind het idee zo afschuwelijk iets met de politie te maken te hebben. Ik ben zo in de war en overstuur. Zou het te veel van u gevraagd zijn, lieve dominee, even aan te komen en aan mijn twijfel en verwardheid een einde te maken op de u eigen zo prettige manier? Hoogachtend,
>
> Caroline Wetherby

Ik voelde dat ik de tekst van het derde briefje al van tevoren had kunnen opzeggen.

Beste Mr. Clement, Iets buitengewoon belangrijks is mij ter ore gekomen. Ik vind dat u de eerste moet zijn om het te horen. Wilt u vanmiddag even langskomen? Ik blijf thuis voor u.

Dit strijdlustige briefje was getekend: Amanda Hartnell.

Ik opende het vierde epistel. Ik heb het geluk gehad zeer weinig anonieme brieven te ontvangen. Een anonieme brief is naar mijn mening het gemeenste en wreedste wapen dat er is. En deze was geen uitzondering. Men had moeite gedaan het te doen voorkomen alsof de brief door een ongeletterd iemand geschreven was, maar er waren dingen die deze veronderstelling voor mij onaanvaardbaar maakten.

Geachte dominee, ik vind dat U moet wete wat of der an de Hand is. Men heeft U vrouw uit de bungaloo van Mr. Redding zien komen op een stiekume manier. U weet watof ik bedoel. Die twee hebben het samen aangelegt, ik vond asdat u dit weten moest.

Een vrind

Ik slaakte een kreet van afkeer, frommelde het vod tot een bal in elkaar en wierp het in de open haard, juist toen Griselda de kamer binnenkwam.

'Wat gooi je daar zo verachtelijk weg?' vroeg ze.

'Vuiligheid,' zei ik.

Ik haalde lucifers uit mijn zak, streek er een aan en bukte me. Griselda was me echter net iets te vlug af. Ze boog voorover, pakte de verfrommelde bal papier en streek deze glad vóór ik haar kon tegenhouden.

Ze las het briefje, slaakte een kreet van walging en wierp het naar me terug, terwijl ze zich tegelijkertijd afwendde. Ik streek opnieuw een lucifer af, stak het papier aan en keek toe hoe het verbrandde.

Griselda was naar de tuindeuren gelopen en stond daar nu de tuin in te kijken.

'Len,' zei ze, zonder zich om te draaien.

'Ja, liefje?'

'Ik zou je iets willen vertellen. Ja, en hou me niet tegen. Ik wil het zeggen, alsjeblieft. Toen... toen Lawrence Redding hier kwam, liet ik je in de waan dat ik hem voordien maar heel oppervlakkig gekend had. Dat was niet waar. Ik... ik had hem zelfs heel goed gekend. Voor ik jou ontmoette, ben ik nogal verliefd op hem geweest. Ik geloof dat de meeste mensen verliefd op hem raken. Op een gegeven moment was ik helemaal weg van hem. Ik bedoel niet dat ik hem compromitterende brieven schreef of zoiets idioots, zoals je dat in boeken leest. Maar er was een tijd dat ik hem heus heel erg graag mocht.'

'Waarom heb je me dat nooit verteld?' vroeg ik.

'Och! Daarom! Ik weet het niet precies, behalve dat... wel, in sommige opzichten kun je soms zo mal doen. Alleen omdat je zoveel ouder bent dan ik, denk je dat ik... nou ja, dat ik weleens van andere mannen zou kunnen gaan houden. Ik dacht dat je misschien vervelend zou doen omdat Lawrence en ik bevriend waren.'

'Je hebt het heel knap verborgen gehouden,' zei ik, mij herinnerend wat zij mij nog geen week geleden in deze zelfde kamer verteld had en de ongekunstelde en natuurlijke wijze waarop ze gesproken had.

'Ja, ik heb altijd goed dingen kunnen verbergen. Ik vind dat eigenlijk wel leuk.'

Haar stem klonk kinderlijk vergenoegd.

'Maar het is echt waar wat ik zei. Ik wist niets van die affaire met Anne en ik vroeg me af waarom Lawrence zo anders was: hij nam eigenlijk geen notitie van me. Dat ben ik niet gewend.'

Er viel een stilte.

'Begrijp je, Len?' vroeg Griselda bezorgd.

'Ja,' zei ik. 'Ik begrijp het.'

Maar was dat ook waar?

25

Ik had moeite de indruk die de anonieme brief bij me had achtergelaten van me af te schudden. Wie met pek omgaat wordt ermee besmet. Niettemin nam ik de drie andere brieven mee, keek op mijn horloge en ging op weg.

Ik was buitengewoon benieuwd wat het wel zou kunnen zijn dat maar liefst drie dames tegelijk 'ter ore' gekomen was. Ik nam namelijk aan dat ze me alle drie hetzelfde nieuws wilden vertellen. Al spoedig bleek dat mijn psychologische kennis tekortgeschoten was.

Ik zal het niet doen voorkomen alsof mijn bezoeken het voor mij noodzakelijk maakten langs het politiebureau te gaan. Mijn benen droegen mij daar vanzelf heen. Ik was namelijk erg benieuwd of inspecteur Slack al terug was van Old Hall.

Ik ontdekte dat dit inderdaad het geval was en tevens dat miss Cram met hem mee gekomen was. De blonde Gladys zat op het politiebureau en blies daar hoog van de toren. Zij ontkende absoluut het koffertje naar het bos gebracht te hebben.

'Alleen omdat een van die kletsende oude wijven niets beters te doen heeft dan de hele nacht uit haar raam te kijken, laat u uw keus op mij vallen. Ze heeft zich al één keer vergist, weet u wel, toen ze beweerde mij aan het einde van de laan te hebben gezien, de dag van de moord. En als ze zich toen bij daglicht al kon vergissen, hoe zou ze me dan 's nachts kunnen herkennen bij maanlicht? Het is echt gemeen zoals die oude dames zich hier gedragen. Zij zeggen maar alles wat hun voor de mond komt. En ik lag gewoon te slapen, zo onschuldig als wat. Jullie moesten je allemaal schamen.'

'En als de waardin van Het Blauwe Zwijn die koffer nu eens als uw eigendom herkend heeft, miss Cram?'

'Als ze zoiets beweert, heeft ze het mis. Er staat geen naam op. Bijna iedereen heeft wel zo'n koffer. En wat die arme Mr. Stone betreft, het is gewoon belachelijk dat u hem ervan beschuldigt een ordinaire inbreker te zijn! En hij heeft nog wel een hele rij titels voor zijn naam!'

'U weigert dus ons een verklaring te geven, miss Cram?'

'Het gaat niet om al of niet weigeren. Er valt niets te weigeren. U heeft zich vergist, dat is alles. U en die bemoeizieke oude tantes. Ik zeg verder geen woord meer... niet zonder dat mijn advocaat er bij is. En nu ga ik onmiddellijk weg, tenzij u me arresteert.'

Als antwoord stond inspecteur Slack op en opende de deur voor haar, waarna miss Cram met het hoofd in de nek naar buiten stapte.

'Dat is de gedragslijn die ze volgt,' zei inspecteur Slack. 'Ze ontkent het absoluut. En de mogelijkheid bestaat natuurlijk dat de oude dame zich inderdaad vergist heeft. Geen enkele jury zou geloven dat men iemand 's nachts bij maanlicht op zo'n afstand kon herkennen. En natuurlijk, zoals ik al zei, de oude dame kan zich vergist hebben.'

'Dat kan ze inderdaad,' zei ik, 'maar toch geloof ik het niet. Miss Marple heeft meestal gelijk, dat is juist wat haar zo impopulair maakt.'

De inspecteur grinnikte.

'Dat zegt Hurst ook altijd. Mijn hemel, die dorpen toch!'

'En hoe staat het met dat zilver, inspecteur?'

'O, dat leek volkomen in orde. Dat betekent natuurlijk dat een van de twee stellen namaak moet zijn. Er is een deskundige in Much Benham, een autoriteit op het gebied van antiek zilver. Ik heb hem opgebeld en ik heb een auto gestuurd om hem te halen. We zullen dus gauw genoeg weten hoe die zaak in elkaar zit. Of de inbraak was al een feit, óf ze was alleen gepland. Maakt niet zoveel verschil, tenminste wat ons betreft. Diefstal is tenslotte een kleinigheid, vergeleken bij moord. In ieder geval hebben deze twee niets met de moord te maken. Misschien dat we door haar nog iets te weten komen over hem. Dat is de reden waarom ik haar zonder meer liet gaan.'

'Ja, dat vroeg ik me al af,' zei ik.

'Het is jammer van Mr. Redding. Het gebeurt niet vaak dat iemand zich zo uitslooft om je ter wille te zijn.'

'Nee, dat denk ik ook niet,' zei ik glimlachend.

'Vrouwen veroorzaken een hoop last,' filosofeerde de inspecteur.

Hij zuchtte en vervolgde toen, enigszins tot mijn verbazing: 'En dan hebben we natuurlijk Archer nog.'

'O,' zei ik, 'dus daar hebt u ook aan gedacht?'

'Natuurlijk, dominee. Hij was een van de eersten. Daar hoefden ze me heus geen anonieme brieven over te schrijven.'

'Anonieme brieven?' zei ik scherp. 'Hebt u er dan een ontvangen?'

'Dat is niets nieuws, dominee. We krijgen er minstens tien per dag. Ja, men maakte ons attent op Archer. Alsof de politie haar eigen boontjes niet kan doppen. Archer stond al van het begin af aan onder verdenking. Het vervelende is alleen dat hij een alibi heeft. Niet dat het veel soeps is, maar we kunnen het niet naast ons neerleggen.'

'Wat bedoelt u met niet veel soeps?' vroeg ik.

'Nou, het schijnt dat hij de hele middag met een paar vrienden is uitgeweest. Maar zoals ik al zei, erg veel gewicht in de schaal leggen doet zo'n bewering niet. Lui zoals Archer en zijn vrienden zweren maar een eind weg. Je kunt geen woord geloven van wat ze zeggen. Wíj weten dat. Maar het publiek weet dat niet, en een jury wordt nu eenmaal gevormd uit het publiek, jammer genoeg. Zij weten nergens van en geloven tien tegen een alles wat er in de getuigenbank gezegd wordt, onverschillig wie het zegt. En Archer zweert natuurlijk maar raak dat hij het niet gedaan heeft.'

'Dus hij is niet zo tegemoetkomend als Mr. Redding,' zei ik glimlachend.

'O, nee, híj niet,' stelde de inspecteur vast.

'Och, het is heel natuurlijk dat iemand zich aan het leven vastklampt,' peinsde ik.

'U zou verbaasd staan als u wist hoeveel moordenaars er al vrijgesproken zijn door de teerhartigheid van de jury,' zei de inspecteur somber.

'Maar denkt u echt dat Archer het gedaan heeft?' vroeg ik.

Gedurende deze hele affaire had ik het al vreemd gevonden dat inspecteur Slack zelf geen theorieën scheen te hebben over de moord. Hij scheen zich alleen te bekommeren om de vraag of het makkelijk of moeilijk zou zijn iemand veroordeeld te krijgen.

'Ik zou wel wat meer zekerheid willen hebben,' gaf hij toe. 'Een vingerafdruk bijvoorbeeld, of een voetafdruk of dat hij in de buurt gezien was omstreeks het tijdstip van de misdaad. Ik kan zonder iets dergelijks zijn arrestatie niet riskeren. Hij is een paar maal in de buurt van Mr. Reddings huis gesignaleerd, maar hij zou waarschijnlijk zeggen dat hij zijn moeder wilde spreken. En zij is een fatsoenlijke vrouw. Nee, alles bij elkaar denk ik dat het de dame geweest is. Als ik maar een duidelijk bewijs van chantage te pakken kon krijgen, maar in deze zaak kun je nergens een duidelijk bewijs van krijgen. Het is theorie, theorie en nog eens theorie. Het is wel erg jammer, dat er aan de weg naar uw huis niet zo'n oude vrijster woont, dominee. Als dat wel zo was, wil ik wedden dat ze wel iets te vertellen zou hebben gehad.'

Zijn woorden herinnerden mij aan de bezoeken die ik nog moest afleggen en ik nam afscheid van hem. Dit was de enige keer dat ik hem in een goed humeur had aangetroffen.

Eerst bezocht ik miss Hartnell. Ze moet op de uitkijk hebben gestaan, want voor ik de gelegenheid kreeg te bellen opende zij de voordeur en terwijl ze mij een stevige handdruk gaf leidde zij mij over de drempel.

'Heel vriendelijk van u om te komen. Komt u hier binnen, dan zijn we onder vier ogen.'

Wij gingen een kamertje binnen met ongeveer de afmetingen van een kippenhok. Miss Hartnell sloot de deur en verwees me met een air van grote geheimzinnigheid naar een stoel (waarvan er maar drie in de kamer stonden). Ik merkte dat ze ervan genoot.

'Ik draai nooit om de dingen heen,' zei ze met haar vrolijke stem, die iets lager was dan gewoonlijk met het oog op de geheimzinnigheid. 'U weet hoe geruchten de ronde doen in een dorp als dit?'

'Helaas, ja,' zei ik, 'dat weet ik maar al te goed.'

'Ik ben het volkomen met u eens. Niemand heeft een ergere hekel aan geroddel dan ik. Maar zo ligt het nu eenmaal. Ik beschouwde het als mijn plicht de inspecteur te vertellen dat ik op de middag van de moord een bezoek heb gebracht aan

Mrs. Lestrange en haar niet thuis getroffen heb. Ik verwacht geen bedankje voor het doen van mijn plicht; ik doe die en daarmee uit. Ondankbaarheid ontmoet je altijd in het leven, van het begin tot het einde. Gisteren nog heeft die onbeschaamde Mrs. Baker...'

'Ja, ja,' zei ik vlug, in de hoop een van haar langdradige tirades te voorkomen, 'erg treurig, erg treurig. Maar wat wilde u zeggen?'

'De lagere standen weten niet wie hun beste vrienden zijn,' vervolgde miss Hartnell. 'Als ik op bezoek ga heb ik altijd een toepasselijk en bemoedigend woord voor de mensen. Niet dat iemand je er ooit voor bedankt.'

'U vertelde inspecteur Slack dus van uw bezoek aan Mrs. Lestrange,' herinnerde ik haar.

'Juist. En tussen haakjes, hij bedankte me ook niet. Integendeel, hij zei dat als hij inlichtingen wenste hij er wel om vragen zou. Misschien gebruikte hij niet precies die woorden, maar toch wel iets van gelijke strekking. Ze hebben vandaag de dag een heel ander soort mensen bij de politie.'

'Dat zou best kunnen,' zei ik, 'maar u wilde nog wat zeggen?'

'Ik besloot dat ik deze keer niet naar de een of andere onbeschofte inspecteur zou gaan. Tenslotte zijn predikanten heren – sommige tenminste,' voegde ze eraan toe.

Ik geloof niet dat ze mij daar ook toe rekende.

'Als ik u op enigerlei wijze van dienst kan zijn,' begon ik.

'Het is een kwestie van plicht,' zei miss Hartnell. 'Ik vind het niet prettig deze dingen te moeten zeggen. Niemand kan er een grotere hekel aan hebben. Maar plicht is plicht.'

Ik wachtte af.

'Als ik het goed begrepen heb,' ging miss Hartnell, die een kleur kreeg, verder, 'beweert Mrs. Lestrange dat ze de hele tijd thuis was... en dat ze niet opendeed omdat... nou ja, omdat ze er geen zin in had. Wat een aanstellerij! Ik bracht haar alleen een bezoek omdat ik het mijn plicht achtte. En dan zo behandeld te worden!'

'Ze is erg ziek geweest,' zei ik vriendelijk.

'Ziek? Lariekoek. U bent wat wereldvreemd, dominee Clement. Die vrouw mankeert niets. Te ziek om voor de rechtbank te verschijnen! 't Mocht wat! En een medisch attest van dokter Haydock! Ze kan die man om haar vinger winden, iedereen weet dat. Nou, waar was ik gebleven?'

Ik wist het echt niet meer. Met miss Hartnell is het altijd een beetje moeilijk te bepalen waar een verhaal eindigt en het gescheld begint.

'O ja! Over dat bezoek dat ik haar die middag bracht. Wel, het is larie om te zeggen dat ze in huis was. Zij was er niet, dat weet ik zeker.'

'Hoe kunt u dat nu in vredesnaam weten?'

Miss Hartnell werd nog wat roder. Van een minder grimmig iemand had men kunnen zeggen dat het verlegenheid was.

'Ik had geklopt en gebeld,' verklaarde zij. 'Tweemaal, of zelfs driemaal. En toen dacht ik dat de bel misschien niet werkte.'

Het deed me deugd te bemerken dat zij mij niet aan durfde te kijken toen ze dat zei. Onze huizen zijn allemaal door dezelfde aannemer gebouwd en de bellen die hij installeert zijn altijd duidelijk hoorbaar wanneer men buiten voor de voordeur staat. Miss Hartnell wist dat net zo goed als ik, maar ik veronderstel dat men de schijn moet ophouden.

'Ja?' mompelde ik.

'Ik wilde niet zonder meer mijn kaartje in de bus doen. Dat zou zo onbeleefd lijken, en wat ik ook zijn mag, ik ben zeker niet onbeleefd.'

Zij legde deze verbijsterende verklaring af zonder een spier te vertrekken.

'Dus ik vond het beter maar even om het huis heen te lopen en op een raam te kloppen,' vervolgde zij, zonder blikken of blozen. 'Ik liep helemaal om het huis heen, keek door alle ramen, maar er was niemand in huis.'

Ik begreep haar volkomen. Gebruik makend van het feit dat het huis leeg was, had miss Hartnell de vrije teugel gelaten aan haar nieuwsgierigheid en was om het huis gelopen om de tuin te bekijken en zoveel mogelijk van het interieur te zien door bij alle ramen naar binnen te gluren. Zij had er de voorkeur aan gegeven mij haar verhaal te vertellen in plaats van aan de politie, erop vertrouwend bij mij een toegeeflijker en sympathieker gehoor te vinden. Van een predikant wordt tenslotte verwacht dat hij, als het maar even kan, het goede zal denken.

Ik leverde geen commentaar. Ik stelde alleen een vraag.

'Hoe laat was dat, miss Hartnell?'

'Zover ik me kan herinneren moet het tegen zes uur geweest zijn. Ik ging daarna rechtstreeks naar huis en was om ongeveer tien over zes hier en om ongeveer halfzeven kwam Mrs. Protheroe even binnenlopen. Dr. Stone en Mr. Redding bleven buiten staan, terwijl wij over bloembollen praatten. En al die tijd lag daar die arme kolonel, vermoord. Het is een trieste wereld.'

'Soms is het zelfs een heel onaangename wereld,' zei ik.

Ik stond op.

'En dat is alles wat u me te vertellen had?'

'Ik dacht dat het misschien belangrijk was.'

'Misschien wel,' gaf ik toe.

En niet van zins me verder te laten uithoren, zeer tot miss Hartnells teleurstelling, nam ik afscheid.

Miss Wetherby ontving me in een staat van grote opwinding.

'Lieve dominee, wat buitengewoon vriendelijk. Hebt u thee gehad? Bent u er zeker van dat u niets gebruiken wilt? Misschien een kussen in uw rug? Vriendelijk van u om zo gauw te komen. Altijd klaar om anderen te helpen.'

Dat duurde nog wel een poosje voordat we terzake kwamen en zelfs toen gebeurde het nog met veel omhaal van woorden.

'U moet begrijpen dat ik dit uit de beste bron heb vernomen.'

In St. Mary Mead is de beste bron altijd het dienstmeisje van iemand anders.

'U kunt me niet zeggen wie het u verteld heeft?'

'Ik heb mijn woord gegeven, beste Mr. Clement. En ik vind altijd dat een belofte iets heiligs is.'

Ze keek erg plechtig.

'Zullen we zeggen dat een vogeltje het in mijn oor gefluisterd heeft? Dat is veilig, nietwaar?'

Ik had het liefst gezegd: wat een stom geleuter. Ik wou maar dat ik het gedaan had ook. Ik had graag willen zien wat voor effect dat op miss Wetherby gehad zou hebben.

'Wel, dit vogeltje vertelde mij dat zij een zekere dame gezien had, die naamloos zal blijven.'

'Weer een ander soort vogeltje?' vroeg ik.

Tot mijn stomme verbazing barstte miss Wetherby in een wilde lachbui uit en tikte me speels op de arm, zeggend: 'O, dominee, nou moet u niet zo ondeugend doen.'

Toen ze weer bijkwam, vervolgde ze: 'Een zekere dame dus, en waar dacht u dat die zekere dame heen ging? Zij ging de weg naar de pastorie op, maar voor ze dat deed, keek ze om zich heen op een heel bijzondere manier om te zien of zij ook werd opgemerkt door iemand die zij kende, denk ik.'

'En het vogeltje?' vroeg ik.

'Bracht een bezoek aan de vishandelaar, in de kamer boven de winkel.'

Ik weet nu waar de dienstmeisjes heen gaan op hun vrije dag. En ik weet ook waar ze nooit heen gaan als zij het enigszins laten kunnen – ergens in de openlucht.

'En de tijd,' vervolgde miss Wetherby, zich geheimzinnig naar me toe buigend, 'was even voor zes uur.'

'Welke dag was dat?'

Miss Wetherby gaf een gilletje.

'De dag van de moord natuurlijk, had ik dat niet gezegd?'

'Ik maakte het er wel uit op,' antwoordde ik. 'En de naam van die zekere dame?'

'Begint met een L,' zei miss Wetherby, verscheidene malen met het hoofd knikkend.

Daar ik besefte dat ik nu beschikte over alle informatie die miss Wetherby te geven had, stond ik op.

'U zult toch niet toestaan dat de politie mij een kruisverhoor afneemt, nietwaar?' zei miss Wetherby pathetisch, terwijl ze mijn hand tussen haar beide handen nam. 'Ik heb zo'n hekel aan openbaarheid. En dan voor de rechter te moeten staan!'

'In speciale gevallen,' zei ik, 'laten ze de getuigen ook zitten.'

En ik ontsnapte.

Nu moest ik nog naar Mrs. Price Ridley. Deze dame zette mij meteen op mijn nummer.

'Ik wens op geen enkele manier in een rechtszaak betrokken te worden,' zei ze beslist, terwijl ze mij koel de hand drukte. 'Dat moet u goed begrijpen. Aan de andere kant ben ik van mening dat ieder die op iets verdachts stuit, dit onder de aandacht van de autoriteiten dient te brengen.'

'Heeft het iets met Mrs. Lestrange te maken?' vroeg ik.

'Waarom zou het?' vroeg Mrs. Price Ridley koeltjes.

Dat was niet zo'n beste beurt.

'Het is een heel eenvoudige kwestie,' vervolgde zij. 'Mijn dienstmeisje, Clara, stond in de voortuin bij het hek. Zij liep daar even heen – volgens haar om wat frisse lucht te happen. Ik zeg dat ik dat hoogst onwaarschijnlijk acht. Ik vermoed dat ze uitkeek naar de loopjongen van de vishandelaar – als hij zich tenminste nog een jongen noemt. Onbeschaamde vlegel, verbeeldt zich dat hij met alle meisjes grapjes kan maken, omdat hij zeventien jaar is. In ieder geval, zoals ik al zei, ze stond bij het hek en hoorde iemand niezen.'

'Ja,' zei ik in afwachting van wat komen ging.

'Dat is alles. Ik zeg u, ze hoorde iemand niezen. En vertelt u me nu niet dat ik niet meer zo jong ben en dat ik me vergist kan hebben, want het is Clara die het gehoord heeft en die is pas negentien.'

'Ja maar,' zei ik, 'waarom zou ze niet iemand hebben horen niezen?'

Mrs. Price Ridley vond mijn reactie getuigen van zo weinig intelligentie, dat ze me medelijdend aankeek.

'Ze heeft iemand horen niezen op de dag van de moord op een tijdstip dat er niemand in uw huis was. Zonder twijfel zat de moordenaar in de struiken verscholen, wachtend tot hij zijn kans kreeg. Wat u dus nu alleen hoeft te doen, is te zoeken naar een man die verkouden is.'

'Ja, of iemand die hooikoorts heeft,' opperde ik. 'Maar in alle ernst, Mrs. Price Ridley, ik geloof dat dat raadsel makkelijk is op te lossen. Ons dienstmeisje Mary is al een poosje erg verkouden. Om u de waarheid te zeggen, haar gesnuf heeft ons de laatste tijd behoorlijk gehinderd. En dat moet het niezen zijn dat uw meisje gehoord heeft.'

'Het was een man die niesde,' zei Mrs. Price Ridley heel beslist. 'En bovendien kun je vanaf ons hek uw meisje niet horen niezen in haar keuken.'

'Maar evenmin kun je vanaf uw hek iemand horen niezen in mijn studeerkamer,' zei ik. 'Ik betwijfel dat tenminste sterk.'

'Ik zei dat de man in de struiken verscholen kan hebben gezeten,' zei Mrs. Price Ridley. 'En toen Clara weer naar binnen was, is hij natuurlijk bij u door de voordeur naar binnen geglipt.'

'Wel, dat is natuurlijk mogelijk,' zei ik.

Ik trachtte mijn stem niet al te kalmerend te laten klinken, maar slaagde daar kennelijk niet in, want plotseling keek ze me heel kwaad aan.

'Ik ben eraan gewend dat men niet naar mij luistert, maar ik zou ook nog kunnen opmerken dat een tennisracket zonder spanner dat men achteloos op het gras smijt, volkomen vernield wordt. En een tennisracket is duur tegenwoordig.'

De zin van deze aanval ontging me volkomen en ik was zichtbaar verbijsterd.

'Maar misschien bent u het er niet mee eens,' zei Mrs. Price Ridley.

'O jawel, beslist wel.'

'Dat vind ik dan prettig. Dat was alles wat ik te zeggen had. Verder interesseert de hele geschiedenis me niet.'

Zij leunde achterover en sloot haar ogen als iemand die overal genoeg van heeft. Ik bedankte haar en zei goedendag.

Op de stoep waagde ik het Clara nog even uit te horen over de beweringen van haar werkgeefster.

'O ja, dat was waar, Mr. Clement, ik hoorde iemand niezen. En niet zomaar gewoon niezen. Heus niet.'

Niets met betrekking tot een misdaad is ooit gewoon. Het schot was geen gewoon schot. Het niezen was geen gewoon niezen. Het zal wel een speciale moordcnaarsnies geweest zijn, denk ik. Ik vroeg het meisje hoe laat het was geweest, maar ze was erg vaag: zo in de buurt van kwart over zes, halfzeven, dacht ze. Maar in ieder geval: 'Het was vóór mevrouw dat telefoontje kreeg waardoor ze zo van streek raakte.'

Ik vroeg haar of ze een schot gehoord had. En ze zei, ja, dat schieten was werkelijk vreselijk geweest. Na deze laatste verklaring hechtte ik maar niet te veel geloof meer aan haar beweringen.

Ik wilde juist mijn eigen hek binnengaan, toen ik besloot nog even een vriend te bezoeken.

Ik keek op mijn horloge en zag dat ik dat nog net kon doen voor de vesper. Ik liep de weg af naar Haydocks huis. Hij kwam me op de drempel tegemoet.

Het viel me weer op hoe bezorgd en afgetobd hij eruitzag. Deze hele geschiedenis scheen hem zichtbaar te verouderen.

'Ik ben blij je te zien,' zei hij, 'wat voor nieuws is er?'

Ik vertelde hem de laatste ontwikkelingen inzake Stone.

'Een eersteklas dief dus,' was zijn commentaar. 'Wel, dat verklaart een heleboel dingen. Hij had zijn rol van archeoloog echt wel ingestudeerd, maar zo nu en dan liet hij een steekje vallen. Protheroe zal hem daar ook weleens op betrapt hebben, denk ik. Je herinnert je die ruzie wel die ze een keer hadden. Wat dacht je van miss Cram? Zou zij ook in het complot zitten?'

'Daarover zijn de meningen verdeeld,' zei ik. 'Maar ik geloof dat zij er niets mee te maken heeft. Ze is zo'n superidioot,' voegde ik eraan toe.

'Och, dat zou ik niet willen beweren. Ze is nogal slim, onze Gladys Cram. Een opvallend gezond exemplaar. Niet iemand die het artsen erg lastig zal maken.'

Ik vertelde hem van mijn zorgen om Hawes en dat ik het erg nodig vond dat hij in een andere omgeving eens goed tot rust zou komen.

Er kwam iets ontwijkends over hem terwijl ik dit vertelde. Zijn antwoord klonk ook niet erg oprecht.

'Ja,' zei hij langzaam. 'Dat zou waarschijnlijk inderdaad het beste zijn. Arme kerel. Arme kerel.'

'Ik dacht dat je hem niet mocht.'

'Dat doe ik ook niet – niet zo erg tenminste. Maar ik heb wel vaker medelijden met mensen die ik niet mag.' Hij voegde hier aan toe: 'Ik heb zelfs medelijden met Protheroe. Arme kerel, niemand had ooit veel met hem op. Te vol van zijn eigen rechtschapenheid en te aanmatigend. En dat is nu eenmaal niet zo'n plezierige combinatie. Hij is altijd zo geweest, ook als jongen al.'

'Ik wist niet dat je hem toen ook kende?'

'O ja, toen hij in Westmoreland woonde, had ik een praktijk daar niet ver vandaan. Dat is lang geleden. Bijna twintig jaar.'

Ik zuchtte. Twintig jaar geleden was Griselda pas vijf jaar oud. Tijd is een eigenaardig iets.

'Is dat alles wat je me kwam vertellen, Clement?'

Ik schrok op. Haydock keek me onderzoekend aan.

'Er is ook nog wat anders, is het niet?' zei hij.

Ik knikte.

Toen ik binnenkwam had ik nog niet zeker geweten of ik erover zou spreken of niet. Maar nu besloot ik dat wel te doen. Ik mag Haydock heel graag. Hij is een prachtkerel. En ik voelde dat hij misschien iets zou hebben aan wat ik te vertellen had.

Ik vertelde hem mijn gesprekken met de dames Hartnell en Wetherby.

Hij bleef lang zwijgen nadat ik gesproken had.

'Het is volkomen juist, Clement,' zei hij ten slotte. 'Ik heb getracht Mrs. Lestrange tegen overlast te beschermen zoveel als in mijn vermogen lag. Zij is namelijk een oude vriendin van me. Maar dat is niet mijn enige reden. Die medische verklaring van mij is niet zo vals als jullie denken.'

Hij zweeg even en zei toen ernstig: 'Dit blijft tussen jou en mij, Clement. Mrs. Lestrange is ten dode opgeschreven.'

'Wat?!'

'Zij heeft niet lang meer te leven. Ik geef haar nog hoogstens een maand. Verbaast het je nu dat ik tracht haar de last van verhoren en ondervragingen te besparen?'

Hij vervolgde: 'Toen ze die avond deze weg opkwam was ze op weg naar mijn huis.'

'Dat heb je nog niet eerder verteld.'

'Ik wilde geen aanleiding tot nieuwe praatjes geven. Van zes tot zeven heb ik geen spreekuur en iedereen weet dat. Maar je kunt me op mijn woord geloven dat ze hier was.'

'Maar ze was toch niet hier toen ik bij je kwam. Ik bedoel nadat we het lijk ontdekt hadden.'

'Nee.' Hij scheen verontrust. 'Zij was weggegaan. Ze had een afspraak.'

'En waar had zij die afspraak? In haar eigen huis?'

'Ik weet het niet, Clement. Op mijn erewoord, ik weet het niet.'

Ik geloofde hem, maar...

'En veronderstel nu eens dat een onschuldig mens hiervoor opgehangen wordt?'

Hij schudde zijn hoofd.

'Nee,' zei hij. 'Niemand zal voor de moord op kolonel Protheroe worden opgehangen. Daar geef ik je mijn woord op.'

Maar dat was nu juist iets wat ik niet kon accepteren. En toch was de zekerheid die in zijn stem klonk wel heel groot.

'Niemand zal worden opgehangen,' herhaalde hij.

'Die Archer...'

Hij maakte een ongeduldige beweging.

'Die heeft geen hersens genoeg om zijn vingerafdrukken van een pistool te vegen.'

'Misschien niet,' zei ik weifelend.

Toen herinnerde ik me plotseling iets, haalde het bruine kristalletje dat ik in het bos gevonden had uit mijn zak, liet het hem zien en vroeg wat het was.

'Hm.' Hij aarzelde. 'Het lijkt wel picrinezuur. Waar heb je dat gevonden?'

'Dat is het geheim van Sherlock Holmes,' antwoordde ik.

Hij glimlachte.

'Wat is picrinezuur?'

'Een explosief.'

'Ja, dat weet ik, maar het wordt toch ook nog voor andere doeleinden gebruikt, niet?'

Hij knikte.

'Het wordt ook voor medische doeleinden gebruikt, in een smeersel tegen brandwonden. Uitstekend spul.'

Ik hield mijn hand op en met tegenzin gaf hij mij het kristalletje terug.

'Het heeft waarschijnlijk niets te betekenen,' zei ik, 'maar ik vond het op een nogal ongewone plaats.'

'En je wilt me niet zeggen waar?'

Het was nogal kinderachtig, maar dat wilde ik inderdaad niet. Hij had zijn geheimen en dan zou ik de mijne hebben. Ik was er een beetje gepikeerd over dat hij mij zijn volle vertrouwen niet geschonken had.

26

Ik was in een eigenaardige stemming toen ik die avond de preekstoel besteeg.

De kerk was ongewoon vol. Ik kan me niet voorstellen dat het vooruitzicht dat Hawes zou preken zovelen had aangetrokken. Hawes' preken zijn saai en dogmatisch. En als het nieuws dat ik de preek zou overnemen de ronde had gedaan, kon dat evenmin de reden zijn, want mijn preken zijn saai en scholastisch. Maar ik vrees dat ik het ook niet mocht toeschrijven aan vroomheid.

Ik hield het er dus maar op dat iedereen gekomen was om te kijken wie er nog meer was en om na de dienst nog wat na te praten in het kerkportaal.

Haydock was in de kerk, wat beslist ongewoon is, en Lawrence Redding was er ook. En tot mijn verbazing zag ik naast Lawrence het witte, gespannen gezicht van Hawes. Anne Protheroe was er ook. Ze komt gewoonlijk naar de vesper op zondagavond, maar ik had haar vandaag zeker niet verwacht. Ik was overigens nog veel verbaasder Lettice te zien. Kerkgang was voor haar verplicht op zondagmorgen, op dat punt was kolonel Protheroe altijd onvermurwbaar geweest. Maar ik had Lettice vóór vandaag nog nooit in een avonddienst gezien.

Gladys Cram was er, opvallend jong en gezond tegen een achtergrond van verschrompelde oude vrijsters, en ik verbeeldde me dat een vage figuur achter in de kerk, die op het laatste moment binnenglipte, Mrs. Lestrange was.

Ik hoef nauwelijks te vermelden dat de dames Price Ridley, Marple, Hartnell en Wetherby allemaal aanwezig waren. Alle mensen uit het dorp waren er ook, bijna zonder uitzondering. Ik kan me niet herinneren dat we ooit zo'n volle kerk hadden.

Het is vreemd met een mensenmenigte. Er hing die avond een geladen sfeer, waaraan ik me niet kon onttrekken.

In de regel bereid ik mijn preken voor. Ik bewerk ze altijd zorgvuldig en nauwgezet, hoewel niemand zich beter van hun tekortkomingen bewust is dan ikzelf.

Vanavond moest ik noodgedwongen voor de vuist weg preken en terwijl ik daar zo neerkeek op die zee van naar mij toegewende gezichten maakte een plotselinge waanzin zich van mij meester. Ik hield in zekere zin op een prediker Gods te zijn en werd acteur. Ik had een gehoor, een publiek en ik wilde hen ontroeren... en, wat meer zegt, ik voelde dat ik de kracht had om hen te ontroeren.

Ik ben niet trots op wat ik die avond deed. Ik ben een absoluut tegenstander van de emotionele sfeer die zo kenmerkend is voor revivals. En toch speelde ik die avond de rol van een bombastische, dwepende evangelist.

Ik las mijn tekst langzaam.

'Ik ben niet gekomen om rechtvaardigen te roepen, maar zondaars tot bekering.'

Ik herhaalde dit twee maal en ik hoorde mijn eigen stem, een galmende stem, volkomen anders dan de gewone stem van Leonard Clement.

Ik zag dat Griselda, die in de voorste bank zat, verbaasd opkeek en even later Dennis ook.

Even hield ik mijn adem in en toen liet ik me gaan.

De gemeente verkeerde in een toestand van opgekropte emotie, was rijp om bespeeld te worden. Ik bespeelde haar. Ik spoorde zondaren aan tot berouw. Ik zweepte mezelf op tot een soort emotionele razernij. Telkens en telkens weer wees ik op de menigte met beschuldigende hand en herhaalde: 'Ik richt me tot ú!'

En iedere keer steeg er, telkens uit een ander gedeelte van de kerk, een diepe zucht op.

Massa-emotie is iets vreemds en tevens iets vreselijks.

Ik eindigde met deze prachtige en aangrijpende woorden – misschien wel de meest aangrijpende woorden uit de hele bijbel: '... in deze eigen nacht wordt uw ziel van u afgeëist!'

Het was een vreemde, kortstondige bezetenheid. Toen ik naar de pastorie terugkeerde, was ik weer even vaag en onzeker als altijd. Griselda was nogal bleek. Zij gaf me een arm.

'Len,' zei ze, 'je was nogal angstaanjagend vanavond. Ik... Ik vond het helemaal niet prettig. Zo heb ik je nog nooit eerder horen preken.'

'En ik denk dat je dat ook niet vaker zult horen,' zei ik en liet me op de sofa zakken, moe en mat.

'Waarom deed je het eigenlijk?'

'Een plotselinge waanzin kwam over me.'

'O, dus... dus het had geen speciale betekenis?'

'Wat bedoel je met een speciale betekenis?'

'Niets, ik vroeg het me alleen maar af. Dat is alles. Het was erg onverwacht, Len. Ik heb altijd het gevoel dat ik je niet helemaal ken.'

We gingen aan tafel en gebruikten een koud maal, aangezien het Mary's uitgaansavond was.

'Er ligt een briefje voor je in de hal,' zei Griselda. 'Wil jij het even halen, Dennis?'

Dennis, die erg stil was, gehoorzaamde.

Ik nam het aan en kreunde. In de linkerbovenhoek stond geschreven: *Dringend.*

'Dit moet van Miss Marple zijn,' zei ik. 'Er is verder niemand meer over.'

Mijn veronderstelling bleek juist te zijn.

Waarde Mr. Clement, Ik zou erg graag een gesprek met u hebben over een paar punten die bij me opgekomen zijn. Het is mijn mening dat wij allen moeten helpen licht te brengen in deze droeve aangelegenheid. Ik stel voor om ongeveer halftien bij u te komen als dat schikt; ik zal wel op uw raam tikken. Misschien voelt Griselda er iets voor hierheen te komen om mijn neef wat op te vrolijken. En Mr. Dennis ook natuurlijk, als hij dat wil. Als ik verder niets hoor, zal ik hen dus verwachten en kom dan zelf op de voorgestelde tijd bij u. Hoogachtend,

Jane Marple

Ik gaf het briefje aan Griselda.

'O, dat is goed, we gaan wel,' zei ze opgewekt. 'Een of twee glaasjes zelfgemaakte likeur is net wat je op een zondagavond nodig hebt. Ik denk dat Mary's in elkaar gezakte blancmanger ons zo neerslachtig maakt.'

Dennis scheen minder opgetogen bij het vooruitzicht.

'Het is allemaal heel aardig voor jou,' bromde hij. 'Jij kunt aan die geleerde gesprekken over boeken en kunst meedoen. Maar ik voel me altijd een volslagen idioot als ik daarbij zit te luisteren.'

'Dat is weleens goed voor een verwaand knulletje als jij,' zei Griselda kalm. 'Bovendien geloof ik niet dat Mr. Raymond West zo verschrikkelijk knap is als hij ons wil laten geloven.'

'Dat geldt voor de meesten van ons,' zei ik.

Ik was erg benieuwd wat Miss Marple wilde bespreken. Van alle dames in mijn gemeente beschouw ik haar als veruit de slimste. Niet alleen ziet en hóórt zij nagenoeg alles wat er gebeurt, maar bovendien trekt ze uit hetgeen onder haar aandacht komt verbazend juiste conclusies.

Als ik ooit het slechte pad op zou gaan, zou ik haar het meeste vrezen.

Wat Griselda het 'neef-vermaak-gezelschap' noemde, vertrok even over negenen en terwijl ik op Miss Marples komst wachtte, hield ik mij bezig met het opstellen van een soort schema van de feiten die met de misdaad te maken hadden. Ik rangschikte ze zoveel mogelijk in chronologische volgorde. Ik ben niet punctueel, maar wel netjes, en ik houd ervan de dingen ordelijk op een rijtje te zetten.

Om precies halftien hoorde ik een tikje tegen de ruit en stond ik op om Miss Marple binnen te laten.

Ze had een heel mooie omslagdoek van Shetland wol over haar hoofd en schouders geslagen en zag er nogal oud en broos uit.

'Heel vriendelijk van u me te willen ontvangen, en heel aardig van Griselda. Raymond heeft veel bewondering voor haar; hij vindt haar altijd net een portret van Greuze. Zal ik hier gaan zitten? Nu neem ik toch uw stoel niet? O, dank u. Nee, nee, ik heb geen voetenbankje nodig.'

Ik legde de omslagdoek op een stoel en nam zelf een stoel tegenover haar. We keken elkaar eens aan en een afkeurend glimlachje speelde om haar lippen.

'Ik voel dat u zich afvraagt waarom... waarom ik zo geïnteresseerd ben in dit alles. Misschien denkt u wel dat het erg onvrouwelijk is. Nee, nee, alstublieft, ik zou dit graag willen uitleggen, als ik mag.'

Ze dacht enige ogenblikken na, terwijl er een blos op haar wangen kwam.

'Ziet u,' begon ze ten slotte, 'wanneer je zoals ik alleen woont in wat je zou kunnen noemen een uithoek van de wereld, dan moet je een hobby hebben. Je hebt natuurlijk je breiwerk, de padvindsters en sociaal werk en je kunt ook nog tekenen, maar mijn werkelijke hobby is – en was altijd al – de menselijke natuur. Die is zo veelzijdig, en zo buitengewoon boeiend. En in een klein dorp, met niets om je af te leiden, heb je natuurlijk volop gelegenheid de mensen te bestuderen. Je begint met de mensen in klassen in te delen, scherp omlijnd, net als vogels en bloemen, groep zus en groep zo, geslacht dit, soort dat. Soms vergis je je natuurlijk, maar gaandeweg vergis je je hoe langer hoe minder. En dan ga je jezelf eens op de proef stellen. Je neemt een klein probleem, bijvoorbeeld die mand met gepelde garnalen, wat onze lieve Griselda zo amuseerde – een volkomen onbelangrijk mysterie, maar toch volkomen onbegrijpelijk, tenzij je het op de juiste wijze oplost. En dan was er dat geval van de verwisselde hoestpastilles en de paraplu van de vrouw van de slager. Dit laatste was zonder enige betekenis, tenzij je aannam dat de verhouding tussen de groenteman en de vrouw van de apotheker niet erg netjes was – wat natuurlijk achteraf het geval bleek te zijn. Weet u, het is zo boeiend je eigen gezonde verstand te gebruiken en dan te ontdekken dat je gelijk hebt.'

'En dat hebt u meestal, geloof ik,' zei ik glimlachend.

'Ik vrees dat dat mij wel wat verwaand gemaakt heeft,' bekende Miss Marple. 'Maar ik heb me altijd afgevraagd of ik, als er zich op een dag een echt groot mysterie zou voordoen, in staat zou zijn hetzelfde te doen. Ik bedoel... het correct op te lossen. Logisch gesproken zou het precies hetzelfde moeten zijn. Tenslotte is een klein model van een torpedo precies hetzelfde als een echte torpedo.'

'U bedoelt dat het allemaal een kwestie van evenredigheid is,' zei ik langzaam. 'Als je het logisch bekijkt, zou het dat moeten zijn, dat geef ik toe. Maar ik weet toch niet of dat in de werkelijkheid wel klopt.'

'Maar natuurlijk moet het hetzelfde zijn,' zei Miss Marple. 'De wat men vroeger op school factoren noemde, zijn dezelfde. In de eerste plaats geld en de wederzijdse aantrekkingskracht tussen mensen van het... eh... andere geslacht – en dan zijn er mensen die wat zonderling zijn – veel mensen zijn een beetje zonderling, nietwaar. Eigenlijk zijn alle mensen wel een beetje vreemd wanneer je ze beter leert kennen. En normale mensen doen soms vreselijk gekke dingen, terwijl gekke of zonderlinge mensen soms zo doodgewoon en verstandig kunnen doen. De enige methode is feitelijk om mensen te vergelijken met soortgelijke mensen die je gekend of ontmoet hebt. En u zou verbaasd staan als u wist hoe weinig verschillende soorten er zijn.'

'U maakt me gewoon bang,' zei ik. 'Ik heb het gevoel alsof ik onder een microscoop gelegd word.'

'Vanzelfsprekend zou ik er niet over dromen zoiets aan kolonel Melchett te vertellen – wat een eigenzinnig mens is dat – of aan die arme inspecteur Slack, die me doet denken aan een verkoopster in een schoenwinkel die je een paar lakleren schoenen wil verkopen omdat ze die in je maat heeft, zonder zich er iets van aan te trekken dat je om bruin kalfsleer gevraagd hebt.'

Dat is werkelijk een zeer geslaagde beschrijving van Slack.

'Maar ik ben er zeker van, Mr. Clement, dat u minstens evenveel weet van deze misdaad als inspecteur Slack. En ik dacht, als wij konden samenwerken...'

'Ik vraag het me af,' zei ik. 'Ik geloof dat ieder van ons zich diep in zijn hart verbeeldt een Sherlock Holmes te zijn.' Ik vertelde haar toen van de drie dringende briefjes die ik die middag gekregen had. Ik vertelde haar hoe Anne het schilderij met het kapotgesneden gezicht ontdekt had. Ik vertelde haar ook van miss Crams houding op het politiebureau en ik beschreef hoe Haydock had vastgesteld wat het door mij opgepikte kristalletje was.

'Aangezien ik dat zelf gevonden heb,' beëindigde ik mijn opsomming, 'zou ik het wel prettig vinden als het belangrijk bleek te zijn. Maar vermoedelijk heeft het niets met de zaak te maken.'

'Ik heb de laatste tijd nogal wat Amerikaanse detectives uit de bibliotheek gelezen,' zei Miss Marple, 'in de hoop dat ik er iets aan zou hebben.'

'Stond er in een ervan ook iets over picrinezuur?'

'Ik ben bang van niet. Ik kan me echter wel herinneren dat ik eens een verhaal gelezen heb waarin een man vergiftigd werd doordat men hem had ingesmeerd met een mengsel van lanoline en picrinezuur.'

'Ja, maar aangezien er in ons geval niemand vergiftigd is, hebben we daar niet veel aan,' zei ik.

Daarna nam ik mijn schema op en overhandigde het haar.

'Ik heb geprobeerd de feiten zo duidelijk mogelijk te recapituleren,' zei ik.

Mijn schema

Donderdag de 21e

12.30	*Kolonel Protheroe verandert zijn afspraak van zes uur in kwart over zes. Vermoedelijk door het halve dorp gehoord.*
12.45	*Het pistool nog op zijn oude plaats waargenomen. (Dit is echter enigermate twijfelachtig, daar Mrs. Archer eerst gezegd had dat ze het zich niet kon herinneren.)*
17.30	*(ongeveer) Kolonel en Mrs. Protheroe verlaten Old Hall per auto om naar dorp te gaan.*
17.30	*Valse telefonische oproep voor mij vanuit de noordelijke portierswoning van Old Hall.*
18.15	*(of een of twee minuten eerder) Kolonel Protheroe komt aan bij de pastorie. Wordt door Mary in de studeerkamer gelaten.*
18.20	*Mrs. Protheroe komt langs het achterlaantje en door de tuin naar de tuindeuren van de studeerkamer. Kolonel Protheroe niet zichtbaar.*
18.29	*Telefoontje vanuit Lawrence Reddings bungalow naar Mrs. Price Ridley (volgens centrale).*
18.30-18.35	*Er wordt een schot gehoord (als men de tijd van bovengemelde telefonische oproep als juist aanvaardt). De getuigenverklaringen van Lawrence Redding, Anne Protheroe en dr. Stone schijnen op een vroeger tijdstip te duiden, maar die van Mrs. P.R. is vermoedelijk juist.*
18.45	*Lawrence Redding komt aan in de pastorie en vindt het lijk.*
18.48	*Ik kom Lawrence Redding tegen.*
18.49	*Ik ontdek lijk.*
18.55	*Haydock onderzoekt slachtoffer.*

Noot. De enige twee personen die geen alibi hebben voor 18.30-18.35 zijn miss Cram en Mrs. Lestrange. Miss Cram zegt dat zij bij de grafheuvel was, maar hiervan is geen bevestiging te krijgen. Het lijkt echter redelijk haar uit te schakelen, aangezien er niets schijnt te zijn dat haar met de moord in verband brengt. Mrs. Lestrange verliet het huis van dokter Haydock na zes uur in verband met een afspraak. Waar was die afspraak en met wie? Het kon haast niet met kolonel Protheroe geweest zijn, daar hij verwachtte op dat tijdstip met mij bezig te zijn. Het is juist dat Mrs. Lestrange in de buurt was ten tijde van de moord, maar het is niet erg duidelijk welk motief zij gehad zou kunnen hebben om hem te vermoorden. Zij heeft geen voordeel bij zijn dood en ik kan de chantagetheorie van de inspecteur niet aanvaarden. Mrs. Lestrange hoort niet tot dat soort vrouwen. Bovendien lijkt het hoogst onwaarschijnlijk dat zij Lawrence Reddings pistool te pakken had kunnen krijgen.

'Zeer duidelijk,' zei Miss Marple, instemmend met het hoofd knikkend. 'Werkelijk zeer duidelijk. Mannen kunnen altijd zulke uitstekende memoranda maken.'

'Bent u het eens met wat ik heb opgeschreven?' vroeg ik.

'O ja... u hebt het allemaal prachtig gesteld.'

Ik stelde haar toen de vraag die ik de hele tijd al had willen stellen.

'Miss Marple,' zei ik. 'Wie verdenkt u? U hebt eens gezegd dat er zeven personen waren.'

'O, ja, minstens, zou ik denken,' zei Miss Marple afwezig. 'Ik verwacht dat we allemaal iemand anders verdenken.'

Zij vroeg mij niet wie ik verdacht.

'De kwestie is dat men voor alles een verklaring moet vinden. Elk punt moet op bevredigende wijze afgedaan worden. Als u een theorie hebt die op elk feit past, dan moet dat de juiste zijn. Maar dat is buitengewoon moeilijk. Als dat briefje er maar niet was...'

'Het briefje?' zei ik verbaasd.

'Ja, herinnert u het zich niet? Ik heb het u gezegd. Van het begin af aan heeft dat briefje mij dwarsgezeten. Hoe dan ook, er is iets verkeerd aan.'

'Ja, maar dat is nu toch verklaard,' zei ik. 'Het werd om vijf over halfzeven geschreven en een ander – de moordenaar – schreef er 6.20 boven om ons te misleiden. Ik meen dat dat nu wel duidelijk is vastgesteld.'

'Maar zelfs dan,' zei Miss Marple, 'klopt het nog niet.'

'Hoezo?'

'Luistert u nu eens even.'

Miss Marple leunde voorover. 'Mrs. Protheroe passeerde mijn tuin, zoals ik u zei. Ze ging tot de tuindeuren van de studeerkamer en keek naar binnen, maar zag kolonel Protheroe niet.'

'Omdat hij aan de schrijftafel zat te schrijven,' zei ik.

'En daar zit nu juist de fout. Dat was om twintig over zes. Wij waren het erover eens dat hij pas na halfzeven zou zijn gaan schrijven dat hij niet langer kon wachten – dus waarom zat hij dan aan die schrijftafel?'

'Daaraan heb ik nog niet gedacht,' zei ik langzaam.

'Lieve Mr. Clement, laten wij het geheel nog eens doornemen. Mrs. Protheroe gaat naar het raam en denkt dat de kamer leeg is... dat moet ze wel gedacht hebben, want anders was ze niet doorgelopen naar het atelier om Mr. Redding te ontmoeten. Dat zou niet veilig geweest zijn. Het moet dus volkomen stil zijn geweest in de kamer, als zij dacht dat die leeg was. En dat geeft ons drie mogelijkheden, nietwaar?'

'U bedoelt...'

'De eerste mogelijkheid zou kunnen zijn dat kolonel Protheroe al dood was, maar ik denk niet dat dat erg waarschijnlijk is. Om te beginnen was hij nauwelijks vijf minuten in de kamer, en zij of ik had het schot moeten horen, en ten tweede blijft de moeilijkheid waarom hij achter de schrijftafel zat. De tweede mogelijkheid is natuurlijk dat hij daar inderdaad zat te schrijven, maar in dat geval moet het een heel andere brief geweest zijn en niet dat briefje waarin stond dat hij niet langer kon wachten. En de derde...'

'Ja?' zei ik.

'De derde mogelijkheid is natuurlijk dat Mrs. Protheroe gelijk had en dat de kamer inderdaad leeg was.'

'U bedoelt dat hij, na binnengelaten te zijn, weer is weggegaan en later is teruggekomen?'

'Ja.'

'Maar waarom zou hij dat gedaan hebben?'

Miss Marple spreidde haar beide handen uit in een gebaar van verbijstering.

'Dat zou betekenen dat de zaak vanuit een heel andere hoek bekeken moet worden,' zei ik.

'Dat moet zo vaak, met allerlei dingen. Gelooft u ook niet?'

Ik gaf geen antwoord. Ik ging in gedachten nog eens nauwkeurig de drie door Miss Marple geopperde mogelijkheden na.

Met een zucht stond de oude dame op.

'Ik moet weer eens opstappen. Ik ben toch wel erg blij dat we dit babbeltje gehad hebben, hoewel we niet erg opgeschoten zijn, helaas.'

'Om u de waarheid te zeggen,' zei ik, terwijl ik haar omslagdoek pakte, 'het hele geval komt me zo verwarrend voor als een doolhof.'

'Och nee, dat zou ik nu ook weer niet willen beweren. Ik geloof dat, alles bij elkaar genomen, één theorie nagenoeg alles dekt. Dat wil zeggen wanneer men één toevalligheid wil accepteren en dat is naar mijn mening toelaatbaar. Meer dan één toevalligheid is natuurlijk onwaarschijnlijk.'

'Gelooft u dat werkelijk? Dat van die theorie, bedoel ik?'

'Ik geef toe dat er één zwakke plek in mijn theorie zit, een feit waar ik maar niet achter kan komen. O! Als er maar iets anders op dat briefje had gestaan...'

Zij zuchtte en schudde haar hoofd. Zij ging naar de tuindeuren en betastte verstrooid een nogal treurig uitziende plant, die in een grote pot stond.

'Maar mijn beste dominee, weet u wel dat deze plant vaker water moet hebben? Arm ding, hij heeft het hard nodig. Uw dienstmeisje zou hem elke dag water moeten geven. Ik neem tenminste aan dat zij ervoor zorgt?'

'Voor zover ze ergens voor zorgt.'

'Nog een beetje ongepolijst op het ogenblik,' opperde Miss Marple.

'Ja,' zei ik. 'En Griselda vertikt het stelselmatig haar wat bij te slijpen. Zij is van mening dat alleen een elders volkomen onbruikbare en ongewenste gedienstige bij ons wil blijven. Maar een paar dagen geleden heeft Mary ons toch de dienst opgezegd.'

'Zo, zo. En ik heb altijd gedacht dat ze erg gesteld was op u beiden.'

'Nou, daar heb ik nooit wat van gemerkt,' zei ik. 'Maar in dit geval was het zo, dat Lettice Protheroe haar van streek maakte. Mary kwam in een nogal opgewonden stemming van de rechtszitting terug en trof Lettice hier aan en... tja, toen hebben ze ruzie gehad.'

'O!' zei Miss Marple. Zij stond juist op het punt via de tuindeur naar buiten te stappen, toen ze plotseling stilstond, en een hele serie uitdrukkingen snel over haar gezicht gleed.

'O hemeltje!' mompelde ze bij zichzelf. 'Wat ben ik dom geweest. Dus dát was het! En dat was al die tijd al mogelijk!'

'Pardon?'

Zij keek me bezorgd aan.

'Niets. Een idee dat juist bij me is opgekomen. Ik moet nu naar huis om alles nog eens goed te overdenken. Weet u, ik geloof dat ik verschrikkelijk dom ben geweest... ongelooflijk dom.'

'Dat kan ik van u nauwelijks geloven,' zei ik galant.

Ik begeleidde haar door de tuindeur en over het grasveld.

'Kunt u me ook zeggen wat er zo plotseling bij u opgekomen is?' vroeg ik.

'Op het moment liever niet. Ziet u, er is nog een mogelijkheid dat ik me vergis. Maar ik denk het niet. Zo, hier zijn we aan mijn tuinhek. Dank u vriendelijk. Gaat u maar niet verder mee.'

'Is dat briefje nog steeds een struikelblok?' vroeg ik, terwijl zij door het hek ging en het achter zich op de klink deed.

Ze keek me afwezig aan.

'Het briefje? O! Dat was natuurlijk het echte briefje niet. Dat heb ik ook nooit gedacht. Goedenacht, dominee Clement.'

Ze liep snel het tuinpad op naar haar huis, terwijl ik bleef staan en haar nastaarde.

Ik wist nu echt niet meer wat ik ervan moest denken.

27

Griselda en Dennis waren nog niet teruggekeerd. Ik realiseerde me nu dat het heel vanzelfsprekend geweest zou zijn als ik met Miss Marple mee naar huis was gegaan. Wij waren echter beiden zo volkomen in beslag genomen geweest door het mysterie, dat we vergaten dat er ook nog andere mensen in de wereld bestonden behalve wijzelf.

Ik stond juist in de hal, mij afvragend of ik toch nog maar niet even Griselda en Dennis zou gaan ophalen, toen er gebeld werd. Ik liep naar de deur en zag een brief in de bus liggen; aannemend dat men daarvoor gebeld had, nam ik hem eruit. Terwijl ik dit deed, werd er weer gebeld. Ik stak de brief haastig in mijn zak en opende de voordeur.

Het was kolonel Melchett.

'Hallo, Clement, ik kom uit de stad en ben op weg naar huis. Ik dacht, laat ik even bij Clement aanlopen en zien of hij een borrel wil weggeven.'

'Dat zal me een genoegen zijn,' zei ik. 'Kom in de studeerkamer.'

Hij trok de leren jas die hij droeg uit, en volgde mij naar mijn kamer. Ik haalde whisky, sodawater en twee glazen. Melchett stond voor de open haard, met zijn benen wijd uit elkaar terwijl hij over zijn kortgeknipte snorretje streek.

'Ik heb een brokje nieuws voor je, Clement. Het meest verbazingwekkende nieuws dat je ooit gehoord hebt. Maar laten we dat even laten rusten. Hoe gaat het hier? Nog meer oude dames die een spoor geroken hebben?'

'Ze doen het zo slecht nog niet,' zei ik. 'Een van hen denkt zelfs het geval al opgelost te hebben.'

'Onze vriendin Miss Marple, hè?'

'Onze vriendin Miss Marple.'

'Zulke vrouwen denken altijd dat ze alles weten,' zei kolonel Melchett.

Hij dronk waarderend van zijn whisky-soda.

'Het zal vermoedelijk wel onnodige inmenging mijnerzijds zijn, als ik dit vraag,' zei ik, 'maar mag ik aannemen dat de loopjongen van de visboer verhoord is? Ik bedoel, als de moordenaar het huis door de voordeur verlaten heeft, dan is er een kans dat de jongen hem gezien heeft.'

'Slack heeft hem inderdaad ondervraagd,' zei Melchett, 'maar de jongen zegt dat hij niemand tegengekomen is. Het was ook niet erg waarschijnlijk. De moordenaar was er uiteraard niet op gebrand op te vallen. Er is genoeg dekking bij het hek aan de voorkant. Vandaar zou hij dan eerst wel gekeken hebben of de kust vrij was. De jongen moest bij de pastorie zijn, bij Haydock en bij Mrs. Price Ridley. Het was eenvoudig genoeg hem uit de weg te blijven.'

'Ja, dat zal wel,' zei ik.

'Maar,' ging Melchett verder, 'als die boef Archer het gedaan had en de jonge Fred Jackson was hém hier ergens tegengekomen, dan betwijfel ik ten zeerste of hij dat verteld zou hebben. Archer is namelijk een neef van hem.'

'Verdenk je Archer serieus?'

'Nou, Protheroe zat Archer aardig dwars. Ze konden elkaar niet uitstaan. Toegeeflijkheid was niet Protheroes sterkste punt.'

'Nee,' zei ik. 'Hij ontzag niemand.'

'Ik zeg altijd maar,' zei Melchett, 'leven en laten leven. De wet moet gehandhaafd worden natuurlijk, maar je moet iemand ook eens een kans geven. En dat deed Protheroe nooit.'

'Daar was hij trots op,' zei ik. Het was even stil en toen vroeg ik: 'Wat is dat verbazingwekkende nieuws dat je me beloofde?'

'Wel, het ís verbazingwekkend. Je weet van die brief die Protheroe aan het schrijven was, toen hij vermoord werd?'

'Ja.'

'Daar hebben we een deskundige bij gehaald om ons te vertellen of dat beruchte 6.20 er later door een andere hand aan toegevoegd was. Natuurlijk stuurden we ook enige voorbeelden van Protheroes eigen handschrift mee. En weet je wat het oordeel was? Dat hele briefje is nooit door Protheroe geschreven!'

'Je bedoelt dat het niet echt was?'

'Het is een vervalsing. Zij denken dat de 6.20 in weer een ander handschrift is geschreven, maar daar zijn ze niet zeker van. Het is wel met andere inkt geschreven, en de brief zelf is een vervalsing. Protheroe heeft hem nooit geschreven.'

'Zijn ze daar zeker van?'

'Wel, laten we zeggen zo zeker als experts ooit zijn.'

'Verbazingwekkend,' zei ik.

Toen herinnerde ik me plotseling iets.

'Ik bedenk me nu opeens,' zei ik, 'dat Mrs. Protheroe meteen al zei dat het helemaal niet op het handschrift van haar man leek, maar ik heb daar geen notitie van genomen.'

'Werkelijk?'

'Ik dacht dat het een van die dwaze opmerkingen was die vrouwen wel meer maken. Als er nou toch één ding wel heel zeker leek, dan was het dat Protheroe dat briefje geschreven had.'

Wij keken elkaar aan. 'Het is eigenaardig,' zei ik langzaam. 'Vanavond nog zei Miss Marple dat dat briefje helemaal niet klopte.'

'Ik krijg wat van dat mens. Ze had er niet meer van kunnen weten als ze de moord zelf begaan had.'

Op dat moment ging de telefoon. Er is uit psychologisch oogpunt iets eigenaardigs met het gerinkel van een telefoon. Hij rinkelde nu hardnekkig en met een soort sinistere ondertoon. Ik ging naar het toestel en nam de hoorn van de haak. 'De pastorie,' zei ik, 'met wie spreek ik?'

Ik hoorde een vreemde, schelle, hysterische stem.

'Ik wil bekennen,' zei de stem. 'Mijn god, ik wil bekennen.'

'Hallo,' zei ik. 'Hallo. Hoort u eens; de verbinding is verbroken. Welk nummer was dat?'

Een lusteloze stem antwoordde dat ze dat niet wist. Zij voegde eraan toe dat het haar speet dat ik lastig gevallen was.

Ik legde de hoorn op de haak en wendde me tot Melchett.

'Je hebt een keer gezegd dat je gek zou worden als nog iemand deze misdaad zou bekennen,' zei ik.

'En wat is daarmee?'

'Dit was iemand die wilde bekennen, maar de centrale heeft de verbinding verbroken.'

Melchett sprong naar de telefoon en nam de hoorn op.

'Ik zal weleens even met ze spreken.'

'Doe dat,' zei ik. 'Misschien bereik je wat. Ik laat het aan jou over. Ik ga uit. Ik geloof dat ik die stem herkend heb.'

28

Ik haastte me door de dorpsstraat. Het was elf uur en op een zondagavond om elf uur lijkt het hele dorp St. Mary Mead wel uitgestorven.

Ik zag echter een verlicht raam op de eerste verdieping van het huis waar Hawes woont.

Na een hele tijd kwam Mrs. Sadler, bij wie Hawes in pension was, naar de deur en begon omslachtig twee grendels weg te schuiven, maakte een ketting los, waarna er nog een sleutel aan te pas kwam, voordat eindelijk de deur op een kier openging. Ze keek me achterdochtig aan.

'Kijk eens aan, de dominee!' riep ze toen.

'Goedenavond,' zei ik. 'Ik wil Mr. Hawes even spreken. Ik zag nog licht branden, dus hij is nog op.'

'Dat kan wel zijn. Ik heb hem niet meer gezien sinds ik zijn avondeten naar boven gebracht heb. Hij heeft een rustige avond gehad: geen bezoek en hij is niet uit geweest ook.'

Ik knikte, liep haar voorbij en ging snel de trap op. Hawes heeft een slaapkamer en een zitkamer op de eerste verdieping.

Ik ging de zitkamer in. Hawes lag achterover in een chaise longue. Hij sliep. Hij werd niet wakker toen ik binnenkwam. Een leeg medicijndoosje en een glas, nog half gevuld met water, stonden naast hem. Op de vloer bij zijn linkervoet lag een verfrommeld vel papier, waarop iets geschreven was. Ik raapte het op en streek het glad.

Het begon met: Beste Clement...

Ik las het door, slaakte een kreet en stak het in mijn zak. Daarna boog ik mij over Hawes en bestudeerde hem aandachtig.

Vervolgens greep ik de telefoon die bij zijn elleboog stond en vroeg het nummer van de pastorie aan. Melchett was kennelijk nog steeds bezig met zijn pogingen dat telefoongesprek op te sporen, want ik kreeg ten antwoord dat mijn nummer bezet was. Na de centrale gevraagd te hebben mij te bellen, legde ik de hoorn weer op de haak.

Ik stak mijn hand in mijn zak om het briefje dat ik had opgeraapt nog eens door te lezen. Tegelijkertijd trok ik ook de brief mee die ik in de brievenbus had gevonden, maar nog steeds niet gelezen had. Hij zag er afschuwelijk bekend uit. Het was hetzelfde handschrift als dat van de anonieme brief die ik die middag ontvangen had.

Ik scheurde hem open.

Ik las de inhoud eenmaal – tweemaal, niet in staat te begrijpen wat er stond.

Ik wilde juist voor de derde maal beginnen, toen de telefoon ging. Als in een droom pakte ik de hoorn op en sprak.

'Hallo?'

'Hallo.'

'Ben jij daar, Melchett?'

'Ja, waar ben je? Ik heb dat telefoontje opgespoord, het nummer is...'

'Ik ken het nummer.'

'O! Goed. Spreek je nu daar vandaan?'

'Ja.'

'En hoe staat het met de bekentenis?'

'Die bekentenis heb ik, dat zit wel goed.'

'Bedoel je dat je de moordenaar hebt?'

Het was de grootste verzoeking van mijn leven. Ik keek naar Hawes. Ik keek naar de verfrommelde brief. Ik keek naar het anonieme gekrabbel en ten slotte naar het lege medicijndoosje met Cherubims naam erop. Ik herinnerde me een bepaald gesprek. Ik streed een korte, heftige strijd met mezelf.

'Ik... weet het niet,' zei ik toen. 'Het is maar beter dat je gauw hierheen komt.'

En ik gaf hem het adres.

Daarna ging ik in een stoel tegenover Hawes zitten om na te denken.

Ik had krap twee minuten waarin ik dat kon doen. Binnen twee minuten zou Melchett hier aankomen.

Ik nam de anonieme brief nogmaals op en las hem voor de derde maal door.

Daarna sloot ik mijn ogen en dacht na...

29

Ik weet niet hoe lang ik daar gezeten heb. Ik werkelijkheid maar een paar minuten, denk ik. Maar het leek wel een eeuwigheid te duren, voordat ik de deur open hoorde gaan en Melchett de kamer zag binnenkomen.

Hij keek naar de slapende Hawes in zijn stoel en richtte zich toen tot mij.

'Wat is er, Clement? Wat heeft dit allemaal te betekenen?'

Van de twee brieven die ik in mijn hand hield, koos ik er een en gaf hem die. Hij las hem zachtjes voor.

'Beste Clement. Het is een buitengewoon onaangename mededeling die ik je moet doen. Ik vind het dan ook prettiger je te schrijven. We kunnen het dan later altijd nog bespreken. Het gaat om de recente verduisteringen. Het spijt me te moeten zeggen dat ik de identiteit van de schuldige onomstotelijk heb kunnen vaststellen. Hoe pijnlijk het ook voor me is een gewijd geestelijke van de Kerk te moeten beschuldigen, toch is mijn plicht duidelijk. Er moet een voorbeeld gesteld worden en...'

Hij keek mij vragend aan. Op dit punt ging het schrift over in een onleesbare krabbel, toen de dood de schrijvende hand voor altijd verstilde.

Melchett haalde diep adem en keek weer naar Hawes.

'Dus dat is de oplossing! De enige die we zelfs nooit verdacht hebben. En berouw dreef hem tot een bekentenis!'

'Hij gedroeg zich wel eigenaardig de laatste tijd,' zei ik.

Onder het slaken van een scherpe uitroep liep Melchett plotseling op de slapende man toe. Hij pakte hem bij zijn schouder en schudde hem, eerst zachtjes, daarna steeds harder.

'Hij slaapt helemaal niet! Hij is verdoofd! Wat betekent dit?'

Zijn oog viel op het lege medicijndoosje.

'Heeft hij...'

'Ik denk het wel,' zei ik. 'Hij liet ze me een paar dagen geleden zien. Hij vertelde me toen dat hij gewaarschuwd was tegen het gebruik van een te grote dosis. Dit zag hij als zijn uitweg, arme kerel. Misschien is het zo het beste. Het is niet aan ons om over hem te oordelen.'

Maar Melchett was vóór alles commissaris van politie. Mijn argumenten legden bij hem geen gewicht in de schaal. Hij had een moordenaar gevangen en die moordenaar moest hangen.

In één seconde was hij aan de telefoon en bewoog ongeduldig de haak op en neer tot hij antwoord kreeg. Hij vroeg Haydocks nummer aan. Terwijl hij stond te wachten met de hoorn tegen zijn oor, hield hij zijn ogen gericht op het slappe lichaam in de stoel.

'Hallo... hallo... hallo. Is dokter Haydock daar? Wilt u vragen of de dokter direct naar High Street 19 komt? Bij Mr. Hawes. Het is zeer dringend... Wat zegt u? Hè, wat voor nummer heeft u dan? O, sorry.'

Hij hing op, briesend van woede.

'Verkeerd nummer, verkeerd nummer... altijd verkeerde nummers! En daar hangt nu een mensenleven van af. Hallo... u hebt me een verkeerd nummer gegeven... ja... verspil geen tijd... geef me drie negen, négen, niet zeven.'

Weer een periode van wachten, ditmaal korter.

'Hallo, ben jij daar, Haydock? Hier Melchett. Kom onmiddellijk naar High Street 19, wil je? Hawes heeft een te grote dosis van het een of ander ingenomen. Maar kom direct, man, het is een kwestie van leven of dood.'

Hij hing op en ijsbeerde daarna ongeduldig door de kamer.

'Ik kan me niet voorstellen, Clement, waarom je niet meteen de dokter gebeld hebt. Je moet je hersens er niet bij gehad hebben.'

Het is maar gelukkig dat Melchett zich nooit schijnt te kunnen indenken dat anderen er andere meningen op na kunnen houden dan hijzelf. Ik zei niets, en hij ging voort: 'Waar vond je die brief?'

'Verfrommeld op de vloer, waar hij uit zijn hand gevallen was.'

'Het is toch buitengewoon. Die oude tante had nog gelijk ook, toen ze zei dat we het verkeerde briefje hadden gevonden. Ik vraag me af hoe ze daar nou weer op gekomen is. Maar wat een sufferd was de man om dat briefje niet te vernietigen. Stel je voor, zo'n belastend bewijsstuk, en dat bewaart hij!'

'De menselijke natuur is vol tegenstrijdigheden.'

'Als dat niet zo was, betwijfel ik of we ooit een moordenaar zouden pakken! Maar vroeg of laat maken ze altijd wel een fout. Je ziet er slecht uit, Clement. Ik veronderstel dat dit een harde slag voor je is?'

'Dat is het inderdaad. Zoals ik al zei, Hawes gedroeg zich de laatste tijd wel wat vreemd, maar ik zou nooit op het idee gekomen zijn...'

'Wie zou dat wel? Ha, daar komt een auto.'

Hij ging naar het raam, schoof het omhoog en leunde naar buiten. 'Ja, hoor, dat is Haydock.'

Een ogenblik later kwam de dokter de kamer binnen.

In een paar woorden zette Melchett de situatie uiteen.

Haydock laat nooit zijn gevoelens blijken. Hij trok alleen zijn wenkbrauwen op, knikte en ging naar zijn patiënt. Hij voelde zijn pols, lichtte een ooglid op en keek ingespannen naar het oog.

Daarna wendde hij zich tot Melchett.

'Moet ik hem in leven houden voor de galg?' vroeg hij. 'Hij is al een heel eind weg, weet je. Het zal er toch al om spannen. Ik betwijfel of ik hem nog kan bijbrengen.'

'Doe wat je kunt.'

'Goed.'

Hij ging aan het werk met het koffertje dat hij had meegebracht, maakte een spuitje klaar en gaf Hawes een injectie in zijn arm. Daarna stond hij op.

'Het is het beste om hem naar Much Benham te brengen naar het ziekenhuis. Help me eens even om hem in de auto te krijgen.'

We hielpen hem beiden. Terwijl Haydock op de bestuurdersplaats ging zitten, maakte hij nog een laatste opmerking over zijn schouder.

'Hangen kun je hem toch niet, Melchett.'

'Bedoel je dat hij niet beter wordt?'

'Misschien wel, misschien ook niet. Maar dat bedoelde ik niet. Ik bedoel dat zelfs als hij herstelt... wel, de arme bliksem was niet verantwoordelijk voor zijn daden. En dat zal ik ook tijdens de rechtszitting verklaren.'

'Wat bedoelde hij daarmee?' vroeg Melchett, toen we weer naar boven gingen.

Ik vertelde dat Hawes het slachtoffer geweest was van *encephalitis lethargica*.

'Slaapziekte hè? Vandaag de dag is er voor elke smerige streek wel een excuus te bedenken. Ben je het daar niet mee eens?'

'Tja, de wetenschap leert ons veel.'

'Naar de duivel met de wetenschap, neem me niet kwalijk, Clement, maar al die flauwekul ergert me. Ik ben een eenvoudig man. Nou, laten we hier maar eens even rondneuzen.'

Maar op dat moment kwam er een onderbreking, en wel een zeer vreemde onderbreking. De deur ging open en Miss Marple kwam de kamer binnen.

Ze bloosde en was geagiteerd en scheen zich onze stomme verbazing te realiseren.

'Het spijt me... spijt me werkelijk heel erg om zomaar binnen te komen vallen. Goedenavond, kolonel Melchett. Zoals ik al zei, het spijt me heel erg, maar toen ik hoorde dat Mr. Hawes ziek geworden was, kon ik niet nalaten hierheen te komen om te zien of ik niet iets doen kon.'

Ze zweeg. Kolonel Melchett keek haar met weerzin aan.

'Heel vriendelijk van u, Miss Marple,' zei hij droog. 'Maar u had zich die moeite kunnen besparen. Hoe bent u dat aan de weet gekomen, tussen haakjes?'

Dat was nou precies de vraag die mij op de lippen brandde.

'De telefoon,' verklaarde Miss Marple. 'Ze zijn toch zo slordig. Draaien steeds een verkeerd nummer, nietwaar? U sprak eerst met mij. U dacht dat ik dokter Haydock was. Mijn nummer is drie, zeven.'

'Dus dat was het,' riep ik uit.

Er is altijd wel een redelijke verklaring voor Miss Marples alwetendheid.

'En dus,' ging ze voort, 'kwam ik maar even kijken of ik me hier nuttig kon maken.'

'Heel vriendelijk van u,' zei Melchett weer, ditmaal nog koeler. 'Maar u kunt niets doen. Haydock heeft hem al naar het ziekenhuis gebracht.'

'Werkelijk? Naar het ziekenhuis? O, dat is een grote opluchting! Wat ben ik daar blij om. Daar is hij volkomen veilig. U bedoelt toch niet dat hij er niet bovenop komt?'

'Dat is zeer twijfelachtig,' zei ik.

Miss Marples ogen gingen naar het medicijndoosje. 'Ik neem aan dat hij een te grote dosis heeft ingenomen?' vroeg zij.

Ik geloof dat Melchett haar er liever buiten liet. Maar mijn discussie met Miss Marple over deze zaak lag me nog te vers in het geheugen om er net zo over te denken, hoewel ik moet toegeven dat haar prompte verschijning hier en haar nieuwsgierigheid mij wel wat tegen de borst stuitten.

'Kijkt u hier maar eens naar,' zei ik en gaf haar de brief die Protheroe niet meer af had kunnen maken.

Ze nam hem aan en las hem zonder het geringste teken van verbazing.

'U had al zoiets verwacht, niet?' vroeg ik.

'Ja, ja, inderdaad. Mag ik vragen, Mr. Clement, waarom u hier eigenlijk heenging vanavond? Dat is een punt dat me niet erg duidelijk is. U en kolonel Melchett... Het is helemaal niet wat ik verwacht zou hebben.'

Ik vertelde haar van het telefoontje en dat ik meende de stem van Hawes herkend te hebben. Miss Marple knikte nadenkend.

'Heel interessant. Of het zo voorbeschikt is, als ik die uitdrukking mag gebruiken. Ja, u bent hier op het nippertje gekomen.'

'Op het nippertje voor wat?' zei ik bitter.

Miss Marple keek verbaasd.

'Om het leven van Mr. Hawes te redden, natuurlijk.'

'Gelooft u niet,' zei ik, 'dat het beter zou zijn als Hawes er niet bovenop kwam? Beter voor hem, beter voor iedereen. We kennen de waarheid nu en...'

Ik zweeg, want Miss Marple schudde haar hoofd zo heftig dat ik de draad verloor van wat ik aan het zeggen was.

'Natuurlijk,' zei ze. 'Natuurlijk! Dat is precies wat hij wil dat u denkt! Dat u de waarheid kent, en dat het voor iedereen het beste is zoals het nu is. O, ja, het past allemaal precies in elkaar: de brief, te veel medicijnen, de geestestoestand van die arme Mr. Hawes en zijn bekentenis. Het past allemaal precies in elkaar, maar het klopt niet.'

We keken haar aan.

'Dat is nu precies waarom ik zo blij ben dat Mr. Hawes veilig is – in het ziekenhuis – waar niemand bij hem kan komen. Als hij herstelt, zal hij u de waarheid vertellen.'

'De waarheid?'

'Ja, dat hij geen haar op kolonel Protheroes hoofd gekrenkt heeft.'

'Maar het telefoontje dan,' zei ik. 'De brief, de overdosis. Het is allemaal zo duidelijk als wat.'

'Dat is wat hij wil dat u denken zult. O, hij is knap, heel knap! Die brief eerst bewaren en daarna op deze wijze gebruiken, het is werkelijk heel knap.'

'Wie bedoelt u met "hij"?' vroeg ik.

'Ik bedoel de moordenaar,' zei Miss Marple.

En heel rustig voegde zij eraan toe: 'Ik bedoel Mr. Lawrence Redding.'

30

Wij staarden haar aan. Ik geloof echt dat wij een moment dachten dat zij haar verstand verloren had. Deze beschuldiging leek volkomen ongerijmd.

Kolonel Melchett was de eerste die sprak. Hij sprak vriendelijk, met een soort medelijdende verdraagzaamheid in zijn stem.

'Dat is belachelijk, Miss Marple,' zei hij. 'De jonge Redding is van elke verdenking gezuiverd.'

'Natuurlijk,' zei Miss Marple. 'Daar heeft hij wel voor gezorgd.'

'Integendeel,' zei Melchett droog, 'hij heeft zijn uiterste best gedaan van de moord beschuldigd te worden.'

'Ja,' zei Miss Marple. 'Daar heeft hij ons allemaal mee te pakken gehad, mijzelf niet uitgesloten. U zult zich herinneren, dominee, dat ik destijds helemaal uit het veld geslagen was, toen ik hoorde dat Mr. Redding de misdaad bekend had. Het gooide al mijn theorieën omver en deed mij denken dat hij onschuldig was... terwijl ik er tot op dat moment van overtuigd was dat hij schuldig was.'

'Dus u verdacht Lawrence Redding?'

'Ik weet dat het in boeken altijd de meest onwaarschijnlijke persoon is. Maar ik heb opgemerkt dat die regel in het werkelijke leven niet opgaat. Dan is het juist zeer vaak het voor de hand liggende dat juist blijkt te zijn. Hoewel ik Mrs. Protheroe altijd graag heb gemogen, moest ik wel tot de conclusie komen dat ze volkomen onder de plak zat van Mr. Redding en alles zou doen wat hij haar opdroeg, en natuurlijk is Redding niet het soort jongmens dat er met een vrouw zonder geld vandoor zou gaan. Van zijn standpunt uit bezien was het noodzakelijk dat kolonel Protheroe verdween, en dus liet hij hem verdwijnen. Een van die amorele, charmante jonge mensen.'

Kolonel Melchett had al geruime tijd ongeduldig zitten snuiven en briesen. Nu brak hij los.

'Volslagen onzin! Die hele geschiedenis. Reddings gangen zijn nagegaan en gecontroleerd en we weten precies wat hij deed tot kwart voor zeven toe. En Haydock is zeer positief in zijn verklaring dat Protheroe toen niet gedood kan zijn. Dat gebeurde eerder. Ik veronderstel dat u denkt het beter te weten dan een dokter. Of wilt u misschien suggereren dat Haydock willens en wetens liegt? De hemel mag weten waarom?'

'Ik denk dat dokter Haydocks getuigenis volkomen waarheidsgetrouw was. Hij is een eerlijk en oprecht mens. Maar het was natuurlijk ook niet Redding die kolonel Protheroe doodschoot: dat deed Mrs. Protheroe.'

Opnieuw staarden we haar aan. Miss Marple schikte haar kanten fichu, duwde de wollige sjaal die over haar schouders hing een beetje naar achteren, en begon toen op een vriendelijke oudedamestoon een verhandeling te houden, waarin zij de meest verbazingwekkende beweringen naar voren bracht alsof het de gewoonste zaak van de wereld was.

'Ik heb het tot nu toe niet verantwoord geacht te spreken. Iemands persoonlijke overtuiging, zelfs als die zo sterk is dat ze grenst aan zeker weten, is nog niet hetzelfde als een bewijs. En tenzij men een verklaring heeft die alle feiten dekt – zoals ik vanavond nog tegen dominee Clement zei – kan men die niet met volle overtuiging naar voren brengen. En mijn eigen verklaring was niet helemaal compleet: één ding ontbrak nog, maar plotseling, net toen ik vanavond de studeerkamer van de dominee verliet, merkte ik die palm op in een grote pot bij de tuindeur, en toen snapte ik het ineens, de hele zaak was me volkomen duidelijk.'

'Gek, volkomen gek,' mompelde Melchett tegen mij.

Maar Miss Marple keek ons stralend aan en ging op haar kalme oudedamestoon voort: 'Het speet me heel erg te moeten denken zoals ik deed, want ik mocht ze beiden graag. Maar u weet hoe de menselijke natuur is. En in het begin, toen eerst hij en daarna zij op zo'n dwaze manier bekende, toen was ik opgeluchter dan ik kan zeggen. En ik begon aan anderen te denken die mogelijk een motief hadden om kolonel Protheroe uit de weg te willen ruimen.'

'De zeven verdachten!' mompelde ik.

Zij glimlachte naar me.

'Ja, inderdaad. Daar was bijvoorbeeld Archer – niet waarschijnlijk, maar als hij vol met alcohol zat, en zichzelf niet meer in de hand had... Je kunt nooit weten. En daar was natuurlijk uw Mary. Zij gaat nu al een hele tijd met Archer om, en zij heeft een eigenaardig temperament. Motief en gelegenheid. Ze was nota bene alleen in huis! De oude Mrs. Archer had dat pistool makkelijk genoeg uit Mr. Reddings huis kunnen halen voor een van die twee. En dan had je Lettice nog, niet te vergeten, met haar zucht naar vrijheid en geld om te kunnen doen en laten wat zij wilde. Ik ken verschillende gevallen waarbij heel mooie, etherische meisjes volkomen van morele scrupules verstoken bleken te zijn – alhoewel de heren natuurlijk weigeren dat van hen te geloven.'

Dat kon ik in mijn zak steken.

'En dan was er nog dat tennisracket,' ging Miss Marple verder.

'Het tennisracket?'

'Ja, dat het meisje Clara van Mrs. Price Ridley in het gras zag liggen bij het hek van de pastorie. Dat wees erop dat Mr. Dennis eerder van zijn partijtje tennis was teruggekeerd dan hij voorgaf. Jongelui van zestien jaar zijn zo ontvankelijk en onevenwichtig. Wat het motief ook was – hetzij ter wille van Lettice of van u – de mogelijkheid was er. En dan waren er ten slotte nog die arme Mr. Hawes en u, niet beiden tegelijk natuurlijk, maar subsidiair, zoals de advocaten dat noemen!'

'Ik?' riep ik uit, stomverbaasd.

'Wel, ja. Ik bied u wel mijn excuses aan, en in werkelijkheid heb ik het ook niet echt geloofd, maar daar was die kwestie van die verdwenen geldbedragen. Of u óf Mr. Hawes moest schuldig zijn, en Mrs. Price Ridley vertelde aan iedereen die het horen wilde dat u het moest zijn – hoofdzakelijk omdat u zich zo hardnekkig tegen iedere vorm van onderzoek verzette. Ik was er natuurlijk van overtuigd dat het Mr. Hawes was. Hij deed me zo denken aan die ongelukkige organist, over wie ik het al eens gehad heb. Maar helemaal zeker kon je er natuurlijk niet van zijn...'

'De menselijke natuur is nu eenmaal niet zo best,' zei ik verbeten.

'Precies. En dan was er ook nog onze lieve Griselda.'

'Maar Mrs. Clement stond er volkomen buiten,' onderbrak Melchett haar. 'Zij kwam terug met de trein van tien minuten voor zeven.'

'Dat zéí ze,' antwoordde Miss Marple vinnig. 'Maar je moet nooit afgaan op wat de mensen zeggen. De trein van tien voor zeven was een halfuur te laat die avond, maar om kwart over zeven zag ik haar met mijn eigen ogen de weg naar Old Hall opgaan. Hieruit viel de gevolgtrekking te maken dat ze met een eerdere trein teruggekomen was. Ze werd ook gezien – maar misschien weet u dat al?'

Zij keek mij vragend aan.

Iets in haar blik dwong mij haar de laatste anonieme brief te laten zien, die ik nog maar net geopend had. Hierin werd in detail beschreven hoe men Griselda op die fatale dag om halfzeven Lawrence Reddings bungalow had zien verlaten door een raam aan de achterkant.

Ik zei toen niet, en ook later niet, wat een vreselijke achterdocht toen voor een ogenblik bij me was opgekomen. Ik had het voor me gezien als in een nachtmerrie – een vroegere affaire tussen Redding en Griselda, hoe een en ander Protheroe ter ore was gekomen en hij besloot mij van de feiten op de hoogte te brengen en dan steelt Griselda, wanhopig, het pistool en legt hiermee Protheroe het zwijgen op. Zoals ik al zei: alleen maar een kwade droom, maar een paar minuten lang van een beklemmende realiteit.

Ik weet niet of Miss Marple hiervan enig vermoeden had, waarschijnlijk wel, want maar weinig dingen blijven voor haar verborgen.

Zij gaf mij met een knikje de brief terug.

'Dat is al door het hele dorp gegaan,' zei ze. 'En het zag er ook werkelijk wel verdacht uit, speciaal toen Mrs. Archer zwoer dat ze het pistool nog in de bungalow gezien had toen zij 's middags wegging.'

Zij wachtte even en ging toen verder.

'Maar ik dwaal erg af. Wat ik nu graag wil doen, en ik beschouw dit als mijn plicht, is u mijn eigen verklaring van het mysterie voorleggen. Als u het niet wilt geloven, goed, maar dan heb ik in ieder geval mijn best gedaan. Zoals de zaak nu ligt, is het heel goed mogelijk dat mijn wens om helemaal zeker te zijn alvorens te spreken, die arme Mr. Hawes het leven gekost heeft.'

Weer wachtte ze een ogenblik, maar toen zij verder ging klonk haar stem minder verontschuldigend en veel gedecideerder.

'Dit is mijn eigen verklaring van de feiten. Op donderdagmiddag was de misdaad tot in de kleinste details gepland. Lawrence Redding bracht eerst een bezoek aan de dominee, wetend dat deze uit was. Hij had toen het pistool bij zich, dat hij in die bloempot bij de tuindeuren verborg. Toen de dominee thuiskwam, verklaarde Lawrence zijn aanwezigheid door de mededeling dat hij besloten had weg te gaan. Om halfzes belde Lawrence Redding de dominee op vanuit de portierswoning aan de noordkant van Old Hall, waarbij hij een vrouwenstem nabootste. U herinnert zich wat een goed acteur hij is.

Mrs. Protheroe en haar echtgenoot waren juist naar het dorp vertrokken. En – iets heel eigenaardigs (alhoewel niemand daar aandacht aan geschonken schijnt te hebben) – Mrs. Protheroe had geen handtas bij zich. Werkelijk iets hoogst ongewoons voor een vrouw. Even voor twintig over zes passeert ze mijn tuin en praat met mij, waarbij ze mij in de gelegenheid stelde te constateren dat ze geen wapen bij zich had en dat ze volkomen kalm en in haar gewone doen was. Zij realiseerden zich zeer goed dat ik nu eenmaal mijn ogen goed de kost geef. Zij verdwijnt daarna om de hoek van het huis, en gaat naar de tuindeuren van de studeerkamer. Die arme kolonel zit achter de schrijftafel zijn brief aan u te schrijven. Hij is doof, zoals wij allemaal weten. Zij neemt het pistool uit de pot, waar het op haar lag te wachten, besluipt hem van achteren, schiet hem door het hoofd, gooit het pistool op de grond en komt als de weerlicht weer naar buiten, waarna ze het grasveld oversteekt en naar het atelier gaat. Bijna iedereen zou er een eed op doen dat er geen tijd geweest was om die misdaad te begaan!'

'Maar het schot?' wierp kolonel Melchett tegen. 'U hebt het schot niet gehoord?'

'Er bestaat, geloof ik, een ding dat men een Maxim-geluiddemper noemt. Dat heb ik tenminste in detectiveverhalen gelezen. Ik vraag me af of het mogelijk is dat het niezen dat het dienstmeisje Clara gehoord heeft in werkelijkheid dat schot geweest is. Maar dat doet er nu niet toe. Mrs. Protheroe ontmoet Mr. Redding in het atelier. Zij gaan samen naar binnen en – daar de menselijke natuur nu eenmaal is zoals die is – realiseren zich dat ik niet uit die tuin zou weggaan voordat zij weer naar buiten kwamen!'

Nog nooit was Miss Marple me zo sympathiek geweest als op dit ogenblik, met haar grappige toespeling op haar eigen zwakheid.

'Wanneer zij dan naar buiten komen, gedragen ze zich vrolijk en natuurlijk. En daarmee begingen zij inderdaad een fout. Want als zij werkelijk afscheid van elkaar hadden genomen, zoals zij deden voorkomen, hadden zij er wel anders uitgezien. Maar ziet u, dat was hun zwakke punt. Zij dúrfden hun emoties op geen enkele manier te tonen. De volgende tien minuten werken zij hard aan het verkrijgen van wat men, geloof ik, een alibi noemt. Ten slotte gaat Redding naar de pastorie, maar hij doet dat zo laat mogelijk. Vermoedelijk zag hij u al van verre het voetpad afkomen, dominee. Hij kon de zaak dus precies timen. Hij raapt pistool en geluiddemper op en laat de vervalste brief achter, met het tijdstip in een andere inktsoort en ogenschijnlijk in een ander handschrift geschreven. Wanneer de vervalsing ontdekt wordt, zal het de schijn wekken dat het een onhandige poging was om de schuld op Anne Protheroe te werpen.

Maar terwijl hij die vervalsing achterlaat, ontdekt hij de werkelijk door kolonel Protheroe geschreven brief, iets wat hij helemaal niet verwacht had. Daar hij onmiskenbaar een intelligent jongmens is, begrijpt hij dat hij met deze brief misschien nog wel zijn voordeel zal kunnen doen en neemt hem dus mee. Hij verzet nu de wijzers van de klok, zodat deze dezelfde tijd aangeeft als de brief, hoewel hij weet dat de klok altijd een kwartier voorloopt. Weer met hetzelfde doel een poging om de verdenking op Mrs. Protheroe te werpen. Daarna gaat hij weg, ontmoet u buiten het hek en speelt de rol van iemand die in opperste verwarring verkeert. Ik zei het al, een zeer intelligent jongmens. Want wat zou een moordenaar die juist een misdaad begaan heeft proberen te doen? Zich heel gewoon gedragen, natuurlijk. En dat is dus precies wat Mr. Redding niet doet. Hij ontdoet zich van de geluiddemper, maar wandelt daarna het politiebureau binnen met het pistool en uit daar de volkomen belachelijke zelfbeschuldiging, waar echter iedereen intrapt.'

Er was iets uitermate boeiends in de manier waarop Miss Marple de zaak resumeerde. Zij sprak met zoveel zekerheid, dat wij beiden voelden dat alleen op deze wijze de misdaad begaan kon zijn.

'En wat dacht u van dat schot in het bos?' vroeg ik. 'Was dat zoiets toevalligs als waarop u vroeger deze avond zinspeelde?'

'O, hemeltje nee.' Miss Marple schudde haar hoofd energiek. 'Dát was geen toeval – verre van dat. Het was absoluut noodzakelijk dat er een schot gehoord zou worden, anders zou de verdenking tegen Mrs. Protheroe hebben kunnen voortduren. Hoe Mr. Redding dat gedaan heeft is me niet helemaal duidelijk. Maar ik meen begrepen te hebben dat picrinezuur ontploft als men er een gewicht op laat vallen en u zult zich herinneren, beste dominee, dat u Mr. Redding in het bos ontmoette terwijl hij een zware steen droeg en juist in dat gedeelte van het bos waar u later dat kristalletje vond. Mannen zijn zo slim in dat soort technische zaken – een steen die boven de kristallen hangt en dan een ontstekingsmechanisme –

of bedoel ik een lont? In ieder geval iets dat ongeveer twintig minuten nodig heeft om door te branden, zodat de explosie zou plaatsvinden om ongeveer halfzeven, wanneer hij en Mrs. Protheroe uit het atelier gekomen zouden zijn en voor iedereen zichtbaar waren. Een zeer veilige oplossing, want wat zou er na afloop van overblijven... alleen een grote steen! Maar zelfs die trachtte hij nog te verwijderen, toen u hem tegen het lijf liep.'

'Ik geloof dat u gelijk hebt,' riep ik uit, terwijl ik me herinnerde hoe Lawrence een plotselinge beweging van schrik had gemaakt toen hij mij die dag zag. Het leek toen allemaal logisch en natuurlijk genoeg, maar nu... Miss Marple scheen mijn gedachten te lezen, want zij knikte schrander met het hoofd.

'Ja,' zei ze, 'het moet een hele schok voor hem geweest zijn u juist toen te ontmoeten. Maar hij redde zich er heel goed uit door het te doen voorkomen alsof hij die steen had gezocht voor mijn rotstuin. Alleen...' Hier werd Miss Marple plotseling zeer nadrukkelijk. 'Het was het verkeerde soort steen voor mijn rotstuin! En dat bracht mij op het juiste spoor!'

Al die tijd had kolonel Melchett daar gezeten alsof hij in trance was. Nu begon hij tekenen te vertonen dat hij aan het bijkomen was. Hij brieste een paar maal, snoot zijn neus, nog steeds enigszins verbijsterd, en zei: 'Wel allemachtig! Wel allemachtig!'

Verder wilde hij zich voorlopig nog niet uitlaten. Ik denk echter dat hij, evenals ikzelf, zeer onder de indruk was van de volstrekte logica van Miss Marples conclusies. Maar op dat moment was hij nog niet bereid dat toe te geven.

In plaats daarvan strekte hij zijn hand uit, nam de verfrommelde brief op en gromde: 'Da's allemaal erg mooi. Maar wat betekende dan het gedrag van Hawes? De man belde nota bene op om te bekennen!'

'Ja, dat kwam nu juist zo goed uit. Ongetwijfeld het gevolg van dominees preek. Weet u, dominee, dat was een heel bijzondere preek, die kennelijk zijn invloed op Mr. Hawes niet gemist heeft. Hij hield het niet langer uit en voelde dat hij het móést bekennen: het achterhouden van kerkfondsen.'

'Wat?'

'Ja, en door de Voorzienigheid heeft dat hem het leven gered. Want ik hoop en vertrouw dat het inderdaad gered ís. Dokter Haydock is zo knap. Zoals ik het zie, heeft Mr. Redding die bewuste brief bewaard – wel wat riskant onder de omstandigheden, maar ik neem aan dat hij hem op een veilige plaats verstopt had – totdat hij had uitgezocht op wie de inhoud sloeg. Hij was er al gauw zeker van dat het Mr. Hawes was. Ik heb gehoord dat hij gisteravond met Hawes mee naar huis kwam en geruime tijd bij hem gebleven is. Ik vermoed dat hij toen een van de poeders verwisseld heeft voor een van hemzelf die hij bij zich had en deze brief in de zak van Hawes' kamerjas liet glijden. De arme kerel zou de fatale poeder in alle onschuld innemen. Na zijn dood zou men zijn spullen doorzoeken en de brief zou worden gevonden en iedereen zou denken dat hij kolonel Protheroe had doodgeschoten en daarna, in een vlaag van berouw, zichzelf het leven had benomen. Ik heb zo'n idee dat Mr. Hawes die brief vanavond vond, juist na het innemen van de fatale poeder. In zijn verwarde geestestoestand moet hij hierin iets bovennatuurlijks gezien hebben en dit, gevoegd bij de diepe indruk die dominee Clements preek bij hem had achtergelaten, dwong hem ertoe alles te bekennen.'

'Wel allemachtig!' zei kolonel Melchett. 'Wel allemachtig! Dat is wel heel buitengewoon! Ik geloof er niets van.'

Hij had nog nooit iets beweerd met zo weinig overtuiging. Zo moet het hem zelf ook wel in de oren geklonken hebben, want hij ging verder: 'En kunt u dat andere telefoontje verklaren, dat van Reddings bungalow naar Mrs. Price Ridley?'

'Ha, dat was nu die toevalligheid waarover ik het had. Dat telefoontje was een stunt van Griselda, van haar en Dennis samen, denk ik zo. Zij hoorden de geruchten die Mrs. Price Ridley rondstrooide over de dominee en bedachten deze – wel wat kinderachtige – manier om haar de mond te snoeren. En het toeval wilde nu dat dit telefoontje en het zogenaamde schot uit het bos zodanig samenvielen, dat men onwillekeurig verband ging zoeken daartussen.'

Ik herinnerde mij ineens hoe iedereen die over het schot sprak, het had beschreven als geheel verschillend van een normaal schot. Ze hadden gelijk gehad. En toch... hoe moeilijk was het om dat verschil onder woorden te brengen.

Kolonel Melchett schraapte zijn keel. 'Uw oplossing van het geval, Miss Marple, klinkt erg aannemelijk, maar ik moet u toch zeggen dat er geen schijn van bewijs is.'

'Dat weet ik,' zei Miss Marple. 'Maar u gelooft toch ook dat het zo gegaan is, nietwaar?'

Er was een moment stilte. Daarna zei Melchett, bijna met tegenzin: 'Inderdaad, dat doe ik. Verdikkeme, ik moet wel. Het is de enige manier waarop het gebeurd kán zijn, maar er is geen enkel bewijs, helemaal niets.'

Miss Marple kuchte. 'Daarom dacht ik dat we misschien onder deze omstandigheden...'

'Ja?'

'Een val uit zouden kunnen zetten.'

31

Kolonel Melchett en ik keken haar beiden aan.

'Een val? Wat voor een val?'

Miss Marple deed wat verlegen, maar het was duidelijk dat ze een compleet omlijnd plan klaar had.

'Veronderstel dat Mr. Redding werd opgebeld en gewaarschuwd.'

Kolonel Melchett glimlachte.

'"Alles is ontdekt. Vlucht!" Dat is een oude truc, Miss Marple. Niet dat-ie niet vaak succes heeft! Maar in dit geval acht ik de jonge Redding een te slimme vogel om erin te tuinen.'

'O, het zou iets bijzonders moeten zijn. Dat begrijp ik ook wel,' zei Miss Marple. 'Ik zou willen voorstellen – het is maar een voorstel – dat de waarschuwing komt van iemand van wie bekend is dat hij er zeer speciale inzichten op nahoudt. Een gesprek met dokter Haydock geeft iemand al gauw de indruk dat de dokter moord vanuit een heel ongewoon standpunt beschouwt. Als hij er nu eens op zinspeelde dat iemand – Mrs. Sadler of een van haar kinderen – toevallig getuige was geweest van het verwisselen van de poeders, wel, dan zou die mededeling als Mr. Redding onschuldig is natuurlijk voor hem volkomen nietszeggend en onbegrijpelijk zijn, maar als hij dat niet is...'

'Ja, als hij dat niet is?'

'Dan zou hij heel goed iets doms kunnen doen.'

'En zichzelf zodoende aan ons overleveren. Het is mogelijk. Erg ingenieus, Miss Marple. Maar zal Haydock zich daartoe lenen? Zoals u al zei, zijn inzichten...'

Miss Marple onderbrak hem opgewekt. 'O, maar dat is theorie! En die is vaak heel anders dan de praktijk, nietwaar? Maar daar is hij net, dus we kunnen het hem vragen.'

Ik geloof dat Haydock nogal verbaasd was Miss Marple bij ons te vinden. Hij zag er moe en uitgeput uit.

'Het is een dubbeltje op zijn kant geweest,' zei hij, 'een dubbeltje op zijn kant, maar hij haalt het. Het is nu eenmaal de taak van een dokter zijn patiënten te redden en ik heb hem gered, maar het was me net zo lief geweest als ik daar niet in geslaagd was.'

'Misschien dat je daar anders over zult denken als je gehoord hebt wat wij je te vertellen hebben,' zei Melchett.

En kort en bondig legde hij Miss Marples theorie over de misdaad aan de dokter voor, inclusief haar laatste voorstel.

En toen kregen we de gelegenheid te zien wat Miss Marple bedoelde met het verschil tussen praktijk en theorie.

Haydocks inzichten bleken plotseling een volkomen verandering te hebben ondergaan. Hij zou, geloof ik, Lawrence Redding nu wel zijn nek om willen draaien. Ik geloof niet dat de moord op kolonel Protheroe zozeer zijn woede opwekte als wel de aanslag op die ongelukkige Hawes.

'Die verdomde schurk,' zei Haydock. 'Die verdomde schurk! En die arme bliksem van een Hawes. En hij heeft nog een moeder en een zuster ook. De schande de moeder en de zuster van een moordenaar te zijn zou hun hele verdere leven op hen gerust hebben, en wat zouden ze er een pijn en verdriet van gehad hebben. Wat een laffe, gemene streek!'

Als je eerlijke, primitieve woede wilt zien, gaat er niets boven een doorgewinterde humanist, als die eenmaal goed nijdig is.

'Als dat waar is,' zei hij, 'kunnen jullie op me rekenen. Die man is niet waard nog verder te leven. Een arme, weerloze kerel als Hawes, hoe bestaat het!'

Tja, Haydock is altijd een vriend van de zwakken en misdeelden geweest.

Hij was ijverig bezig de details te bespreken met Melchett, toen Miss Marple vertrok. Ik stond erop haar naar huis te brengen.

'Dat is heel vriendelijk van u, Mr. Clement,' zei Miss Marple toen we door de verlaten straat liepen. 'Grote goedheid, het is al na middernacht. Ik hoop dat Raymond naar bed is gegaan en niet op me zit te wachten.'

'Eigenlijk had hij u moeten begeleiden,' zei ik.

'Ik had niet tegen hem gezegd dat ik uitging,' antwoordde Miss Marple.

Ik moest plotseling glimlachen bij de gedachte aan Raymond Wests subtiele, psychologische analyse van de misdaad.

'Als blijkt dat uw theorie met de waarheid overeenstemt, waaraan ik persoonlijk geen moment twijfel,' zei ik, 'dan hebt u een prachtoverwinning op uw neef behaald.'

Miss Marple glimlachte ook – een toegeeflijke glimlach.

'Ik herinner me een gezegde van mijn oudtante Fanny. Ik was toen zestien en ik vond het toen maar heel dwaas.'

'Ja?' vroeg ik.

'Zij placht te zeggen: "Jonge mensen denken dat oude mensen dwazen zijn, maar oude mensen wéten dat de jongeren dwazen zijn!"'

32

Er valt verder weinig te vertellen. Miss Marples plannetje slaagde volkomen. Lawrence Redding was niet onschuldig en toen hij Haydock erop hoorde zinspelen dat er iemand getuige van het verwisselen van de poeders geweest was, dreef dit hem er inderdaad toe 'iets doms' te doen. Dat is het gevolg van een slecht geweten.

Hij verkeerde natuurlijk in een eigenaardige positie. Zijn eerste opwelling moet geweest zijn direct te vluchten, denk ik. Maar hij moest aan zijn medeplichtige denken. Hij kon niet weggaan zonder haar er iets van te laten weten en hij durfde niet te wachten tot de volgende morgen. Hij ging dus nog diezelfde nacht naar Old Hall, met twee van Melchetts bekwaamste mensen achter hem aan. Hij gooide kiezelsteentjes tegen Anne Protheroes raam en maakte haar daarmee wakker. Een dringend gefluister had tot gevolg dat zij naar beneden kwam om met hem te praten. Zonder twijfel achtten zij zich buiten veiliger dan binnen – waar de mogelijkheid bestond dat Lettice wakker zou worden. Maar nu konden de twee politiemannen hun gesprek volledig afluisteren. Er bleef geen twijfel over. Miss Marple had het in alle opzichten bij het rechte eind gehad.

Het proces tegen Lawrence Redding en Anne Protheroe is algemeen bekend. Ik ga daar dan ook niet verder op in. Ik wil alleen nog opmerken dat de grootste eer opgestreken werd door inspecteur Slack, wiens ijver en intelligentie ertoe geleid hadden dat de misdadigers aan Justitie konden worden overgeleverd. Vanzelfsprekend werd over de rol die Miss Marple in deze aangelegenheid had gespeeld niet gerept. De gedachte alleen dat men dit wel zou hebben gedaan, zou haar met ontzetting vervuld hebben.

Lettice bracht me kort voor de rechtszitting een bezoek. Zij kwam door de tuindeur mijn studeerkamer binnenzweven, even vaag als altijd. Zij vertelde mij toen dat ze de hele tijd al overtuigd was geweest van haar stiefmoeders medeplichtigheid. Ze had het smoesje verzonnen dat ze haar gele baret kwijt was om mijn kamer te kunnen doorzoeken. Zij hoopte tegen beter weten in dat ze iets zou vinden dat de politie ontgaan was.

'Ziet u,' zei ze met haar dromerige stem, 'zij haatten haar niet zoals ik.'

Ze had niets kunnen vinden en toen had zij Annes oorbel opzettelijk bij de schrijftafel laten vallen.

'Ik wíst immers dat zij het gedaan had, wat deed het er dan toe? De ene manier is even goed als de andere. Zij had hem gedood.'

Ik zuchtte maar eens. Er zijn nu eenmaal dingen die Lettice nooit zal inzien. In sommige opzichten is ze amoreel.

'Wat ga je nu doen, Lettice?' vroeg ik.

'Als... als het allemaal voorbij is, ga ik naar het buitenland.' Zij aarzelde en ging toen verder: 'Ik ga naar het buitenland met mijn moeder.'

Ik keek verbaasd op.

Zij knikte.

'Hebt u dat nooit vermoed? Mrs. Lestrange is mijn moeder. Zij is stervende, weet u. Zij wilde me nog eens zien en dus kwam ze hier onder een andere naam. Dokter Haydock heeft haar geholpen. Hij is een heel oude vriend van haar – eens was hij verliefd op haar, dat kun je nog merken. Tot op zekere hoogte is hij dat nog. Mannen zijn altijd gek geweest op moeder, geloof ik. Ze is buitengewoon aantrekkelijk, zelfs nu nog. In ieder geval, dokter Haydock deed alles wat hij kon om haar te helpen. Zij kwam hier niet onder haar eigen naam, vanwege de misselijke gewoonte die de mensen hebben om te roddelen. Zij ging die avond vader opzoeken en vertelde hem dat zij stervende was en dat zij een groot verlangen had mij nog eens te zien. Vader was zo gemeen om te zeggen dat ze al haar rechten verbeurd had en dat ik dacht dat ze dood was – alsof ik daar ooit ingetrapt was! Mensen als vader kijken nooit verder dan hun neus lang is!

Maar moeder hoort nu eenmaal niet tot het slag dat makkelijk opgeeft. Zij had het alleen maar fatsoenlijk gevonden eerst naar vader te gaan, maar toen hij haar zo wreed afwees, schreef ze mij een briefje en ik arrangeerde het zo, dat ik eerder weg kon bij het tennissen en haar aan het eind van het voetpad ontmoette om kwart over zes. We hadden niet veel tijd en spraken af waar en wanneer wij elkaar weer zouden ontmoeten. We gingen vóór halfzeven uit elkaar. Naderhand was ik doodsbang dat men haar ervan zou verdenken vader gedood te hebben. Tenslotte had zij een grief tegen hem. Daarom zocht ik dat oude portret van haar op de zolder en sneed het aan flarden. Ik was bang dat de politie het zou vinden en haar zou herkennen. Dokter Haydock was ook doodsbang. Er waren geloof ik ogenblikken dat hij werkelijk dacht dat zij het gedaan had! Moeder heeft nogal een impulsief karakter. Zij denkt nooit aan de gevolgen.'

Zij zweeg.

'Het is vreemd. Zij en ik horen bij elkaar. Met vader en mij was dat niet het geval. Maar moeder... Wel, in ieder geval, ik ga met haar naar het buitenland. En ik zal bij haar blijven tot, tot het einde.'

Zij stond op en ik nam haar hand.

'God zegene jullie beiden,' zei ik. 'Ik hoop dat je op een goede dag nog eens heel gelukkig zult zijn, Lettice.'

'Dat mag ook wel,' zei ze, met een poging tot lachen. 'Zo erg veel geluk heb ik tot nu toe niet gehad, hè? Och, het doet er ook niet zoveel toe. Goedendag, dominee. U bent altijd ontzettend aardig voor me geweest, u en Griselda.'

Griselda!

Haar moest ik nog opbiechten hoe verschrikkelijk die anonieme brief mij van streek had gemaakt. Eerst moest ze daar hartelijk om lachen, maar daarna las ze me plechtig de les.

'Maar,' voegde ze eraan toe, 'ik zal in de toekomst een sober en godvrezend leven gaan leiden.'

Ik kon me dat van Griselda niet erg goed voorstellen.

'Zie je, Len,' ging zij verder, 'er komt nu iets in mijn leven waardoor ik wat bezadigder word. Dat komt ook in jouw leven, alleen hoop ik dat het jou wat jonger zal maken. Je zult me nu niet meer zo vaak "mijn lieve kind" kunnen noemen, als we een echt kind van onszelf hebben. En Len, ik heb besloten dat, nu ik, zoals dat in boeken heet, "een echte vrouw en moeder" ga worden, ik ook een goede huishoudster moet zijn. Ik heb twee boeken gekocht over huishouding en een over moederliefde en als die niet helpen weet ik het echt niet meer. Alle drie zijn tussen haakjes om te gillen. Niet met opzet natuurlijk. Vooral dat over het grootbrengen van kinderen.'

'Je hebt toch niet ook een boek gekocht genaamd *Hoe behandel ik mijn echtgenoot*, hè?' vroeg ik met plotselinge bezorgdheid, terwijl ik haar in mijn armen nam.

'Dat heb ik niet nodig,' zei Griselda. 'Ik ben een heel goede echtgenote, ik hou heel veel van je, wat wil je nog meer?'

'Niets,' zei ik.

'Zou je niet één keertje kunnen zeggen dat je gek op me bent?'

'Griselda,' zei ik, 'ik aanbid je! Ik ben dol op je! Ik ben wild, hopeloos en zeer ondomineesachtig verliefd op je!'

Mijn vrouw zuchtte diep en tevreden.

Toen maakte ze zich plotseling los.

'Verdraaid! Daar komt Miss Marple. Laat haar alsjeblieft niets merken. Ik wil niet dat iedereen me kussens gaat aanbieden of me aanmaant mijn voeten wat hoger te houden. Zeg maar dat ik naar de golflinks ben, dan raakt ze het spoor bijster en het is nog waar ook, want ik heb er mijn gele pullover laten liggen en die heb ik nodig.'

Miss Marple kwam naar de tuindeur, bleef verontschuldigend staan en vroeg naar Griselda.

'Griselda is naar de golflinks,' zei ik.

Een bezorgde uitdrukking kwam in haar ogen.

'O maar,' zei ze, 'dat is nú toch wel erg onverstandig.'

En toen, op een lieve, ouderwetse oudedametjesmanier, bloosde zij.

En om de verwarring van het moment te verdoezelen begonnen we haastig over het geval-Protheroe te praten en over dr. Stone. We wisten inmiddels dat hij een beruchte dief was, die onder vele schuilnamen werkte. Miss Cram, tussen haakjes, was vrijgesproken van medeplichtigheid. Zij had ten slotte bekend het koffertje naar het bos te hebben gebracht, maar had dit volkomen te goeder trouw gedaan. Dr. Stone had haar verteld dat hij de concurrentie van andere archeologen vreesde, die zelfs niet voor inbraak zouden terugschrikken om zijn theorieën in diskrediet te brengen. Het meisje had dit niet erg waarschijnlijke verhaal kennelijk geslikt. Zij is nu, volgens het dorp, op zoek naar een beter soort oude vrijgezel die een secretaresse nodig heeft.

Onder ons gesprek vroeg ik me af hoe Miss Marple nu weer achter ons laatste geheim was gekomen. Maar weldra, op een discrete manier, verschafte zij mij zelf een aanwijzing.

'Ik hoop dat onze lieve Griselda nu niet overdrijft,' zei ze en voegde er na een bescheiden stilte aan toe: 'Ik was gisteren in de boekwinkel in Much Benham.'

Arme Griselda... Dat boek over moederliefde was haar ondergang geweest.

Plotseling zei ik: 'Weet u, Miss Marple, ik vraag me af of men er ooit achter zou komen als u een moord zou begaan.'

'Wat een verschrikkelijke gedachte,' zei Miss Marple geschokt. 'Ik hoop dat ik zoiets slechts nooit zou kunnen doen.'

'Maar de menselijke natuur is nu eenmaal zoals zij is,' mompelde ik.

Miss Marple incasseerde deze voltreffer met een lief lachje.

'Wat ondeugend van u, Mr. Clement.'

Zij stond op. 'Maar u bent vanzelfsprekend in een uitstekende stemming.'

Zij stond even stil bij de tuindeur.

'Mjin hartelijke groeten aan die lieve Griselda... en zegt u haar dat kleine geheimpjes bij mij altijd veilig zijn.'

Die Miss Marple is toch eigenlijk wel een schat.